ライアー・ライアー15
嘘つき転校生は最強の嘘を真実に変えます。

久追遥希

MF文庫J

篠原緋呂斗（しのはら・ひろと）　**7ツ星**
学園島最強の7ツ星（偽）となった英明学園の転校生。目的のため嘘を承知で頂点に君臨。

姫路白雪（ひめじ・しらゆき）　**5ツ星**
完全無欠のイカサマチートメイド。カンパニーを率いて緋呂斗を補佐する。

彩園寺更紗（さいおんじ・さらさ）　**6ツ星**
最強の偽お嬢様。本名は朱羽莉奈。《女帝》の異名を持ち緋呂斗とは共犯関係。桜花学園所属。

秋月乃愛（あきづき・のあ）**6ツ星**
英明の《小悪魔》。あざと可愛い見た目に反し戦い方は悪辣。緋呂斗を慕う。

榎本進司（えのもと・しんじ）**6ツ星**
英明学園の生徒会長。《千里眼》と呼ばれる実力者。七瀬とは幼馴染み。

浅宮七瀬（あさみや・ななせ）**6ツ星**
英明6ツ星トリオの一人。運動神経抜群な美人ギャル。進司と張り合う。

水上摩理（みなかみ・まり）**5ツ星**
まっすぐな性格で嘘が嫌いな英明学園1年生。姉は英明の隠れた実力者・真由。

羽衣紫音（はごろも・しおん）
破格の能力と性格と出自を持つ自称「ごく普通の女子高生」。

霧谷刀夜（きりがや・とうや）**6ツ星**
森羅の「絶対君主」。一学期の対抗戦以来、緋呂斗とは因縁の仲。

阿久津雅（あくつ・みやび）**6ツ星**
彗星学園の真の実力者。《ヘキサグラム》に見切りをつけ、現在は《アルビオン》の一員に。

越智春虎（おち・はるとら）**6ツ星**
七番区森羅高等学校所属の《アルビオン》のリーダー。霧谷らと共に緋呂斗の前に立ちはだかる。

衣織（いおり）
森羅高等学校に所属する謎の少女。大きな鍵を握ると目されるが……。

皆実雫（みなみ・しずく）**6ツ星**
聖ロザリア女学院所属の実力者。決闘を通じ緋呂斗と関係を深める。

口絵・本文イラスト：konomi（きのこのみ）

プロローグ

liar liar

##

期末総力戦サドンデスルール《リミテッド》最終日——。

学園島《アカデミー》零《ゼロ》番区内のとある場所で、俺はただ一人の〝ラスボス〟と対峙《たいじ》していた。

「「…………」」

零番区《区域大捕物《エリアレイド》》は既に佳境に入っているにも関わらず、俺も彼も一切の言葉を発することなく相手の瞳を見つめている。遠くの喧騒《けんそう》が鮮明に聞こえるくらい、風の音が普段より大きく聞こえるくらい、まるで示し合わせたかのように黙りこくっている。

（最後の《決闘《ゲーム》》……か）

そんな俺の脳裏を改めて過《よ》ぎるのは、現状を端的に切り取った単語だ。

零番区《区域大捕物》。期末総力戦《パラドックス》の最後を飾る《決闘《ゲーム》》というのは間違いないが、それだけじゃない。何しろ俺は、この学園島《アカデミー》に移り住んできた直後から彼らと——《アルビオン》とやり合っていて、その決着が全て〝今〟に委ねられているんだ。お互いに一歩も譲れないから、負けられないから、無理やりにでも折り合いをつけるしかない。

「……ねえ、緋呂斗《ひろと》」

そこで、正面に立つ越智春虎《おちはるとら》が久しぶりに口を開いた。

「正直に言うと、僕は驚いてる。緋呂斗《ひろと》が《シナリオライター》にここまで食らいついてくるとは思わなかった。僕らの計画において君が最後の障壁だっていうのは分かっていたつもりだけど、ここまで高い壁だとは知らなかった」

「そりゃどうも」

「褒めてるわけじゃないんだけどね。……でも」

淡々と紡がれていく言葉と共に、すっと細められた漆黒の瞳が真《ま》っ直《す》ぐに俺を穿《うが》つ。

「ここまでするってことは……君にも、覚悟があるってことかな？　僕の信念と張り合うだけの願いが見つかった、ってことかな？」

彼が発したのは、いつかのそれと似たような問いだ。俺に覚悟はあるのか否《いな》か。

あの時は答えることができなかった命題に——俺は、迷いなく「ああ」と断言する。

「少なくとも、引き下がれない理由なら見つかった」

「……充分だよ」

一瞬だけ驚いたような顔をしてから、それでも微《かす》かに笑みを浮かべる越智。

こうして《リミテッド》を締《し》め括《くく》る〝最後の決戦〟が始まるわけだが……その前に、ここへ至るまでの過程でも振り返っておくことにしよう。

時間は、ちょうど一日前に遡る——。

第一章　決戦前夜

liar liar

#

『――報告します、ご主人様。五番区の《区域大捕物《エリアレイド》》にて実行していた作戦ですが……』

「あ、ああ。……どうだった？」

『無事に成功いたしました。褒めてください、ご主人様』

「っ……！」

端末の向こうから聞こえてきたわずかに誇らしげな声に、俺はぐっと密《ひそ》かに拳を握る。

……二月十七日、金曜日。

期末総力戦サドンデスルール《リミテッド》第16ラウンド終了直後。

学園島《アカデミー》四番区で開催されていた《区域大捕物》にどうにか勝利した俺は、続くラウンドへ向けた準備もそこそこに、別行動中の専属メイド・姫路《ひめじ》白雪《しらゆき》に電話を掛けていた。

もちろんそれは、単に彼女の声が聞きたかったとかそういう話じゃない。……聞きたかったこと自体は否定しないが、それだけが理由じゃない。この《リミテッド》では、各ラウンドにおいて学区《エリア》ごとに固有の《区域大捕物》が同時展開される――そして直前の第16ラウンド、俺と姫路はとある目的を果たすために別々のエリアを選んでいたんだ。

「いや、言われなくても褒めまくるって……！」

そんな目的が無事に達成された旨《むね》を聞かされた俺は、演技や誇張の類《たぐい》でなく完全無欠に本心から、回線越しの従者に手放しの称賛を送っていた。

「〝五番区《ダブルシーカー》実施中に【探偵】陣営の泉夜空《いずみよぞら》と合流して逆探知で越智《おち》の端末にアクセス。そこから《区域大捕物《エリアレイド》》が終わるまでに《シナリオライター》の内容を書き換える〟……提案したのは俺だけど、かなり強引な作戦だったと思うぞ？」

『……？　つまりご主人様は、この計画が失敗すると思っていたのですか？』

「え？　ああいや、そういうわけじゃない。相当な無茶《むちゃ》振りだってのは自覚してて、だから姫路《ひめじ》以外には頼めなかったってだけだ」

『なるほど。……それは確かに、とても嬉《うれ》しいお褒めの言葉かもしれません』

涼しげな声にふわりとした笑みを含ませながらそんなことを言ってくれる姫路。

彼女が担当していた作戦というのは、要するにそういうことだ――森羅《しんら》高等学校の越智春虎《はるとら》が有する《シナリオライター》。白の星の特殊アビリティであるアレは決して〝未来予知〟を実現するような代物《モノ》じゃないが、現時点での戦況がリアルタイムで反映されてしまうため、俺が何かしらの策を弄する度にその事実が彼へと筒抜けになる。

故に、決戦へ移る前にどうしても《シナリオライター》を黙らせる必要があって。

それを為《な》すための必須項目というのが、越智が持つ《征服》アビリティの支配下に置かれた元ラスボス・泉夜空の端末と、所有権を一時的に無視して相手陣営の端末に干渉できる五番区《ダブルシーカー》の特殊仕様《ルール》。そして最後に、端末への干渉さえ通れば逆探知で無理やりハッキング可能な《カンパニー》の助力だった——というわけだ。

『す、凄《すご》かったんですよ、篠原《しのはら》さん……！』

そこで端末の向こうから聞こえてきたのは、同じく当の作戦に参加してくれていた泉夜空の声だ。溢《あふ》れる興奮を抑えることができないのか、彼女は（おそらく姫路が持っている端末にむぎゅうと頬《ほお》を押し付けるような形で）勢いよく言葉を紡ぐ。

『わたし、わたしずっと近くで見ていたんですけど、何が起こっているのか全然分かりませんでした！　気が付いたら越智さんの端末に侵入していて、あっという間にシナリオの改竄《かいざん》が終わっていて……！　め、メイドさんって本当に凄いんですね⁉』

「その辺はメイド全般じゃなくて姫路が凄いだけかもしれないけど……とにかく、泉もありがとな。お前との合流が遅れてたらさすがの姫路でも間に合わなかった」

『い、いえいえいえ！　わたしなんて、最初はずっと走り続けて白雪《しらゆき》さんと合流するつもりだったのに、すぐに体力がなくなって泣きそうになりながら歩いていただけの役立たずですから！　うぅ……お願いします、篠原さん。白雪さんには残念ながら罵っていただけなかったので、代わりに思いっきりわたしを扱《こ》き下《お》ろしてください……‼』

「………………」

『……ご主人様を困らせるのはお止《や》めください、夜空《よぞら》様。周囲に人がいないところであれば、わたしが存分に白い目で見て差し上げますので』

『!! ほ、本当ですか白雪《しらゆき》さん!! 〰〰〰〰っ!!』

声にならない歓喜を露《あら》わにしつつ端末からフェードアウトする泉《いずみ》夜空。……事前にどんなやり取りが交わされていたのかは知らないが、彼女のドMな性質は相変わらず遺憾なく発揮されているようだ。今もはぁはぁと悶《もだ》える声が遠くから聞こえてきている。

その辺りで、端末の向こうの姫路《ひめじ》が『ちなみに……』と言葉を継いだ。

『このような確認をすること自体が失礼にあたる気もしてしまうのですが……四番区《バックドラフト》の方も無事に勝利した、という認識でよろしいでしょうか?』

「ああ、おかげさまでな」

九割の期待と一割の不安で構成された問い掛けに対し、俺は一つ頷《うなず》いて肯定を返す。

「四番区《こっち》の《区域大捕物《エリアレイド》》も俺たち【怪盗】陣営の勝ちだ。もちろんギリギリの勝負ではあったけど……ま、ここで負けてたらもっと神妙な態度になってるよ」

『良かったです。ということは、更紗《さらさ》様も無事に?』

「間に合ってくれた。……っていうか、彩園寺《さいおんじ》のポジションだけは代役が立てられなかったからな。あいつが来てなきゃ多分勝ててない」

言いながら視線を持ち上げて、少し離れたところに立っている彩園寺をちらりと見遣《みや》る俺。途端、そんな気配に勘付いたのか彼女は豪奢《ごうしゃ》な赤の長髪を揺らしながらこちらを振り返って、けれど（立場の都合上）すぐにふいっとそっぽを向いてしまう。

四番区《区域大捕物》――《バックドラフト》。つい数分前まで行われていた疑似《決闘《ゲーム》》は、姫路に伝えた通り【怪盗《おれたち》】陣営の勝利に終わっている。鍵になったのは既に期末総力戦から脱落していた外部協力者《NPC》の存在……中でも、一番区の《区域大捕物》を高速で片付けてから参戦してくれた《女帝》彩園寺更紗の活躍に他ならないだろう。何か一つでも重大な要素が欠けていれば、勝敗は引っ繰り返っていたかもしれない。

「ん……」

けれど、何はともあれ俺たち【怪盗】陣営は四番区《バックドラフト》に勝利して。

姫路もまた五番区《ダブルシーカー》の中で達成困難な目標を果たしてくれて。

「要するに、これで準備が整ったわけだ。泉夜空からラスボスを奪った越智春虎《おちはるとら》……絶対に倒しちゃいけない災厄を期末総力戦から〝排除〟する手筈《てはず》が整った」

『はい、そうですね。安堵《あんど》すべき場面であると同時に、気を引き締めなければならない瞬間でもあります。何しろ、ここまではあくまで前提条件に過ぎませんので』

「……だな」

遠慮がちに紡がれる言葉に短く同意を返す。そう――四番区の《区域大捕物》に勝利したのは必要な〝祝福〟を確保するためだし、五番区で《シナリオライター》に干渉したのは今後の計画を見抜かれないようにするため。どちらも必須の過程ではあるが、これで終わりというわけじゃない。ようやくスタートラインに立てた、というだけの話だ。

『では……時間もありませんので、報告はこのくらいにしておきます』

俺がそこまで思考を巡らせた辺りで、端末越しに涼しげな声が耳朶《じだ》を打つ。……第16ラウンドの途中で森羅《しんら》高等学校の不破深弦《ふわみつる》が《延長戦《エクストラターン》》なる色付き星《ユニークスター》アビリティを使っている関係上、現在はとっくに第17ラウンドの準備期間だ。本番期間に入るとエリア間の移動が完全に封じられてしまうため、確かにダラダラしている余裕はなかった。

『わたしは当初の想定通り、第17ラウンドからは一番区の《区域大捕物《エリアレイド》》に参加して強力な《略奪品》を狙うつもりです。詳しいお話はまた合流した時にでも』

「分かった。気を付けてな、姫路《ひめじ》」

『もちろんです、ご主人様。わたしは7ツ星の専属メイドですので、うっかりやられてご主人様の作戦を台無しにするような真似《まね》はいたしません』

くすっと笑みを零《こぼ》しながら、最後に『失礼します』と言い残して通話を切る姫路。

――と、

「終わったか、篠原《しのはら》」

そこへ声を掛けてきたのは、相変わらずの仏頂面《ぶっちょうづら》を貼り付けた男だった。凄《すさ》まじい洞察力と記憶力から《千里眼》の異名を持つ英明《えいめい》学園生徒会長・榎本進司《えのもとしんじ》。先の《バックドラフト》でも辣腕《らつわん》を振るってくれた大先輩は、真面目《まじめ》な顔で腕を組みつつ尋ねてくる。

「その表情を見る限り大きな問題はなさそうだが……首尾は？」

「上々だ。ま、姫路に限って失敗なんか有り得ないって」

右手に端末を持ったまま小さく肩を竦《すく》めてみせる俺。

ちなみに、榎本はラスボス絡みの諸々《もろもろ》や彩園寺《さいおんじ》の〝嘘《うそ》〟について詳しい事情を知っているわけじゃない。けれど全てを伏せたまま協力を請うのはさすがに無理があったため、越《お》智《ち》に勝つための方法という体《てい》で大まかな作戦だけは共有していた。浅宮《あさみや》や秋月《あきづき》、水上《みなかみ》に関してもも似たような状況だ。全てではないものの、可能な限り打ち明けている。

当の榎本は「ふむ……」と静かに言葉を継いだ。

「つまり、少なくとも門前払いだけは避けられたというわけか。ならば僕たちもこの先の行動を決めなければならないが……驚くべきことに、次の第17ラウンドが始まるまで十五分を切っている。四番区《ここ》の報酬を考えれば居座る手もなくはないが、とはいえ《リミテッド》もあと5ラウンドで閉幕だ。何となくの惰性で動くわけにもいくまい」

「は、はい。そうですよね……むむむ」

榎本の発言を肯定しながら会話に入ってきたのは、英明学園の一年生にして早くも5ツ星に至っている真面目で健気《けなげ》な後輩少女こと水上摩理《まり》だ。腰の辺りまで伸びた流麗な黒髪をさらりと揺らした彼女は、傍《かたわ》らに端末画面を表示させつつ口を開く。

「現時点で《リミテッド》の選択可能エリアとして残っているのは零《ゼロ》番区も含めてたったの五ケ《か》所……《区域大捕物《エリアレイド》》の勝利で手に入る祝福はそれぞれ内容が異なりますが、中でも一番区は《略奪品》獲得、二番区はアビリティポイント《AP》増加、三番区はそもそも《区域大捕物》が行われない特殊エリア、そして四番区は他エリアの呪いを書き換える妨害の効果です。最後の詰め方を見据えて戦略的に選ばないといけません……！」

「まあな。越智《おち》との最終決戦は明日《あした》になるだろうけど、だからって今日の残り2ラウンドを適当に過ごすわけにはいかない。それで言うと……ちょっといいか、榎本《えのもと》？」

「榎本ではなく榎本先輩だが、どうした篠原《しのはら》」

「《略奪品》の獲得とかAP稼ぎも大事ではあるけど、俺の記憶が確かならもっと重要なことがあるはずだ。だって、今の越智が根城にしてる零番区って……」

「これまで一度も《区域大捕物》が成立していない区画——だな。過去の事例が一つもないため、圧倒的に情報が足りていない。戦略を立てるだけでも極めて困難だろう」

「……だよな。やっぱり、それが一番の問題か」

苦い顔をする榎本の返答を聞きながら、俺は小さく下唇を噛《か》む。

「作戦会議は今日の夜にでもやるとして……今のところ、零番区の《区域大捕物》について分かってるのは全体に公開されてる概要部分だけだもんな。これじゃイメージも掴《つか》みづらいし、越智がどんな手を使ってくるつもりなのかなんてさっぱりだ」

「そうだな。……だが、どうするつもりだ篠原？　事情を説明すれば零番区に特攻してくれる協力者も見つかるかもしれないが、当の《区域大捕物》で負ければほぼ確実に〝脱落級〟の呪いを受け取る羽目になる。加えて、越智春虎《はるとら》は非常に厄介な難敵だ。並大抵のプレイヤーでは、戦法などろくに把握できないまま負けてしまうぞ？」

「まあ、そうなんだよな……だから、欲を言えばここは〝6ツ星クラスの協力者〟が欲しい場面《ところ》なんだ。越智と対峙《たいじ》しても瞬殺されずにしばらくは戦況を保《も》たせられるような、逃げ足の速い……じゃなくて、頼りになるプレイヤーが――」

「――やあやあ篠原、どうやら今回もまたボクの出番みたいだね？」

と、その時。

俺の発言を乗っ取るような形で〝待っていました〟とばかりに名乗りを上げたのは、十五番区茨《いばら》学園のリーダー・結川奏《ゆいかわかなで》その人だった。中世の貴族めいた淡い金髪をふわりと払ってみせた彼は、コツコツと優雅な足取りでこちらへ近付いて言葉を継ぐ。

「話は聞かせてもらったよ。6ツ星の頼りになる先輩プレイヤーにどうしても零番区《区域大捕物》の偵察に行ってもらいたいと、君はそう言っているわけだよね？」

「あ、ああ、そうだけど……」

「ふっ……何だよ、水臭い話じゃないか！　それなら明らかにボクが適任だろう？　英明《えいめい》の6ツ星ランカーは榎本くんを除いて全滅してしまっているし、音羽《おとわ》の久我崎《くがさき》くんも【スパイ】コマンドで陣営を移ってしまった。つまり、頼れるのはボクだけだ！」

「……へえ？　そりゃ助かるけど、いいのかよ。ルールもろくに分からないまま勝算も作戦もなしで突っ込むんだから、どう考えても負け戦だぞ？」

「ああ、もちろん構わないよ」

俺の放った当然の疑問を受けて、結川《ゆいかわ》はふっ……とニヒルに口元を緩めてみせる。そうして彼は、芝居がかった仕草で俺に指を突き付けながら気障《キザ》な態度でこう言った。

「こう見えてボクは、五月期交流戦《アストラル》の頃から篠原緋呂斗《しのはらひろと》と鎬《しのぎ》を削っている唯一無二のライバルだからね。英明《えいめい》学園が勝ってくれれば、相対的にボクの評価も跳ね上がる」

「素直だな」

「それがボクの美徳だからね。それに、何も期末総力戦《パラドックス》の勝利を完全に諦めたわけじゃないよ？　茨《いばら》学園の生徒はまだ相当数が生存している。だったらボクたち三年生は大義を果たすべく特攻して、残る後輩たちに望みを託した方が好感度的にも——というのは置いておいて、後輩に花を持たせたいというのが先輩としての想《おも》いなんだよ」

「……前言撤回、やっぱり素直じゃなかったな」

自分に酔《よ》い痴《し》れるような表情で（偽りの）自己犠牲精神を示す結川に対し、俺はジト目で嘆息を零《こぼ》す。さすが、しょっちゅう島内SNS《STOC》でプチ炎上している人気者の発言は伊達《だて》じゃないが……とはいえ、彼の申し出が【怪盗】陣営にとって有り難《がた》いものであることは間違いなかった。互いにメリットがあるのであれば断る理由もないだろう。

「っと……」

結川との話がついた辺りで、俺は改めて端末に視線を落とす。……《リミテッド》第17ラウンドの本番期間が始まるまで約十分。四番区に留《とど》まるならともかく、他学区の《区域《エリア》大捕物《レイド》》に参加するつもりならさすがにそろそろ動かなきゃいけない時間だ。

と、いうわけで。

「それじゃあ、ここは一旦解散だ。今日の最終ラウンドが終わったらもう一回集まって本格的な作戦会議をしよう――それまで健闘を祈ってるよ、一人残らずな」

その場にいる仲間たちの顔をぐるりと見渡してから、俺は微《かす》かに笑ってそう言った。

♭♭

期末総力戦サドンデスルール《リミテッド》4日目――第17〜18ラウンド概況。

一番区《タスクスイッチ》：両ラウンド共に【怪盗】陣営の勝利。

二番区《リーサルチェイン》：両ラウンド共に【怪盗】陣営の勝利。

第17ラウンドの終了時点では【怪盗】陣営の合計生存者数が2109人、対する【探偵】陣営が2033人と、2日ぶりに【怪盗】が人数的な優勢を取り返す形になった。

ただし、続く第18ラウンドでは森羅《しんら》高等学校所属の6ツ星・越智春虎《おちはるとら》が有する特殊アビリティにより三番区【充電エリア】が通常エリアに変換され、未知の《区域大捕物《エリアレイド》》に誘われた【怪盗】陣営のプレイヤー1500人以上が一斉に脱落している。

結果、4日目終了時点の生存者は【怪盗】が728人、対する【探偵】が1293人。

【探偵】陣営による再逆転が発生したところで、期末総力戦《パラドックス》は最終日へ縺《もつ》れ込《こ》む――。

#

「「……あ」」

二月十七日夕刻、すなわち《リミテッド》第18ラウンドの終了直後。

直前に選択した《区域大捕物》の都合で珍しく単独行動になっていた俺は、これから行われる〝作戦会議〟に参加するべく夕闇に沈む英明《えいめい》学園を訪れていた。

そうして昇降口から校舎内へ足を踏み入れた刹那、ばったり出くわしたのは彩園寺《さいおんじ》家の影の守護者――泉小夜《いずみさよ》だ。薄暗闇の中でも分かるあざと可愛《かわい》い萌《も》え袖に、華やかさと可愛らしさを兼ね備えた薄紫のツインテール。極限まで短くされたスカートと白いソックスの間に生まれた絶対領域に目を奪われないよう、俺は意識的に顔を持ち上げる。

「よう、泉。早いな」

「……当たり前じゃないっすか。泉、不破《ふわ》先輩たちが使った《延長戦《エクストラターン》》の副作用で《区域大捕物》に参加できないんで……もう役目は終わったようなモノっすから」

やや不満そうに唇を尖《とが》らせながらそんなことを言う泉。まあ確かに、期末総力戦《パラドックス》も終盤なのに何もできないという立場はもどかしいものがあるだろうが――とはいえ、

「《アルビオン》の連中をまとめて持っていってくれたんだから戦果としては充分すぎるくらいだっての。榎本《えのもと》のやつも〝助かった〟って言ってたぞ？」

「う……な、何すかそれ？　よわよわ先輩が急に泉のこと褒めるなんて、普通に下心しか感じないっす。というか、よく考えたら英明学園《ここ》は先輩のホームグラウンド……よわよわ先輩、さてはアレっすね？　泉があまりに可愛すぎるから、その辺の物陰に連れ込んでえっちなことするつもりっすね!?　あはっ……モテない男の子の妄想くらいは無罪放免で許してあげるっすけど、実行したら秒速で死刑なんで☆」

「……あのな」

萌え袖の右手を口元へ遣《や》りながらニマニマとした表情でからかってくる泉に対し、俺は脱力気味に突っ込みを入れる。ただ鬱陶しいだけなら何とでもなるのだが、泉小夜という少女は本当に可愛いので実は照れ隠しをするのも一苦労だ。

と、俺がそんなことを考えながら人差し指で頬《ほお》を掻《か》いた――その刹那。

「ん……」

目の前の泉小夜が不意に俺から視線を切って、辺りをきょろきょろと窺《うかが》い始めた。廊下に他の人影がないことを確認した彼女は一瞬だけ逡巡《しゅんじゅん》するように俯《うつむ》くと、覚悟を決めたの

かゆっくりと紫色の瞳を持ち上げる。続けて小さく一歩こちらへ近付いてきたかと思えばぐいっと俺の手を引いて、背伸びしながら桜色の唇をそっと耳元に寄せてきた。

そうして、囁《ささや》くように一言。

「ありがとうございます、っす。……ホントは、心の底から感謝してるんで」

「――――――」

照れたような感情が端々に見え隠れする感謝の言葉。対する俺が一瞬だけ息を呑《の》んだ直後、当の泉《いずみ》は「っ……！」と顔を真っ赤にしてさっさと廊下を駆け抜けていく。呼び止めようと声を発する隙《ひま》もなく、小さな背中はあっという間に見えなくなった。

「……いや、何だあれ」

その後、どうにか紡いだ突っ込みの声が動揺で裏返っていたことは秘密にしておこう。


英明《えいめい》学園高等部２－Ａ教室――。

作戦会議を行う基地《アジト》に選ばれたのは、俺が普段から使っている教室だった。

もちろん場所なんかどこでも構わないのだが、昨日の夜に行った《バックドラフト》絡みの打ち合わせと違ってそれなりの規模になることもあり、俺の家やら生徒会室ではさすがに少々手狭になってしまう。かと言って公共の場で話し合うわけにもいかないため、一《いち》ノ瀬《せ》学長に連絡して通常校舎Ａ棟を開放してもらった……という経緯《いきさつ》だ。

俺が教室に辿《たど》り着《つ》いた時点では姫路《ひめじ》や羽衣《はごろも》、それと彼女の膝上で熟睡している衣織《いおり》くらいしかいなかったものの、現在はかなりの人数が集まっている。榎本《えのもと》や秋月《あきづき》を始めとする英明勢、結川《ゆいかわ》を筆頭とする茨《いばら》学園メンバー、それから真っ赤な顔で入室してきた泉小夜《さよ》と姉の夜空《よぞら》。加えて、窓際の席にはフードを深く被《かぶ》った赤髪の少女も座っている。

「では――参加予定のプレイヤーが全員揃《そろ》ったようですので、そろそろ作戦会議を始めさせていただきます。よろしいでしょうか、ご主人様？」

「ああ、頼む」

さらりと白銀の髪を揺らしながら立ち上がった従者《メイド》に対し、俺はこくりと一つ頷《うなず》く。それを受けて静かに頭を下げた彼女は洗練された所作で教室前方へ歩を進めると、今度は全体に向けて深く礼をしてからいつも通りの丁寧な口調で切り出した。

「篠原緋呂斗《しのはらひろと》様の専属メイド、姫路白雪《しらゆき》です。本日の作戦会議では司会進行を務めさせていただきます――まずは、こちらをご覧ください」

涼しげな声音でそう言ってから自身の端末をそっと教卓にセットする姫路。瞬間、彼女の背後にある壁（黒板にもホワイドボードにも投影用スクリーンにもなる万能の壁だ）にとある映像、もとい文字列がずらりと表示される。

澄んだ碧《あお》の瞳を一瞬だけ背後《それ》に向けてから、姫路は静かに言葉を継いだ。

「こちらは期末総力戦の現状を示すシステムメッセージです。ご存知《ぞんじ》の通り、本《リミテッド》は常に【探偵】優勢。二日前に生存者数が逆転してからその差は開き続ける一方だったのですが、第17ラウンドにおいて【怪盗】側が優位を取り戻しました」

「は、はい！　そうですよね、白雪《しらゆき》先輩……！」

そこで、姫路《ひめじ》の言葉に真っ直《ます》ぐな反応を示したのは水上摩理《みなかみまり》だ。最前列のド真ん中という〝らしい〟席に座った彼女は、流麗な黒髪をさらりと揺らして口を開く。

「第16ラウンドの一番区と四番区、それに第17ラウンドの一番区と二番区でも大きな勝利を収めていますから、いかに優勢だった【探偵】陣営と言えども〝呪い〟が溜《た》まってきているんです。【怪盗】陣営の先輩方はとってもとっても強いんですから！」

「〝先輩方〟だけでなく水上様も間違いなくMVPの一人ですが……いえ、今は置いておきましょう。問題はそこではなく、続く第18ラウンドでの不可解な出来事です」

白手袋を嵌《は》めた指先をすっと端末画面に触れさせる姫路。すると投影展開されていた画像のうち前半部分が消滅し、残る後半――つまりは第18ラウンドの概略だけが大写しになる。ここでも一番区と二番区の《区域大捕物《エリアレイド》》に関しては【怪盗】陣営が勝利しているのだが……純粋な生存者数で言えば、再びの〝逆転〟を許してしまっている。

教室内が神妙な空気で満たされるのを待ってから、姫路は涼しげな声音で続けた。

「第18ラウンド――【探偵】陣営の越智《おち》様が、特殊アビリティによって三番区【充電エリア】を通常エリアに変換しました。これは要するに、本来《区域大捕物》が行われないはずの区画を無理やり戦闘地帯に変えたということです。三番区選択のプレイヤーはそもそも〝呪い〟の蓄積やAP枯渇、あるいは《略奪品》不足で本来の力を発揮できない方が多かったので……あっという間に、蹂躙《じゅうりん》されてしまったようですね」

「うんうん、普通にヤバいよね。……でもさ、ゆきりん」

大多数のプレイヤーが深刻に押し黙る中、気にせず声を上げたのは6ツ星のギャルJKこと浅宮七瀬《あさみやななせ》だ。鮮やかな金糸を揺らした彼女は小さく首を傾《かし》げて疑問を示す。

「ウチ、ちょっと気になってたんだけど……森羅《しんら》ってさ、何でわざわざこのタイミングでそんなコトしてきたんだろ？」

「？　ええと……それは、どのような意味でしょうか？」

「だって《リミテッド》はどんどんエリアが少なくなっていくんだから、最終的には零番《ゼロ》区しか選べなくなるわけじゃん？　ってコトは、結局のところ最後の勝負は零番区……今の人数なんてあんまり関係ないかも、とか思っちゃったんだよね。それとも、単純に人数差が付いてると零番区で勝ちづらくなる――みたいなカンジなのかな」

「いいや、それは違うだろう」

と――そこで浅宮に答えを返したのは、彼女の隣に座る榎本進司《えのもとしんじ》だ。腕を組んだまま視線を横に向けた彼は、周囲にも聞かせるつもりの声量で淡々と説明を続ける。

「例外的なルール故に七瀬が知らなくとも無理はないが……《リミテッド》が最終日に突

入した場合、連結ラウンドという特殊な処理が適用されることになる」

「れんけつらうんど？」

「ああ、お祭り好きの《ライブラ》が採用した公式ルールだそうだ。《リミテッド》最終日——つまり明日の第19から第21ラウンドは、全て準備期間が廃止され〝本番期間のみ〟で構成される。移動のタイミングが存在しないため、エリアの選択が発生するのは朝だけだ。故に、たとえば一番区《タスクスイッチ》を選択した場合、朝九時からエリアが消滅する午後一時までぶっ続けで同じ《区域大捕物》《エリアレイド》に挑むことになる」

「はぇ……そうなんだ。じゃあ、一番区とか二番区で勝った人も〝生存者〟扱いなの？」

「正確には〝勝った〟ではなく〝脱落しなかった〟というのが条件《キー》だが、その通りだ。明日の《区域大捕物》でも勝敗に応じて祝福と呪いが発生し、第21ラウンドの終了時点で脱落条件を満たしていないプレイヤーはいずれも生存者となる。ただ……」

「はい。最後に選択していたエリアの種類に応じて、最終的な計算に多少の倍率が掛かります。勝利陣営、および勝利学区を一つに決めるための処置ですね」

言いながら姫路《ひめじ》は、手元の端末を操作して背後の壁にこんな文字列《テキスト》を表示させる。

【期末総力戦サドンデスルール《リミテッド》——最終プレイヤー数算出倍率】

【二番区選択の場合：〝生存者数×１〟でカウント】

【一番区選択の場合：〝生存者数×５〟でカウント】

【零《ゼロ》番区選択の場合：〝生存者数×20〟でカウント】

「――この通り、比重として大きいのは確かに零番区の勝敗なのですが、他の《区域大捕物》も軽視はできません。ですので、強引に〝数〟の優位を取りに来たのでしょう」

「そっかそっか、なるほどね……うん！　ありがとゆきりん、カンペキ理解！」

「……前半の説明はほとんど僕がしたはずだが？」

「なになに？　進司《しんじ》もウチに〝ありがと〟って言われたいワケ？　それとも嫉妬？」

「…………」

「え、ちょ……もう、冗談なんだから黙んないでよ。……進司も、ありがと」

照れたような声音で礼を言う浅宮《あさみや》と、仏頂面《ぶっちょうづら》のまま「ふん……」と鼻を鳴らす榎本《えのもと》。

相変わらずの仲良しカップルを横目に見ながら、俺は静かに思考を巡らせる。

（まあ、結局は越智《おち》のやつに例の〝呪い〟を食らわせなきゃいけないから零番区の《区域大捕物》が最重要なんだけど……実は、そっちの戦況にも絡んでくるんだよな）

――そう。

ラスボス化した越智を期末総力戦から排除する、という勝ち筋《ルート》は確かに零番区にしか存在しないが、しかし一番区や二番区の結果によって【探偵】の勝利が早々に確定してしまった場合、越智は〝時間稼ぎ〟に徹するだけで良くなってしまう。逆に俺たちは無理やり攻めなきゃいけない場面が増えることになり、それは明確な負け筋《ネック》になるだろう。

が、まあそれはともかくだ。

「以上が第18ラウンドまでの概況、および最終日における特殊ルールの全貌です」

澄み切った声音でそんな言葉を口にしながら、教室前方に立つ姫路《ひめじ》がさらりと白銀の髪を揺らしてみせた。そうして彼女は背後の壁に投影していた画面を消去すると、碧《あお》の瞳でぐるりと室内を見渡すようにして続ける。

「今の説明にもあった通り、明日《あした》は合計三つの《区域大捕物《エリアレイド》》が開催されます。ただし一番区と二番区に関しては既に充分な攻略情報《ノウハウ》が共有されていますので、ここから先は主に零《ゼロ》番区《区域大捕物》――通称《LR》の攻略に的を絞って話を進めていきたいと思います。……結川《ゆいかわ》様、バトンタッチしてしまってもよろしいでしょうか？」

「無論だよ、レディ。あとは全てボクに任せてくれたまえ」

姫路からのパスを受けて優雅に立ち上がる影が一つ。

茨《いばら》学園の制服を纏《まと》った金髪の青年――結川奏《かなで》は、全員の視線が集まったところでふわりと髪を撫《な》で付けると、ファッションショーのステージ並みに気取った足取りで教室前方へ進み出た。ちなみに姫路の方はと言えば、そんな結川から逃れるように（というと多少の印象操作かもしれないが）一礼して、やや早足で俺の隣まで戻ってきている。

「さて――」

そうして教壇に立った結川は、相変わらずニヒルな表情でこんな第一声を口にした。

「どうも、大規模《決闘》《ゲーム》へ出場する度に学園島《アカデミー》最強や《女帝》より話題を掻《か》っ攫《さら》ってしまうことに定評のあるボク、茨学園のエースこと結川奏だよ」

「「「…………」」」

「ふっ……こんなに大勢から熱の籠もった視線で見つめられるとさすがのボクでも照れちゃうな。緊張を解《ほぐ》すためにも、ここはボクの武勇伝から——」

「結川様。時間がありませんので、なるべく手短にお願いします」

「——……手厳しいね、レディ。まあそういうことなら仕方ないかな」

涼しげな、を通り越して冷めきった表情の姫路に諭され、渋々ながら肩を竦《すく》める結川。それから彼は、とんっ……と教卓に両手を突きつつ改めて切り出した。

「それじゃあ、リクエスト通り本題に入ろう——みんなも知っての通り、ボクたち茨学園の厳選されたメンバーは第18ラウンドで零番区に突撃してきた。いわば明日のための偵察部隊、のようなものだね。結果は惜しくも敗北……ギリギリもギリギリ、ロスタイム後のＰＫ戦で負けたくらいの僅差だったんだけど、とはいえ有益な情報は手に入れた」

「……そう、なんですか？　結川先輩たちは三十分も保《も》たずに負けてしまった、と……」

「うぐっ！　ま、まあ見方によってはそうなるかもしれないけど、大事なのは時間じゃなくて密度なんだよレディ。分かるかい？　いいや、もちろん分かるはずだとも」

「あ、ご、ごめんなさい結川先輩！　私、つい知ったような口を……！」

たらりと冷や汗を流しながら必死の弁明をかます結川《ゆいかわ》に対し、ぺこぺこと頭を下げる真面目《まじめ》っ娘《こ》もとい水上《みなかみ》。彼女の突っ込みももっともだが、しかし《区域大捕物《エリアレイド》》の開催期間は通常九十分だ。三十分近く耐えているなら、案外悪くない戦績なのかもしれない。

（少なくとも、何の情報もないってことはないはずだ……頼むぞ、結川！）

壇上に立つ《茨《いばら》のゾンビ》を見つめながら切なる祈りを捧《ささ》げる俺。

そんな俺の内心を知ってか知らずか、結川は小さく首を振ってから言葉を継いだ。

「とにかく……ボクたち茨学園は、明日の最終決戦に先駆けて重要な観察をしてきた。零番区《ゼロ》の《区域大捕物》は基本ルールすら知らない人も多いだろうから、解説と情報共有を並行で済ませてしまおうと思う。ボクは効率的でスマートな上級生だからね」

前髪に触れると同時にキラっと白い歯を覗《のぞ》かせながら、結川は先ほど姫路《ひめじ》がそうしていたように自身の端末を教卓にセットしてみせる。

その瞬間、彼の背後に大きく表示されたのは《LR》——零番区《区域大捕物》のルール文章《テキスト》だ。つまるところ、今日の作戦会議はここからが本番。広い教室内では、どこからともなくごくりと唾《の》を呑む音やら居住まいを正す音なんかが聞こえてくる。

「じゃあ、ひとまずこれを読んでみて欲しいんだけど……」

そんな俺たちを俯瞰《ふかん》視点で眺めながら。

結川奏《かなで》は、ウザったらしい……もとい、ニヒルな笑みを浮かべてこう言った。

「このルール文章《テキスト》にはおかしな部分がある。あまりにも賢いボクはあっという間に気付けたけど……果たして、キミたちはどうかな？」

＃

【期末総力戦サドンデスルール《リミテッド》――零番区《LR（Liar's《ライアーズ》 Rule《ルール》）》】

【《LR》はルール追加型のケイドロである。以下に示すルールは〝前提ルール〟と呼称し、本《区域大捕物》の開始時点から適用されている根幹部分とみなす】

【《LR》では、ラウンド本番期間への移行と同時に、期末総力戦における〝探偵〟および〝怪盗〟陣営に対して〝鬼〟または〝子〟の役割が与えられる（本《区域大捕物》において〝探偵〟および〝怪盗〟の呼称は単なるチーム名として扱われる）。

所属陣営が〝鬼〟の役割を持つ限り、全てのプレイヤーは〝子〟を戦闘不能（後述）にすることで、該当プレイヤーを零番区《エリア》内４ケ《か》所にある〝牢屋《ろうや》〟へ送ることができる。

所属陣営が〝子〟の役割を持つ限り、全てのプレイヤーは〝鬼〟を戦闘不能にすることで、該当プレイヤーを〝10分間の行動停止状態〟とすることができる】

【ここで《ＬＲ》唯一の勝利条件は、相手陣営のプレイヤー全員を牢屋に入れること。

ただし、前述の通り《ＬＲ》はルール追加型の《区域大捕物《エリアレイド》》である】

【《ＬＲ》の実施期間中、零番区《エリア》内には合計で１００個の〝ルール保管箱／通称：コンテナ〟が出現する。コンテナには《ＬＲ》に新たな要素を加える〝拡張ルール〟が封入されており、各陣営はそれを破壊（後述）することで該当のルールを入手できる】

【通常の場合、拡張ルールは使用することで《ＬＲ》全体に、つまり両陣営に等しく影響を及ぼす。そのため所持している拡張ルールを適用するか、あるいは獲得したうえで有効化しない（握り潰す）かは自由に決めてよい】

【ただし《ＬＲ》には７つだけ〝特権ルール〟が存在する。特権ルールは通常の拡張ルールと異なり、使用した陣営にのみ一方的に恩恵をもたらす強力なルールである。

特権ルールを適用する際は通常の拡張ルールを同時に選択する必要があり、このとき端末上には〝後者の拡張ルール〟が適用済みとして表示される（実際には特権ルールの方のみが適用済み）。すなわち特権ルールは密かに《ＬＲ》へと組み込まれる。

便宜的に特権ルールの名称には◆を、その他の拡張ルールには◇を付記する】

【全ての拡張ルールは、適用されたその瞬間から《LR》に変化をもたらす。

ただし相手陣営が何らかの拡張ルールを適用した場合、各ルールにつき5分間だけ〝ダウト〟を宣言する猶予が与えられる。これは特権ルールの〝嘘《うそ》〟を見破る趣旨のアクションであり、表示上のルールが実態と異なっていると感じた場合に使用してもよい。
・ダウト成功（宣言対象が特権ルール）：対象の特権ルールを棄却する。
・ダウト失敗（宣言対象が特権ルールでない）：陣営全体が10分間の行動停止となる】

【《LR》における戦闘およびコンテナの破壊には〝バレット〟という武器を用いる。

基本バレットは攻撃弾《アサルト》、防御弾《ガード》、特殊弾《チェンジ》の3種類。それぞれ以下の特徴を持ち、拡張ルール《バレット強化》が適用されることで段階的に追加の性能を獲得する。
・攻撃弾《アサルト》：ダメージ、射程、弾速に優れる超火力特化バレット。小細工には向かない。
・防御弾《ガード》：指定した場所にシールドを展開できる防御型バレット。反射や回復も得意。
・特殊弾《チェンジ》：拡散、追尾、貫通など様々な付与効果が乗る特殊バレット。補助役に最適】

【これらのバレットは、各陣営からの《LR》初期参加人数に応じて装備できる数が変更される（少数精鋭ルール）。参加人数が1人ならバレット3種全てをデメリットなしで装《そう》填《てん》可能、3人以下なら2種まで装填可能、5人以下なら1種のみ装填可能。6人以上の場合も1種類は装填可能だが、人数が増えるごとにデメリットが生じる】

【《LR》では、各プレイヤーおよびコンテナに固有の〝被弾ポイント《HP》〟が設定されている。バレットによって与えられたダメージの累計がHPの数値に達した場合、プレイヤーなら戦闘不能、コンテナなら破壊される。

ここで、プレイヤーの最大HPは《探偵/怪盗ランク》と同値であり、コンテナの最大HPは封入されている拡張ルールによって異なるものとする】

「……む、むむ……?」

零《ゼロ》番区《区域大捕物《エリアレイド》》のルール文章《テキスト》がスクリーンに投影されてからしばし。

全員が内容を確認し終えた辺りで怪訝《けげん》な声を上げたのは、他でもない水上《みなかみ》摩理《まり》だった。

「あの……すみません、結川《ゆいかわ》先輩。えっと、疑っているわけじゃないんですけど……」

「何だい、レディ? ボクくらいの有名人になると疑われたり信用を失ったりするのにはすっかり慣れているからね。気にせず続けてくれたまえ」

「あ、はい、ありがとうございます。では——《LR》のルールというのは、これで全部なんでしょうか? その、これでは成立していないような気がするんですが……」

「うんうん、そうだよね摩理ちゃん♪」

　そこで水上の言葉に追随したのは、俺の斜め前の席に座っていた秋月乃愛《あきづきのあ》だ。小悪魔の異名を持つ英明《えいめい》学園の三年生。俺たちの先輩にあたる彼女はぴょこんとあざとく手を上げてみせると、ゆるふわの栗色《くりいろ》ツインテールを微《かす》かに揺らしながら続ける。

「これじゃ《LR》は《区域大捕物》として成立してない……っていうか、どう見ても、ルールが足りてないもん♪　やっぱり何か間違ってるんじゃないのかな？」

　――そう、そうだ。

　秋月の放った疑問は、この教室内にいるプレイヤーの総意と言ってもいいくらいの内容《モノ》だろう。何しろ現状、零番区《LR》はそもそも《決闘《ゲーム》》として機能していない。

「だって……絶対にどっちかの陣営しか勝てないもんな、これじゃ」

　水上と秋月の意見を補強するように、少し遅れて俺も口を開くことにする。

「いや、まあ何となくのイメージはできる――ルール追加型のサバイバルゲーム風ケイドロ、ってところだろ？　プレイヤーは〝鬼〟と〝子〟の役割に分かれてサバゲーみたいなことをする。この役割ってのは期末総力戦《パラドックス》の【探偵】とか【怪盗】とは無関係だから、たとえば【怪盗】だけど〝鬼〟みたいなことも普通にあるわけだ。で、タッチの代わりにバレットでダメージを与え合って、それが溜《た》まったら牢屋《ろうや》行きになる」

「ですね。加えて、零番区の敷地内《エリア》には大量のルール保管箱――〝コンテナ〟が転がってています。これを壊すことで手に入る〝拡張ルール〟を使用する度に、プレイヤーは自身の手で《LR》をアップデートできる……と、このような仕様でしょうか」

「そうだな。だから、まあその辺はいいんだけど……」

姫路《ひめじ》の言葉に頷《うなず》きを返しながら改めて教室前方のスクリーンに視線を向ける俺。

そこで確認したのはルール文章《テキスト》における冒頭の記述だ。【探偵】陣営と【怪盗】陣営がランダムに〝鬼〟と〝子〟の役割を得る、という仕様は別にいい。ラスボスこと越智春虎《おちはるとら》が持つ【割れた鏡】と【敗北の女神】の冥星コンボを考えれば最初の〝鬼〟は【探偵】陣営へ流れてしまうだろうが、そのくらいは仕方ないと割り切るしかないだろう。

……普通なら。

「このルールは普通じゃないんだよ――〝鬼〟が〝子〟を戦闘不能にすれば〝子〟が牢屋《ろうや》に送られて、相手陣営のプレイヤーが全員牢屋に入ったら勝ち……なんだよな？　じゃあつまり、この《区域大捕物《エリアレイド》》はそもそも〝鬼〟じゃなきゃ勝てないってことになる」

「まあそうなるね。だけど篠原《しのはら》、それは普通そうなんじゃないかな？　ボクは生まれてこの方《かた》、鬼ごっこで完全勝利している〝子〟なんて見たことがないよ」

「いや、何も〝子〟の方に勝ち筋をくれって言ってるわけじゃない。そうじゃなくて、勝利条件が〝鬼〟の方にしかないなら絶対に【〝鬼〟と〝子〟がどうやって交代するのかを説明するルール】が必要だろって話だ。時間制か条件制かはともかく、何かしらの方法で役割を交換できない限り〝子〟は最高でも逃げ切りしか狙えない。……っていうのが、賢いアンタが早々に気付いたっていう《LR》のおかしな点じゃないか？」

「ふっ――あぁ、素晴らしい。さすがはボクのライバルだね、７ツ星」

全員の疑問を代弁するべく放った俺の言葉に対し、結川奏《ゆいかわかなで》は気取った態度でパチパチと両手を打ち合わせながらそんなことを言ってきた。そうして彼は優雅な足取りで背後のスクリーンへ近付くと、件《くだん》の冒頭部分にトンっと右手を添えつつ教室内を振り返る。

「篠原の指摘通りだよ。零番区《ゼロ》《LR》は〝鬼〟の役割を持つ陣営にしか勝利条件が設定されていない《区域大捕物》だ。そして、だとしたら普通は〝鬼〟と〝子〟が入れ替わるための条件――【◇攻守交替】ルールが設定されていて然《しか》るべきなんだけど、見ての通りそんな表記は前提ルールの中にない。いや、なくなったと言うべきかな」

「なくなった？　……まさか」

「そう、森羅《しんら》高等学校の越智春虎――彼の仕業だよ。彼は〝ルールに干渉する〟類《たぐい》の特殊アビリティを持っているんだろう？　詳しくは知らないけど、そのせいで本来なら前提ルールに入っていたはずの【◇攻守交替】が拡張ルールの方へ移されているんだ。どこかのコンテナに閉じ込められている。……だから、この《区域大捕物》は一応〝成立〟しているんだよ。ボクたち〝子〟にとっては異常に勝ちにくい仕様だけどね」

「…………」

気障《きざ》ったらしい結川《ゆいかわ》の説明を最後まで聞いて、俺はそっと右手を口元へ遣《や》る。……なるほど、確かに越智《おち》はラスボス化の【モードC】で解禁された冥星【操り人形】により部分的なルール干渉の権限を獲得している。本来は前提ルールの中に含まれていた【◇攻守交替】を零番《ゼロ》区内のコンテナに移してしまうくらい、おそらく造作もないのだろう。

（【敗北の女神】の効果を考えれば、俺たち【怪盗】陣営は確実に〝子〟スタート……だから、勝つためには絶対に【◇攻守交替】を適用しなきゃいけないのか）

確かにそれはなかなか重い十字架だ。特定の拡張ルールを組み込まない限りそもそも勝利条件が存在しない《区域大捕物《エリアレイド》》なんて、そんなの理不尽にも程がある。

「……ちなみに、結川」

嘆息交じりにそんなことを考えながら、俺は再び教室前方へと視線を向け直した。

「バレットとかコンテナってのは、普通にサバゲーみたいな内容を想像していいのか？」

「基本的にはね。ただ、きっと篠原《しのはら》が思っている以上にファ、ン、タ、ジ、ーの世界だよ？」

「……ファンタジー？　サバゲーなのにか？」

「そうさ。学園島《アカデミー》の《決闘《ゲーム》》だからバレットもコンテナももちろん端末の拡張現実《AR》機能で表現されるわけだけど、この《LR》では〝バレット強化〟系の拡張ルールが適用される度に各バレットが派手な性能を獲得していくからね。敵を逃がさない追尾機能とか、範囲内の仲間を回復し続ける超巨大シールドとか……機能としては盛り沢山だ」

「ああ、なるほど……それで余計にコンテナが壊しやすくなって、色んなルールが追加されていって、この《区域大捕物》自体がガンガン加速していくわけか」

「さすがに理解が早いね、篠原」

教室内の明かりをキラキラと反射する金髪をふわりと払いながら優雅に頷《うなず》く結川。

「《LR》はそういう《区域大捕物》だから、基本的にはとにかく拡張ルールを集めながら優位を取っていくことになる。中でも特権ルールの入ったコンテナは被弾ポイント《HP》が高いから、バレットが強化されていないと壊すのに相当な時間が掛かるだろうね」

「特権ルール……やっぱり、そいつが鍵《キー》になるんだな」

言って、俺は静かに右手を口元へ遣る。零番区《LR》における拡張ルールは〝適用された瞬間から両陣営に影響を及ぼす〟追加要素《コンテンツ》だが、特権ルールは〝使った陣営にだけ恩恵をもたらす〟正真正銘の加速装置《バフ》だ。極めて重要なのは間違いない。

「どんな種類があるんだ？」

「よく訊《き》いてくれたね、篠原。それは偵察部隊《ボクたち》が最も力を入れて掻《か》き集めた情報だ」

俺の質問に対し、結川は気取った仕草でパチンと指を鳴らしてみせた。すると直後、不完全なルール文章《テキスト》を映し出していた投影画面の内容が一瞬にして切り替わる。

【零番区《LR》特権ルール一覧（茨《いばら》学園調べ）】

【◆追加動員】――《決闘《ゲーム》》外から新たなメンバー1人を呼び出すことができる。

【◆ユニオン】──第4のバレット〝合成弾《ユニオン》〟が装填《そうてん》可能になる。
【◆弾幕妨害】──ルールを適用する度に相手陣営のバレット使用を一時封印する。
【◆財宝探索】──牢屋《ろうや》内のミニゲームに関連すると思われるが、詳細不明。
【◆弱者必勝】──自身が〝最も低い等級〟なら相手陣営の行動を大幅に制限できる。
【◆傍若無人】──制限系の拡張ルールを全て無視して行動できる。
【◆？？？】──隠しルール。出現条件、および効果不明。必勝級との噂《うわさ》あり。

「「ん……」」

全体公開されているルール文章《テキスト》には載っていなかった新情報に、俺だけでなく榎本《えのもと》や彩園寺《さいおんじ》、もとい朱羽《あかばね》なんかも前のめりになって無言で視線を走らせる。……詳細が明らかになっていない部分もあるが、これが一方の陣営にだけ与えられるならそれだけで戦況は大きく動くだろう。どれも作戦の根幹になり得る強力なルールばかりだ。

「っていうか……」

と、そこで再びポツリと声を零《こぼ》したのは浅宮七瀬《あさみやななせ》だ。既に期末総力戦《パラドックス》からは脱落してしまっている彼女だが、作戦会議にはこうして積極的に参加してくれている。

「この特権ルールって、普通には使えないんだよね？　通常の拡張ルールと一緒に使うとか、ダウトがどうとか色々書いてあったケド……つまりどゆこと、進司《しんじ》？」

「言葉通り、他のルールで覆い隠さなければならないという意味だ」

仏頂面《ぶっちょうづら》のまま答える榎本。前を向いた彼は胸元で腕を組みながら淡々と続ける。

「たとえば僕たちが特権ルール【◆追加動員】を手に入れていたとして、これを単独で使うことはできない。必ず何かしらの拡張ルール――【◇防御弾《ガード》強化】や【◇攻守交替】を同時に選択する必要がある。ここで、仮に【◆追加動員】の隠れ蓑《みの》として件《くだん》の【◇防御弾《ガード》強化】を選んでいた場合、端末上に表示されるのは後者の【◇防御弾《ガード》強化】……ただ、実際には前者の【◆追加動員】のみが密かに効果を発揮し始めている」

「？？　そんなの、どうやってダウト宣言とかするわけ？　見抜けなくない？」

「隠れ蓑になるルール次第、だろうな。今の例で言えば、端末に表示された【◇防御弾《ガード》強化】が実際に効果を発揮しているのか否《いな》かは、こちらに防御弾《ガード》選択のプレイヤーさえいれば比較的簡単に〝検証〟することができる。故に、特権ルールの〝嘘《うそ》〟を通すためには検証しづらい拡張ルールを予《あらかじ》め確保しておくか、あるいはルールを乱れ撃ちしてそもそも検証の隙を与えないか……など、何かしらの方策が必要になるな」

「なーる……ってなると、やっぱり普通の拡張ルールと違ってかなり難しいんだね」

「ああ。無論、適用できれば一瞬で優位に立てるほど強力な内容《もの》ばかりだが」

　教室前方の壁に表示された文面《テキスト》を眺めながら呟《つぶや》く榎本。……適用の際に〝嘘〟を必須とする特権ルール。そもそも零《ゼロ》番区《LR》の正式名称は《Liar's《ライアーズ》 Rule《ルール》》なわけで、特権ルールこそが《決闘《ゲーム》》全体の心臓部であることは想像に難くない。

要するに、基本的には拡張ルールで《区域大捕物《エリアレイド》》を自由にカスタマイズできて。七つだけある特権ルールは特に強力だが、使うのに多少癖《クセ》がある——ということだ。

（これで《LR》の内容については大体イメージできた……だから、あとは）

そこまで思考を巡らせた辺りで、俺はもう一度顔を持ち上げることにした。次いで教卓の辺りでいつの間にかモデル立ちを決めている結川《ゆいかわ》に視線を向け、素直に尋ねる。

「なあ結川、茨《いばら》は越智《おち》のやつと直接戦ったんだよな。あいつ、どんな戦法だった？」

「うん？　ああ、そうだね。戦法というか、何というか……」

「？」

「……怒らないで聞いてくれるかな、７ツ星？」

「え。まあ、内容次第だけど……何だよ、とんでもない大失態でもやらかしたのか？」

「いいや、茨学園のリーダーにして６ツ星の大英雄ことボクに限ってそんなことは有り得ない。有り得ないんだけど、きっとボクたちは越智春虎《はるとら》の戦法を一割も引き出せなかったんだよ。その理由は単純にして明快——彼のAPが比喩でなく無尽蔵だったからだ」

「——は？」

結川の話に一瞬だけ思考がショートする。

APというのは、この《リミテッド》においてアビリティを使う度に減少する〝変動型ステータス〟のことだ。これが無尽蔵ということは、言ってしまえば一切の消費《ロス》なくアビリティを使いまくれるという意味に他ならない。

「そんな無茶苦茶《むちゃくちゃ》な話――――、いや」

頭から否定しかけて、そこで不意に思い当たる俺。

たった今整理した通り、APとは単なる数字ではなく変動型のステータスだ。そして色付き星《ユニークスター》アビリティ《征服》によって泉夜空《いずみよぞら》から〝ラスボス〟としての機能を奪っている越智は、現時点で【ラスボス：モードC】までの冥星を使うことができる。

中でも【モードA】で解禁された【割れた鏡】は、あらゆる弱体化を反転する冥星だ。

APが変動型ステータスという扱いなら、アビリティ使用に伴うAP減少はステータスの低下、すなわち弱体化《デバフ》。そこに【割れた鏡】が作用すれば〝強化《バフ》〟に変換される。

（だから、どんなアビリティを使ってもAPが減るどころか〝増える〟……最終的に【割れた鏡】自身の消費分でプラマイゼロ、ってわけか。何だよ、それ……！）

越智との直接対決がなかったため発想が及んでいなかった暴力的な事実に思わずぎゅっと拳を握る俺。今の越智は相当数の《調査道具》を持っているはずだ。それらを〝AP無限〟で振るわれてしまえば、確かに戦略がどうとかいう以前の問題になる。

「っていうか……だとしたら、よく三十分も耐えたな？」

先ほどの発言を思い出しながら、ふと気になって尋ねてみる。

「そんなの、下手したら序盤の襲撃で全滅しちまいそうだけど……」

「？　もちろん、ボク自身は茨《いばら》の後輩たちを守る壁となって開始二分であっという間に力尽きてしまったよ？　牢屋《ろうや》の中に暇潰しみたいなミニゲームがあってね、それを一人で遊んでいた。善戦できたのは、偏《ひとえ》にボクの指導を受けた優秀な後輩たちのおかげかな」

「…………」

「……あ、あれぇ、おかしいな。あえて格好悪いエピソードを話すことでボクの株が急上昇する鉄板のネタだったんだけど……こほん」

俺の反応（ジト目）に一頻《ひとしき》り狼狽《うろた》えてからわざとらしい咳払《せきばら》いで誤魔化《ごまか》す結川《ゆいかわ》。

そうして彼は、今の会話をなかったことにすべく、ビシッと俺に指を突き付けてきた。

「というわけで篠原《しのはら》、キミたちが真っ先に目指すべきは拡張ルール【◇AP制限】――アビリティや《調査道具》の連続使用を禁止する制限系のルールだ。少なくとも《LR》の序盤では【◇攻守交替】よりも遥《はる》かに優先度が高いだろうね」

「ん……」

「そして〝少数精鋭ルール〟を踏まえると、あまり大勢で挑むのはお勧めしない。第18ラウンドと同じ布陣なら【探偵】陣営は越智春虎《おちはるとら》のみ……【怪盗】も同じく一人で、とまでは言わないけど、まあ五人以下に留《とど》めておくのが無難だとは思うよ」

指先でピンッと前髪を払いながら結川はそんな私見を告げる。……謎のドヤ顔はともかく、提案としては妥当なものだ。陣営の初期参加メンバーが六人以上になると、最初から無駄なデメリットを背負う羽目になってしまう。

（実際、連結ラウンドの仕様を考えれば一番区と二番区の戦力も削れないからな。零番区《ゼロ》に参加するプレイヤーは五人で充分……で、あとは具体的な作戦だけど）

右手をそっと口元へ遣《や》りながら改めて特権ルールの一覧を見遣《みや》る俺。

《Liar's Rule《ライアーズ ルール》》――ルール追加型のケイドロ、と称されるこの《区域大捕物《エリアレイド》》だが、最も重要な位置を占めているのは明らかにこいつらだ。零番区内にたった七つしか存在しない不公平で強力な拡張ルール。複数の冥星を操るラスボスこと越智春虎に真っ向から挑むためには、そんな理不尽を飼い慣らす以外に方策なんてありはしない。

「……よし」

そこまで考えたところで、俺は小さく顔を持ち上げながらポツリとそんな言葉を口にした。途端、教室内に集った歴戦のプレイヤーたちが揃《そろ》ってこちらへ視線を向ける。緊張と不安と好奇と、圧倒的な〝期待〟に満ちた数多《あまた》の瞳。

それらをぐるりと見渡しながら、俺は落ち着いた口調で切り出すことにした。

「細かい戦略は一晩使ってじっくり練るとして……まずは、エリアごとの割り振りだけでも決めておきたい。明日、零番区の《区域大捕物》に参加するメンバーは――……」

#

その日の夜。

英明《えいめい》学園での作戦会議を終えた俺は、自宅のシアタールームに籠もって結川《ゆいかわ》たち偵察部隊の映像記録《ログ》を確認しながら、ひたすらに明日の戦略を練っていた。

（ん……これが、あいつの言ってた〝ミニゲーム〟ってやつか）

現在スクリーンに投影されているのは、越智《おち》によって早々にHPを削り切られた結川奏《かなで》の主観映像だ。移動用のタクシーで牢屋《ろうや》に直行した彼は、確かに何らかのゲームに興じている。……ただ、それだけだ。クリアしても報酬の類《たぐい》が出ている様子は特にない。

（さすがに無意味ってことはないだろうけど……）

前後の映像に切り替えながら〝ミニゲーム〟とやらの意図を掴《つか》もうとする俺。

——と、そこへ。

「こんこん」

「！」

可憐《かれん》な声でノックの音を奏でたのは、天真爛漫《てんしんらんまん》なお嬢様・羽衣紫音《はごろもしおん》だった。弾《はじ》かれるように顔を上げた俺に対し、彼女はふわりと金糸を揺らして嫋《たお》やかな笑みを浮かべる。

「お邪魔します、篠原《しのはら》さん。紅茶をお持ちしたのですが……お隣、よろしいですか？」

「あ、ああ……悪い、ありがとな」

言いながら俺はソファの左隣を空ける。すると羽衣は、嬉《うれ》しそうに「ありがとうございます」と囁《ささや》きながら、ちょこんと可愛《かわい》らしい仕草で当のソファに腰掛けた。

そうして彼女は、悪戯《いたずら》っぽい笑みと共に小首を傾《かし》げて俺の顔を覗《のぞ》き込んでくる。

「本当なら雪《ユキ》にお世話してもらった方が篠原さんの活力も二倍、三倍になると思うのですが、雪には寝てもらわないといけないので……今日はわたしで我慢してください」

「我慢ってことはないだろ。せっかく来てくれたんだ、嬉しいに決まってる」

「！　なんと……それは、もしかして愛の告白でしょうか？　どうしましょう、雪や莉奈《りな》を差し置いて篠原さんと関係を持ってしまうことになるなんて……ぽっ」

「そこまでは言ってないんだけどな……」

両手を頬《ほお》に添えて身体《からだ》をくねらせるお嬢様に苦笑を返しつつ、俺は羽衣が持ってきてくれた紅茶に口をつける。英才教育を受けているためか、さすがに上品な味わいだ。

「——ふふっ。今夜は寝られそうですか、篠原さん？」

そこで、同じく紅茶を飲んでいた羽衣が可憐な声音でそう切り出した。

「明日《あした》は大事な大事な〝決戦〟の日です。寝不足で挑む、というわけにはいきませんよ？」

「……まあ、さすがに仮眠くらいはするけど。でも、無策で挑んだって勝てないだろ」

「む……やっぱり、篠原さんは強情です。では、わたしもお手伝いしましょう」

「いいのか？　衣織《いおり》のやつは——」

「ぐっすり寝ています。……それに、わたしは雪や莉奈《りな》と違って明日《あした》の《決闘《ゲーム》》に参加できませんから。せめて篠原《しのはら》さんの睡眠時間を稼ぐためにお役立てください」

冗談っぽく笑みを浮かべる羽衣《はごろも》に「そりゃ助かる」と肩を竦《すく》める。……何というか、やはり羽衣紫音《しおん》は不思議な少女だ。破天荒で大胆不敵で天真爛漫《てんしんらんまん》なお嬢様だが、隣にいると妙に落ち着く。姫路《ひめじ》の元ご主人様にして彩園寺《さいおんじ》の親友、という肩書きは伊達《だて》じゃない。

「ちなみに篠原さん、今は何を見ているのでしょうか？」

「ああ、結川《ゆいかわ》が撮ってきてくれた映像だ。あいつが言ってた〝牢屋《ろうや》内のミニゲーム〟ってのがちょっと気になるっていうか……何かしら意味があると思ってさ」

「ふむふむ」

言って、さらりと金糸を揺らしながらじっとスクリーンに視線を向ける羽衣。彼女に倣って俺も身体《からだ》ごと前に向き直り、時折意見を出し合いながら分析を進める。

そして——羽衣の合流から十五分ほどが経過した頃だろうか。

「「あ……」」

同時に〝とあること〟に気付いた俺と彼女は、至近距離で互いの顔を覗《のぞ》き込んだ。

「なあ羽衣。このミニゲームって、結川以外のプレイヤーもやってるよな？　いや、何なら牢屋に入れられたやつは全員挑んでる。けど……内容が違う」

「はい。牢屋は東西南北の四ヶ所《か》にあるそうですから、きっと別々のミニゲームが用意されているのだと思います。ただ、クリアしてもご褒美は何もないみたいですが」

「そうだな。でも、それは条件が足りてないだけなんだとしたらどうだ？　《ＬＲ》はルール追加型の《区域大捕物《エリアレイド》》だ。対応するルールがなければ何も起こらない」

「なら、特定の拡張ルールを適用してから全てのミニゲームをクリアすれば……？」

わくわくとした表情で言葉を紡ぐ羽衣と、思わず右手を口元へ持っていく俺。

ようやく取っ掛かりを掴《つか》んだ俺たちは、そこからさらに思考を巡らせ始めるのだった。

＃＃

そんなこんなで長い長い夜が明けて——二月十八日、土曜日。

期末総力戦サドンデスルール《リミテッド》最終日の朝。

時刻はもうすぐ午前八時半になろうかというところだ。準備期間が存在しない《リミテッド》最終日では、九時ちょうどから全ての《区域大捕物》が同時に始動する。エリア選択不能なんていう凡ミスで脱落してしまわないよう少し早めに集合していた。

「んっ……」

「……？　眠そうだな、水上《みなかみ》？」

「へ？　あ、いえ、その……す、すみません、篠原先輩！」

すぐ近くに立っていた黒髪の後輩少女が小さく目を擦《こす》りながら吐息交じりの声を零《こぼ》して

いるのに気が付いて、そっと声を掛けてみる俺。すると彼女は取り繕うようにわたわたと手を振って、それから恥ずかしがるように両手で顔を隠してみせた。

「えっと、ルールの復習や立ち回りなど、色々考えていたらなかなか眠れなくなってしまって……もちろん先輩方に迷惑はお掛けしませんので、ご安心ください！」

「あ、ああ。って言っても、別にそこまで気負うことはないっていうか……」

「いえ。せっかく篠原《しのはら》先輩に選んでいただけたので、しっかり頑張りたいんです！」

ぎゅ、っと胸元で両手を握り締めながら大きな瞳の中でメラメラと気合いの炎を燃やしてみせる水上摩理《みなかみまり》。……相変わらず真面目《まじめ》で健気《けなげ》な後輩だ。【怪盗ランク】がHPとして扱われるというルールを踏まえても、これまでの《決闘《ゲーム》》で残してきた数々の戦績を考えても、彼女を零番区《LR》の攻略メンバーから外す理由は一つも思い当たらなかった。

と——そこへ、

「篠原、少しいいか」

横合いから唐突に不愛想な声が投げ掛けられた。振り返ってみれば、そこにいたのは英《えい》明《めい》学園の制服をきっちり着こなした三年生だ。《千里眼》の異名を持つ頼れる英明の生徒会長。そして、水上に続く二人目の《LR》選抜メンバー——榎本進司《えのもとしんじ》。

常に冷静さを失わない彼は、平常通りの表情で腕を組みながら淡々と言葉を継ぐ。

「結川奏《ゆいかわかなで》を始めとする茨《いばら》学園のメンバーが集めてくれたデータを元に、各バレットの性能を分析した。《LR》においては流動的にルールが追加されるため全ての組み合わせ《パターン》を把握するのはまず不可能だが、知っておくに越したことはないだろう」

「！　おお……何だそれ、さすがだな榎本。そいつはめちゃくちゃ助かる」

「ふむ。肝心要の作戦構築を後輩に任せているのだから、このくらいの雑用は僕がこなさなければ立場がなくなってしまうのでな。詳細は端末から確認してくれ」

それだけ言ってくるりと背を向ける榎本。相方である浅宮七瀬《あさみやななせ》との喧嘩腰《けんかごし》のやり取りがないとどこか物足りない部分はあるが、頼りになるという点では何ら変わりない。

「なるほど……これは、確かに貴重なデータですね」

そして、榎本が提供してくれた《LR》関連のデータを一通り眺めてポツリとそんな声を零《こぼ》したのは、俺の右隣に控えている専属メイドこと姫路白雪《ひめじしらゆき》だ。偽りの7ツ星を補佐する秘密組織《カンパニー》のリーダーでもある彼女は、いつも通り白手袋を装着した右手でそっと耳周りの髪を掻《か》き上げながら、俺にだけ聞こえるような小声で囁《ささや》く。

「今回、ルール保管箱であるコンテナの配置は全てわたしの《略奪品》で調査済み——ということにして実際には《カンパニー》のハッキングで位置を特定する予定ですが、この情報が加われば探索の精度が一気に跳ね上がります。ですよね、加賀谷《かがや》さん？」

『うぃ〜、そだねん。っていうか、形式的にも全く問題なかったからもうシステムに組み込んじゃった。さっすが英明生徒会長、良《い》い仕事してんね〜！』

『ふぁ……ねむねむ。おねえちゃん、まだげーむはじまらない……？　わたし、もうちょっとねてたいかも……やみのせかいに、いかなきゃ………むにゃにゃ』

『にひひ、大丈夫だよん。ツムツムは昨日のシステム構築で充分お仕事してくれたし、何ならずっと寝てても問題なし！　おねーさんの膝の上を占拠する権利をあげよう！』

『うん……でも、おにいちゃんたちのかつやくみたいから……ふにゅうにゅ』

いつもいつでも能天気な加賀谷《かがや》さんの明るい声と、徹夜で働いてくれていたらしく眠たげで舌っ足らずな椎名《しいな》の声が相次いで右耳のイヤホンから聞こえてくる。

そう――言わずもがな、俺たち【怪盗】陣営から《LR》に参加する三人目のメンバーは姫路白雪《ひめじしらゆき》その人だ。彼女の裏には、当然ながら《カンパニー》の面々も控えている。冥星という暴力的なまでの不正を用いている森羅《しんら》高等学校および越智春虎《おちはるとら》に対抗するためには、こちらも〝イカサマ〟をフル活用するのがもはや前提条件と言えた。

（水上摩理《みなかみまり》に榎本進司《えのもとしんじ》、姫路白雪……ここに篠原緋呂斗《お れ》が入って四人。で……）

「――待て、篠原《しのはら》」

と。

俺がそこまで思考を巡らせた辺りで、不意に榎本から〝待った〟が掛けられた。無言で視線を持ち上げてみれば、彼が普段通りの仏頂面《ぶっちょうづら》で見つめているのは一人の少女だ。英明《えいめい》学園の制服の上から厚手のパーカーを羽織り、深く被《かぶ》ったフードで人相を隠した怪しい少女。英明の仲間でもほとんどその正体を知らない謎の人物。

すなわち、零番区《ゼロ》《LR》参加メンバーの〝五人目〟——朱羽莉奈、である。

「昨日は有耶無耶《うやむや》にされてしまったが……さすがに、そろそろ説明をしてもらいたい」

微《かす》かに嘆息を零《こぼ》しつつ、榎本は怪訝《けげん》な表情を俺と彼女へ順に向ける。

「英明学園高等部二年、1ツ星の転入生こと朱羽莉奈《あかばねりな》。急な話ではあったものの転入手続き自体は正規の手順が踏まれていたし、昨日の一番区《タスクスイッチ》で八面六臂《はちめんろっぴ》の活躍を見せたという噂《うわさ》も聞いている。……が、僕の知っている情報はそれだけだ。この重要な《決闘《ゲーム》》で、素性も実力も分からない者に背中を預けろと？」

「そ、そうですよ、篠原先輩！　私も、きちんと挨拶をしたいので……！」

榎本に追従するような形で小さく一歩進み出て、俺と不審者少女に遠慮がちな声を投げ掛けてくる水上。……まあ、二人の意見ももっともだった。朱羽莉奈は期末総力戦の真っ最中に英明学園へ転入してきた謎の新メンバー。それだけならともかく、1ツ星にも関わらず《LR》の攻略チームに選ばれているのだから意味が分からなくて当然だ。

だからこそ俺は、ちらりと彼女に視線を向けて尋ねる。

「いいか、朱羽？」

「——ええ、もちろん。今ならまだ island tube《アイ・チューブ》 の生配信も始まっていないもの」

俺の呼び掛けに短くそう答えて。

直後、彼女はすっと持ち上げた右手で静かにフードを脱ぎ捨ててみせた——途端にふわりと魔法のように広がる豪奢《ごうしゃ》な赤の長髪。彼女が小さく首を振るだけで腰の辺りまですとんと長い髪が流れ落ちて、同時に意思の強い紅玉《ルビー》の瞳がゆっくりと開かれる。

……元7ツ星・桜花《おうか》の《女帝》彩園寺更紗《さいおんじさらさ》。

目を真ん丸にする水上《みなかみ》と微《かす》かな動揺を見せる榎本《えのもと》を前にして、彼女は堂々と口を開く。

「今の今まで騙《だま》していて悪かったわ。見ての通り、私は桜花学園の彩園寺更紗。ちょっとした事情があって、朱羽莉奈《あかばねりな》って名前で英明《えいめい》に潜伏させてもらってるの」

「——……その、事情というのは？」

「今はまだ言えない。でも、期末総力戦《パラドックス》が無事に終わったら話せるようになる……っていうか、学園島《アカデミー》中のみんなにきちんと説明するって約束するわ」

「ああ」

彩園寺の説明を横から引き継ぐ俺。庇《かば》うわけではないが、ここで黙っていたら結局〝ズル〟になってしまうので、筋を通すという意味でもはっきり補足しておく。

「実は、彩園寺《こいつ》の事情には俺の都合《ワガママ》も色々と絡んでるんだ。ここまで正体を伏せてたのは悪かったけど、英明にとってマイナスになることは一つもないって断言できる」

「………………」

俺の説明を聞いた榎本は仏頂面《ぶっちょうづら》のまま黙り込む。それから彼はしばらく無言で思考を巡らせていたようだったが、やがて「ふむ……」と顔を持ち上げてこう続けた。

「大丈夫なのか？」

「え？　大丈夫って……だから、裏切ったりは――」

「そのようなことは訊《き》いていない。僕は《女帝》の人となりを深く知っているわけではないが、篠原の太鼓判を軽視するほど落ちぶれてはいないのでな。こと《決闘《ゲーム》》関連の評価において、僕は篠原緋呂斗《しのはらひろと》の意見を全面的に信用する」

「……そりゃ、どうも」

「加えて、朱羽莉奈の正体が彩園寺更紗なのであれば実力に関しても問題などあるはずがない。僕が気にしているのは隠匿すべき〝嘘《うそ》〟の方だ。いくらフードを被《かぶ》っていても、長丁場の《区域大捕物《エリアレイド》》に参加していればいずれバレてしまうのではないか？」

「あ、ああ……何だ、そういうことか」

さすがの着眼点と話の早さに驚きつつも何度か頷《うなず》く俺。彩園寺の方は同じく隣で目を丸くしていたものの、少し遅れて苦笑と共に首を振った。

「心配してくれてありがとう。でも、大丈夫よ。さっきも言った通り、私が〝嘘〟をつかなきゃいけないのはこの《決闘》が最後だから……だから、バレても大丈夫なの」

「……？　ふむ、ならばいいが」

曖昧な相槌《あいづち》を打ちつつも、榎本は素直に引き下がる。彼以上に真面目《まじめ》で正義感の強い水上がどう反応するかは少し不安だったが、見れば「私もうっかり喋《しゃべ》ってしまわないように頑張ります……！」と両手の人差し指で口にバッテンをしていた。俺と彩園寺《さいおんじ》が抱える事情というのを、何も分からないなりに真《ま》っ直《す》ぐ汲《く》んでくれているようだ。

そんな風に二人が〝朱羽莉奈《あかばねりな》〟を受け入れてくれたことに安堵《あんど》しながら——俺は、

（この《決闘《ゲーム》》が最後だから、か……）

当の彩園寺が零《こぼ》した言葉にぎゅっと右の拳を握ってしまう。

実際、彼女の言う通りではあった。期末総力戦サドンデスルール《リミテッド》——最終日連結ラウンド。もうすぐ始まる零番区《ゼロ》《区域大捕物《エリアレイド》》は、泉夜空《いずみよぞら》の端末から〝ラスボス〟としての機能を奪った越智春虎《おちはるとら》を食い止めることができる最後のチャンスだ。ここで俺たちが越智に負ければ現在の学園島《アカデミー》は実質的な崩壊を迎えることになり、逆に勝利することができれば俺も彩園寺も〝嘘《うそ》〟を続ける理由がなくなる。どちらにしても、これが最終決戦というわけだ。フードなんか途中で脱げたって構わない。

（誰も傷付かない結末を迎えるためには勝つしかない……そんなことは分かってる。だけどそれは越智にとっても同じことで、結局はどっちかが必ず負け——）

「……全く。何黙ってるのよ、篠原《しのはら》」

と。

そこで再び横合いから声が掛けられた。弾《はじ》かれるように視線を持ち上げてみれば、フードを被《かぶ》り直した彩園寺が胸元で腕を組みながら紅玉《ルビー》の瞳をこちらへ向けている。その表情はどこか悪戯《いたずら》っぽい感じというか、もっと言えばからかうような雰囲気のモノだ。

「もしかして怖がってるの？　いつもより顔色が悪いように見えるけれど」

「ぅ……気のせいだろ、ただの考え事だ。そっちこそ怖くて震えてるんじゃないか？」

「あら、これが怯《おび》えてるように見える？　武者震いっていうのよ、こういうのは。せっかくだからあんたにもちょっと分けてあげるわ」

　くすっとフードの下で笑みを浮かべた彩園寺は、そのまま小さく一歩俺の方に足を踏み出してきた。続けて彼女は、パーの形に開いた右手をとんっと俺の胸に押し当てる。

「どう？」

「――……ったく、何だそれ」

　常勝無敗の《女帝》がくれた天才的な〝鼓舞〟に対し、俺は微《かす》かに口元を緩めながら首を横に振ることにした。関連性は不明だが、確かに心の中の雑念は綺麗《きれい》さっぱり消えたかもしれない。そんなことを考えながら、俺は「ふぅ……」と改めて一つ息を吐く。

「よし――それじゃあ、最後に今日の作戦を再確認しておくか」

　そうしてゆっくりと切り出した。

「零番区《LR》において、俺たちの最終目標は越智を倒すことだ。普通に脱落させたらとんでもない事態になっちまうけど、水上《みなかみ》のおかげで〝零番区《ここ》の呪いを押し付ければ期末

総力戦から排除できる〟準備は整ってる。要は、単純に勝てばいい」

「はい！　頑張りましょう、先輩！」

「ああ。……だけど、越智春虎《おちはるとら》は強烈な特殊アビリティをいくつも抱えてる。あいつに勝つには、とびっきり大胆な〝嘘《ダウト》〟が……つまり特権ルールが必要不可欠だ」

言いながら、俺は手元の端末を操作して傍《かたわ》らに投影画面を展開する。零番区《ゼロ》《LR》に登場する七つの〝特権ルール〟——【◆追加動員／ユニオン／弾幕妨害／財宝探索／弱者必勝／傍若無人／？？？？】。明らかに【探偵】有利なこの《区域大捕物《エリアレイド》》において、おそらく唯一戦況を引っ繰り返し得る理不尽な〝嘘《うそ》〟。

この中のとあるルールを主軸《ベース》にして、俺たちはラスボス・越智春虎を打倒する。

「もちろん、そこに辿《たど》り着くためには数え切れないくらいの障害《ハードル》がある。一つのミスが命取りになる重要な場面ばっかりだ。だけど、この面子《メンツ》なら問題ない」

水上摩理《みなかみまり》、榎本進司《えのもとしんじ》、姫路白雪《ひめじしらゆき》、そして彩園寺更紗《さいおんじさらさ》。

最終決戦へ赴くのに何の不安もない強力なメンバーを改めて見渡して……俺は、

「頼むぜ、みんな。正真正銘、これが最後の《決闘》だ——！」

出来るだけ不敵に口角を吊《つ》り上《あ》げながら、堂々とした口調でそう言い放つことにした。

営は《リミテッド》序盤から押されてたんだから、APを余らせてるプレイヤーなんかまずいない。そんなにアビリティ格差があったら勝てるわけないよな……）

別に結川《ゆいかわ》のフォローをしたいわけじゃないが、状況を考えれば当然の敗北だ。

けれど、だからと言って〝どうしようもない〟という話じゃない。この《LR》はルール追加型のケイドロであり、零番区《エリア》内にはゲームを加速させるモノから縛り付けるモノまで様々な種類の拡張ルールが存在している。そして昨日の作戦会議でも名前が挙がっていた通り、現状の越智の優位を削《そ》ぎ落すのに最適なルールが一つあった。

【名称：◇AP制限】
【効果：アビリティの類《たぐい》（期末総力戦《パラドックス》における《調査道具》および《略奪品》も含む）を使用したプレイヤーは、次の5分間あらゆるアビリティの類を使用できない】

……いわゆる〝制限系〟に該当する強力な拡張ルール。

自陣営にのみ恩恵を与える特権ルールではなく通常の拡張ルールだが、とはいえ最初からAPが枯渇している【怪盗】陣営にとっては足枷《あしかせ》でも何でもない。越智の猛攻を食い止めるためには絶対に適用しておきたいルールだと言えた。

ただし《LR》における拡張ルールの配置は基本ランダム。

ルール保管箱《コンテナ》の場所次第では、俺たちの手が届かない可能性も充分に――

「！　……た、大変です、篠原《しのはら》先輩っ！」

そんなことを考えながら俺が改めて地図《マップ》を確認しようとした刹那、近くで端末を覗《のぞ》き込んでいた水上《みなかみ》が流麗な黒髪を靡《なび》かせながらこちらを振り向いた。微《かす》かな焦《あせ》りと不安を感じさせる表情。ごくりと唾を呑《の》み込んだ彼女は、切なげな声音で告げる。

「最初に取りに行くはずだった【◇AP制限】の拡張ルールですが……もう、越智先輩にい、い、い、取られた後みたいですっ！」

「な……」

水上の発言に絶句して、直後に彼女が差し出してきた端末画面へ視線を落とす俺。

先ほど全貌を把握したばかりの《LR》専用地図《マップ》――コンテナの配置情報からプレイヤーの現在地まで反映された便利な地図だが、それらの脇に〝各陣営のルール取得状況〟と題されたゾーンが用意されているのが見て取れた。どうやら、地図《マップ》上から消えた拡張ルールを自動的に各陣営の所持下へ振り分けてくれる仕組みらしい。

（これって……）

『――にひひ、実は昨日のうちに突貫で作ってみたんだよん』

俺が首を捻《ひね》りかけたのと同時、イヤホンから流れ込んできたのは加賀谷《かがや》さんの声だ。

『まあ、プログラムの大部分を組んだのは加賀谷のおねーさんじゃなくて爆睡中のツムツムなんだけど～……各プレイヤーの座標情報とコンテナの被弾ポイント《HP》をリアルタイムで反映してるから、かなり正確な情報になってるはず！　ツムツム偉い！』

『むにゃ……えへへぇ』

『あ、ただし特権ルールが入ったコンテナだけは〝壊されても地図《マップ》上から反応がなくならない〟かつ〝周囲100mはプレイヤーの位置情報が隠される〟仕様だから要注意！　このシステムが有効なのはあくまでも普通の拡張ルールだけ、って思ってねん！』

（ありがとうございます加賀谷さん、それに椎名《しいな》も……！）

イヤホン越しに無言の感謝を捧《ささ》げてから、改めて眼前の地図《マップ》に意識を向け直す俺。

開幕から早々に大移動を始めている越智《おち》だが、その前にコンテナを壊していたのか、既にいくつかの拡張ルールを手に入れているようだった。いずれも未適用のまま抱えているだけの拡張ルール。その中には確かに【◇AP制限】が含まれている。

俺たちが一番手に入れたくて、越智にとっては一番適用されたくない拡張ルール。

そんな代物《モノ》が越智の近場に配置されていたのは、当然ながら偶然なんかじゃないだろう。

「――【割れた鏡】と【敗北の女神】の連携《コンボ》ね」

微かな吐息と共にそっと俺の耳朶《じだ》を打つ声。

顔を上げてみれば、いつの間にか近くにいた彩園寺《さいおんじ》が紅玉《ルビー》の瞳をこちらへ向けている。

「拡張ルールの配置が無作為《ランダム》だって言うなら、あたしたちがどうしても欲しいルールなんて〝絶対取れないような位置〟にセットされるに決まってるもの。で、それって要は〝越智が自分の手で絶対に確保できる場所〟って意味でしょう？」

「……ま、そうだよな。多分、初期位置のすぐ近くにルール保管箱《コンテナ》があったんだろ」

彩園寺《さいおんじ》の発言に同意するべく嘆息交じりにそっと肩を竦《すく》める俺。

「《LR》の拡張ルールは手に入れてすぐ使ってもいいし、逆に最後まで遊ばせててもいいって仕様だ。前提ルールの中に〝相手の所持ルールを奪う〟なんてアクションは載ってないから、このまま越智《おち》が持ち続けてる限り【◇AP制限】は殺される」

「そうでしょうね。だって、越智《あいつ》にとっては使う理由なんか一つもないルールだし」

「ああ。けど……」

当然ながら、そのくらいは予想の範囲内だ。

越智に確保された【◇AP制限】の〝強奪〟――それこそが最初のミッションになる。

「……行けるか、水上？」

「はい。もちろんです、篠原《しのはら》先輩！」

そこで俺が放った問い掛けに対し、指示が下るのを今か今かと待っていた水上摩理《みなかみまり》は欠片《かけら》ほどの躊躇《ちゅうちょ》も見せずに頷《うなず》いてみせた。流麗な黒髪をふわりと揺らした彼女は、両手をぎゅっと胸元で握りながら真剣な口調と表情で続ける。

「私にしかできないお仕事ですから。絶対に、絶対に成功させてみせます……！」

「よし、頼む。……それと、もう一つ」

言いながら身体《からだ》の向きを変え、今度は耳打ちの体勢ではなく真《ま》っ直《す》ぐ《女帝》に向き直る俺。傍《かたわ》らに《ＬＲ》の地図《マップ》を投影展開させたまま静かに言葉を紡ぎ出す。

「彩園寺、お前は例の作戦に移ってくれ。最後の最後に越智を騙《だま》すための仕込み……しばらく単独行動になっちまうけど、疑われずに動けるのは今しかない」

「そうね。ま、何かあったら連絡するわ。うっかりやられたりしないでよ、篠原？」

冗談交じりにそう言って、パーカーのフードを深く被《かぶ》った彼女はくるりと背を向けて去っていく。この《ＬＲ》ではプレイヤーの端末から現在地が割り出されるため、地図《マップ》上でも彩園寺（ここでは朱羽《あかばね》だが）を示すアイコンが徐々に離れていくのが見て取れた。

そして、彼女と入れ替わりで近付いてくるアイコンが一つ。

「警戒してください、皆さま。……越智様が来ます」

ピンッと張り詰めた空気の中で紡がれる涼やかな声――姫路白雪《ひめじしらゆき》による冷静なアラートを受けて、俺たち【怪盗】陣営の面々は自然と押し黙っていた。この《区域大捕物《エリアレイド》》で初めてとなる接敵の気配。最序盤とは思えないほどの緊張感が辺り一帯を支配する。

「……俺から離れるなよ、姫路」

「はい。承知しております、ご主人様」

事前の打ち合わせ通り、姫路を庇《かば》うような形でほんの少しだけ前に進み出て。

そして――無限にも思える時が流れた、瞬間だった。

「ッ……！」

こつっ、と響いた足音に、俺はドクンと心臓を跳ねさせながら静かに視線をそちらへ向ける。……それは、予想通りの人物だった。無尽蔵のAPに物を言わせて荒れ狂うような襲撃をかましてくるわけでもなく、落ち着き払った優雅な足取りで俺たちの方へ近付いてくる少年。七番区森羅《しんら》高等学校の制服を纏《まと》う静かなラスボス——越智春虎。

彼はそのままゆっくりこちらへ歩み寄ってきて、互いの顔が見える距離で足を止めた。

「…………」

痛いくらいの沈黙が流れる。

それは、俺も彼もきっと分かっているからだ——これが最終決戦なのだと。期末総力戦サドンデスルール《リミテッド》最終日、零番区《ゼロ》《区域大捕物《エリアレイド》》。ここで全てが終わると分かっているから、すぐには動き出さずにただただ視線だけを戦わせている。

「驚いたよ」

やがて切り出したのは越智《おち》の方だった。

「いつの間にか、零番区の呪いが書き換えられてる……それだけならいい。だけど、僕はそれに気付けなかった。この《決闘》の未来が何も見えなくなった。緋呂斗《ひろと》——君は、僕の《シナリオライター》に細工をしたんだね」

「まあな。だって、そうでもしなきゃラスボスは退場してくれないんだろ？」

ニヤリと口角を持ち上げる。……《リミテッド》の大半を費やして行った工作。それはひとまず成功したと言っていいだろう——が、そんなモノはあくまでこの舞台を整えるための事前準備に過ぎない。越智春虎《はるとら》が〝絶対に倒せないラスボス〟から〝辛うじて撃破方法は分かっている超強力なラスボス〟に譲歩してくれた、というだけの話に過ぎない。

それでも俺は、小さく肩を竦《すく》めながら黒い瞳を覗《のぞ》き込んで続ける。

「普通の戦闘じゃどうやったって勝てないから、先に何かしらのアイテムを揃《そろ》えるなり条件を満たすなりしてこい——っていうのは、ＲＰＧじゃお約束の展開だからな」

「そうかもしれない。だけどそれは、僕だって似たようなものだよ。一昨日《おととい》から衣織《いおり》が緋呂斗のところに行ってるでしょ？　気分は攫《さら》われた姫を救い出す主人公なんだから」

「……攫ったわけじゃなくて、自分から勝手に来たんだけどな」

「？　ああいや、別に緋呂斗のことを責めてるわけじゃない。ただ……何ていうか、ままならないなって思っただけだ」

どこか自嘲するような笑みを浮かべる越智。

「だってそうでしょ？　きっと、僕も緋呂斗も自分が〝悪〟だなんて思ってない。相手を害したいだなんて思ってない。だけどこれしか方法がなかったから、目的を果たすためにお互いの存在が邪魔だったから、こうしてぶつかっているだけだ」

「……ま、確かにそうかもな」

「うん。でも——それも、もうお終《しま》いだ。この《決闘》で何もかもを幕引きにしよう」

「ああ」

相変わらず落ち着いた声音ながら静かな闘志を露《あら》わにする越智《おち》に対し、俺は小さく頷《うなず》きを返す。……彼の言う通りだ。越智春虎《はるとら》に恨みなんてモノはないが、それでも目的を果たすために、あるいは我を通すために、俺たちは刃《やいば》を交えなきゃいけない。

だから——だからこそ、

「《決闘《ゲーム》》スタート、だ」

俺たち【怪盗】陣営は——たった一人を取り残して、全速力でその場を逃げ出した。

♭

「っ……まだ、です!!」

期末総力戦サドンデスルール《リミテッド》——最終日連結ラウンド、開幕直後。

私、水上摩理《みなかみまり》は、森羅《しんら》高等学校の越智春虎先輩と一対一で戦っていました。

零番区《ゼロ》《LR》には〝ルール追加型〟という大きな特徴がありますが、今はまだ単純なバレットの撃ち合いです。ただし弾丸《バレット》の命中判定には端末座標ではなくプレイヤーの身体情報が（頭から爪先まで！）採用されているらしく、かなりの臨場感がありました。

——ちなみに。

この《区域大捕物《エリアレイド》》には三種類のバレットが存在するのですが、私たち【怪盗】陣営はじっくりと相談した上で担当の弾丸《バレット》を決めています。中でも私は〝攻撃弾《アサルト》〟選択……射程やダメージに特化したシンプルなバレットです。きっと、一番強いです。

ただ、越智先輩の方は少数精鋭ルールの恩恵で攻撃弾《アサルト》／防御弾《ガード》／特殊弾《チェンジ》の全弾装填《そうてん》。さらには〝無限にAPを使える〟という不思議な特技まであるみたいです。

そんなの、ズルです。まともに戦って勝てるわけがありません。

（でも……一、発当てる、だけ、なら！）

それでも私は、先ほどの攻撃で被弾ポイント《HP》が半分近く削られてしまっているのを確認しつつ、越智先輩から少しだけ距離を取りました。……そうです。私は何も、この一戦で越智先輩を戦闘不能にしてしまおう、と密《ひそ》かに企《たくら》んでいるわけではありません。私の役割は、一撃でいいからバレットを命中させること——ただ、それだけです。

「……意外にしぶといね。それじゃあ——《分身の多重奏《リトル・アンサンブル》》《封印された暗器《ハイドアンドウエポン》》」

「！　っ……！」

続けざまに二つの《調査道具》が振るわれた瞬間、私は後ろに向かって駆け出していました。そんな私の足元に、好戦的な〝赤〟のエフェクトを纏《まと》った攻撃弾《アサルト》と綺麗《きれい》な〝緑〟の煌《きら》めきに包まれた特殊弾《チェンジ》がダダダンッと撃ち込まれます。……正直なところ、全部の攻撃を躱《かわ》せたわけではありません。ですが私は、まだ戦闘不能になってはいませんでした。

何故《なぜ》なら、

【水上摩理《みなかみまり》――現在HP：4／15】

（篠原《しのはら》先輩に教えてもらった通り、怪盗ランクをしっかり上げていたから……です！）

そんなことが誇らしくて、私は少しだけ口元を緩めてしまいます。

実は――昨日の作戦会議の段階で、越智《おち》先輩が開幕早々に攻め込んでくることは分かっていました。勝つために欠かせない拡張ルールがあっさり確保されてしまうことも。そこで私たちは、とある《略奪品》を用いた迎撃作戦を練っていたんです。

ただそのためには、越智先輩に多少なりともダメージを与える必要がありました。

単なる殺戮《さつりく》劇ではなく、ほんの一瞬でも〝戦闘〟を成立させる必要がありました。

よって、求められるのは充分なHPと、該当の《略奪品》を使うためのAPを兼ね備えたプレイヤー。それこそが私、水上摩理しかいなかったというわけです。

（――だから）

背後からの射撃音が止《や》んだ瞬間に急停止した私は、振り向きざまに自らの武器を投影展開します。外観は武骨な拳銃、装填《そうてん》されているのは炎色のバレット――攻撃弾《アサルト》。拡張ルールが加わっていないので初期性能のままですが、射程は充分です。加えて越智先輩はつい先ほどバレットを撃ったばかり。リロード中は防御弾《ガード》だって撃てません。

もちろん何らかの《調査道具》を使えば回避できるかもしれませんが……だとしても私には〝絶対に通せる！〟という自信がありました。

（越智先輩は全弾装填……拡張ルールが追加されれば防御弾《ガード》は〝回復〟の性能も手に入れるので、ここで多少のダメージを受けても痛くはありません。逆に、いくらＡＰが無限だとしても《調査道具》は使い捨て。なら、どちらが大事かは明らかです……！）

頭ではそう確信しつつも、少しだけドキドキしながら真っ赤なバレットを解き放って。

——直後、

【越智春虎《はるとら》——現在ＨＰ：10／12】

「ん……？　ああ、当たっちゃったのか」

視線の先の越智先輩が意外そうに首を傾《かし》げます。……いいえ。意外そうではなく、本当に意外なんだと思います。だって、私がこの場で越智先輩を倒し切ることなんか絶対に不可能ですから。あのまま振り向かずに逃げてしまった方が遥《はる》かにマシです。

「すぅ……」

それでも。

私には、ここでダラダラ生き延びるよりよっぽど重要な任務があるのでした。

「——《簒奪者の腕《フルアームズ》》を起動しますっ!!」

右手に握った端末を真正面に突き出しながら声の限りに叫びます。

《簒奪者の腕《フルアームズ》》——それは、昨日の《バックドラフト》が終わった後の第18ラウンドで入手した《略奪品》でした。対戦相手から何かを〝盗む〟類《たぐい》の効果。こと《ＬＲ》においては、相手陣営の持つ拡張ルールを〝強奪〟するという稀有《けう》な性能を獲得します。

「私が越智《おち》先輩からいただくのは、もちろん……【◇AP制限】ルールです!!」

「……ああ、なるほどね。道理でやけに捨て身だと思ったよ」

私の宣言を受けて、小さく口元を緩めながら納得の声を零《こぼ》す越智先輩。端末上のシステムメッセージで拡張ルール【◇AP制限】が私たち【怪盗】陣営へ渡ったことが示された瞬間、ほとんど食い気味かつ自動的にもう一つの画面が投影展開されました。

【〝怪盗〟陣営が拡張ルールを適用しました】

【名称：◇AP制限】

【効果：アビリティの類《たぐい》（期末総力戦《パラドックス》における《調査道具》および《略奪品》も含む）を使用したプレイヤーは、次の5分間あらゆるアビリティの類を使用できない】

「ほっ……良かったぁ……」

そんな文面《テキスト》に安堵《あんど》して、保ち続けていた緊張の反動で全身の力が抜けてしまって。

思わずへなへなと座り込みそうになった——その瞬間、でした。

「ばんっ」

「え？　……あ」

一生の不覚……いえ、気を抜いてしまったのですから当然と言えば当然ですが、真正面から攻撃されて今度こそHPを根こそぎ持っていかれてしまいました。

バレットを放った越智先輩の方は、穏やかな表情のまま首を横に振っています。

「やれやれ。緋呂斗《ひろと》のことだから、序盤で無理やり【◇AP制限】を奪いに来るだろうとは思っていたけど……まさか、たった一人しか置いていってくれないなんてね」

「……？　もしかして、迎撃されるのが分かっていたのに攻めてきたんですか？」

「言い訳っぽく聞こえるかもしれないけど、その通りだよ。何しろ、今の《LR》は正確に言えばケイドロじゃない――〝牢屋《ろうや》の鍵を壊すことで仲間を解放できる〟って内容の拡張ルールが適用されていないから、捕まった〝子〟はまず救出されないんだ。僕からすれば、拡張ルール一つを犠牲に【怪盗】一人を持っていけてラッキー、って感じかな」

「っ……ほ、本当ですか？　ただ強がりを言っているだけじゃ……」

「そう思いたいならそれでもいいけど。でも、まあとにかく――あと四人、だ」

拡張現実《AR》機能で目の前に浮かべたライフルをふっと消滅させてから、越智先輩はそう言い残して私に背を向けます。……対戦相手が無限にAPを使えることから確実に【◇AP制限】を手に入れる策を立てていた篠原《しのはら》先輩と、それを読んだ上であえて〝人数〟を削りにきた越智先輩。学園島《アカデミー》最強クラスの攻防は、やっぱりレベルが違います。

（でも……）

去っていく越智先輩の背中を見送ってから、私は手元の端末に視線を落としました。

【水上摩理《みなかみまり》――現在HP：0／15（戦闘不能）】

【プレイヤーは、現在地点から最も近い牢屋《ろうや》（エリア西）へ移動してください】

小さな画面に表示されているのは二文からなる簡素なメッセージです。

この《区域大捕物《エリアレイド》》では〝鬼〟が戦闘不能になった場合と〝子〟が戦闘不能になった場合で処理が違いますが、今の【怪盗】陣営は〝子〟ですから、やられてしまったら牢屋へ行かなければなりません。加えて、牢屋内はあらゆる通信機能の対象外……つまり、もう篠原《しのはら》先輩たちに指示を仰ぐこともできません。正真正銘の独りぼっちです。

ただ、それでも。

「……計画通り、です」

思わず頬《ほお》が緩んでしまいそうになるのを慌てて両手で隠します。

そうして私は――篠原先輩の大胆な〝嘘《うそ》〟を軸にした作戦を振り返りながら、同時にこの後の任務について思いを馳《は》せながら、足早に近くの牢屋へ向かうのでした。

#

零番区《ゼロ》《Liar's Rule《ライアーズ・ルール》》――。

この《区域大捕物》におけるルール保管箱こと〝コンテナ〟は、地図上《マップ》で大体の位置こそ分かるものの、通常は肉眼で見えるような代物《しろもの》じゃない。ダメージを与えることで初めて拡張現実《AR》空間に映し出されるという、一種の潜伏機能《ステルス》を有している。

だからこそ、

「撃ちます――！」

……水上摩理《みなかみまり》が越智春虎《おちはるとら》との戦闘を終える少し前、零番区の西側エリアにて。

交戦中の水上と別行動中の彩園寺《さいおんじ》を除いた【怪盗】陣営の三人は、加賀谷《かがや》さんたちが提供してくれた地図《マップ》情報を元に、初めてのコンテナ探索に勤《いそ》しんでいた。

適当に撃っているだけなので手応えは薄いが、それでも〝この辺りのどこか〟にあることは分かっているし、結川《ゆいかわ》たち偵察隊の映像を見る限り《LR》のコンテナはそれなりの大きさがある。そこまで発見困難ということはないだろう――故に、やがて。

「！　……当たりました、コンテナ発見です」

姫路《ひめじ》の宣言を証明するかのように、俺たちの眼前に緑色の物体が浮かび上がった。

ルール保管箱《コンテナ》という名称にもある通り、見た目としては立方体に近い箱状の何かだ。中に封入されている拡張ルールに対応しているのか緑がかった半透明の代物で、地面から1mほどの高さに浮いている。よく見れば一定の速度で回転しているようだ。

そしてコンテナの露出と共にポップアップされた画面には、

【入手可能ルール：◇特殊弾強化《チェンジ》】

【格納コンテナ――現在HP：48／50】

……との情報が表示されている。

「被弾ポイント《HP》50、か……思っていたよりは耐久が高いな」

早くもコンテナに攻撃を加えながらそんな言葉を口にしたのは榎本進司《えのもとしんじ》だ。彼は自動小銃に装填《そうてん》した赤いエフェクトの弾丸《バレット》――〝攻撃弾《アサルト》〟を放ちつつ思考を巡らせる。

「仮に僕一人が現状の攻撃弾《アサルト》で削り切る想定なら、リロード時間込みで二分は掛かる。加えて、特権ルールを格納したコンテナはもっとHPが高いのだろう」

「だな。さすがに三人いれば速攻で溶けていくけど……今は、まだ一人じゃ効率が悪い」

俺がそんな意見を付け加えている間にも、榎本による攻撃弾《アサルト》および姫路《ひめじ》による特殊弾《チェンジ》の猛攻を受け、眼前に表示されたコンテナのHPはガリガリと減少していく。そのまま特に邪魔が入ることもなく、緑色のコンテナはやがて音もなく砕け散った。

「よし……拡張ルール獲得、だ」

所持ルール一覧に【◇特殊弾《チェンジ》強化】が追加されたのを見てそっと息を吐く俺。……いわゆる〝バレット強化〟ルールの一角だ。この《LR》には攻撃弾《アサルト》、防御弾《ガード》、特殊弾《チェンジ》それぞれに対応する拡張ルールが用意されており、各バレットは段階的に強化されていく。

「……ん？」

と――まさしくその瞬間、目の前に新たな投影画面が展開された。それはここにいる俺たちではなく、今まさに越智《おち》と戦っている水上摩理《みなかみまり》が任務を果たしたという証明。すなわち、彼女が【◇AP制限】ルールを奪い取ったという通知に他ならない。

「！　……水上様、無事に越智様へダメージを与えられたのですね」

「ああ、そうみたいだ。さすがっていうか何ていうか……それに、地図《マップ》を見る限り場所も全く問題ない。【怪盗】陣営の先鋒《せんぽう》として200点くらいの働きだな」

「確かに、完璧ですね。ただ、それはそれとして……ご主人様、水上様に対する評価がやけに高くはないでしょうか？　何かしらの加点が働いているような……」

微《かす》かにムッとしたような表情でこちらを見つめてくる姫路に対し、苦笑交じりに「そんなんじゃないって」と弁解する俺。……が、もちろん今はそんな話をしている場合じゃない。端末から【怪盗】陣営の所持ルール一覧を再確認した俺は、操作を間違えないよう入念にチェックを済ませつつ、指先一つでお目当ての拡張ルールを選択する。

【〝怪盗〟陣営が拡張ルールを適用しました――】

「……ふぅ」

《LR》に【◇AP制限】が適用された旨《むね》を示すメッセージを眺めながら、俺は小さく息を吐き出した。……とりあえず、これで最序盤の必須任務は完了だ。けれど、まだ〝第二のミッション〟へ移るには早すぎる。水上が越智を足止めしてくれている間に、少しでもコンテナを破壊して有用な拡張ルールを掻《か》き集めておく必要があった。

と――俺がそこまで思考を巡らせた、その刹那。

「待たせたわね、篠原《しのはら》。……今、どんな状況かしら？」

「！」

俺たちの前に姿を現したのは、とある作戦のために別行動をしていたパーカー姿の彩園《さいおん》寺更紗《じさらさ》だ。指先でくいっと持ち上げられたフードの隙間から意思の強い紅玉《ルビー》の瞳が覗《のぞ》いている。これで【怪盗】陣営は四人、すなわち戦力が最も集中している状態だ。

よって、

「ジャストタイミングだ、彩園寺——ちょうど、火力が欲しかったところだから」

俺は、地図《マップ》上で次なるコンテナを見定めながらニヤリと笑ってそう言った。

【零番区《ゼロ》《区域大捕物《エリアレイド》》——《LR》開始から21分経過時点】
【牢屋《ろうや》移動済みプレイヤー：水上摩理《みなかみまり》】
【残り生存者：〝探偵〟陣営1名／〝怪盗〟陣営4名】

＃

彩園寺の合流からおよそ二十分後——。

零番区《LR》は、早くも開始時とは全く異なる様相を呈し始めていた。

大きかったのはやはり【◇AP制限】の適用だろう。無尽蔵のAPという最大最強の武器を失った越智春虎《おちはるとら》は水上を突破してから手当たり次第に拡張ルールの確保と適用を推し進め、俺たち【怪盗】陣営も負けじとそれに追従した。

その結果、現在までに《LR》へ組み込まれた拡張ルールはこんなところだ。

【零番区《LR》適用済み拡張ルール一覧】

【◇攻撃弾強化《アサルト》】×3　【◇防御弾強化《ガード》】×2　【◇特殊弾強化《チエンジ》】×3
【◇AP制限】――効果：連続でのアビリティ使用に制約を加える。

【◇持ち込み武器】――効果：各種〝バレット強化〟のルールが牢屋内にも適用される。

【◇住宅侵入】――効果：家主のいない建物であれば自由に立ち入り可能となる。

適用済みの拡張ルールは全十一個。

各バレットの性能はじわじわと強化されており、たとえば特殊弾《チエンジ》ならコンテナ探索に適した拡散性能を、防御弾《ガード》ならシールドの庇護《ひご》下にある味方プレイヤーに対する微量の回復効果を、そして攻撃弾《アサルト》は更なるダメージ量と射程延長を獲得している。

「ん……とりあえず、序盤の地固めとしてはこれくらいで充分だと思う。越智の方も順当に〝バレット強化〟のルールを増やしてくれてるみたいだしな」

「ふむ、それはそうだろう」

俺の発言を受けて、榎本《えのもと》が静かに頷《うなず》きながら肯定の言葉を重ねてくる。

「何しろ越智は、三種のバレット全てを装填《そうてん》できるわけだからな。いずれか一種のみを選択している僕たちと比べて、バレット強化の恩恵は単純計算で三倍だ」

「そうね。だから普通に考えると、バレット強化系の拡張ルールなんて適用すればするだけ【探偵】側にとってのメリットになる――ようにしか見えない、のだけれど」

「はい」

そこで白銀の髪を微《かす》かに揺らして頷《うなず》いたのは、俺の右隣に立つ姫路白雪《ひめじしらゆき》だ。彼女は両手を身体《からだ》の前で揃《そろ》えたまま、ぐるりと【怪盗】陣営の面々を見渡して言葉を継ぐ。

「既に戦闘不能になっている水上《みなかみ》様を除いても、わたしたち【怪盗】陣営のメンバーは残り四人。少数精鋭のルールがあるため誤解してしまいそうになりますが……本来、この手の《区域大捕物《エリアレイド》》において〝人数が多い〟というのは非常に明確な強みです」

「ああ。……ってわけで俺たちは、今から三手に分かれて行動する」

姫路の解説を引き継ぐような形で、俺は事前に決めていた作戦を――拡張ルール【◇AP制限】の強奪に続く〝第二のミッション〟を改めて共有しておくことにする。

「本当なら最初から手分けして動きたかったくらいだけど、バレットが弱いままだと逆に効率が悪くなっちまうからな。ま、これだけ性能が追加されてれば充分だろ」

「……ふぅん？　私、ついさっきも拡張ルールが一つもない状態で単独行動させられていた気がするのだけれど……それも、あんな重要な作戦なのに」

「うっ……ほら、そこは《女帝》に対する信頼の表れだとでも思ってくれよ」

実際は〝そうせざるを得なかった〟だけだが、冗談めかして取り繕っておく。

「とにかく――ここでは、手分けして重要な拡張ルールを確保しておきたい。最優先はもちろん【◇攻守交替】になるはずだったんだけど……」

「……はい。現状、問題の【◇攻守交替】は地図《マップ》上のどこにもありません。越智《おち》様に獲得された形跡も見当たりませんので、おそらくは〝封鎖区画〟の中かと」

俺の言葉を補足するように囁《ささや》きつつ、再び《ＬＲ》の地図《マップ》を投影展開する姫路。

零《ゼロ》番区の中央に横たわる封鎖区画――ここは、喩《たと》えて言うならＲＰＧなんかでよく見かける〝序盤は立ち入ることができない新天地《ゾーン》〟だ。条件を満たすことで初めて解放される領域であり、この《ＬＲ》においてはもちろん〝拡張ルール〟こそが条件《キー》になる。

さらりと白銀の髪を揺らしながら、姫路が涼やかな声音で言葉を継いだ。

「《盗賊の隠し地図《トレジャーハント》》によれば、封鎖区画を全解放するための拡張ルール――【◇新天地解禁】のコンテナは零番区の東寄り、越智様の初期位置よりもさらにエリア端へ移動した辺りに配置されているようですね。現在の越智様はエリア南方面にある特権ルールを目指して動いているようですので、比較的安全に確保できると思います」

「ん、それはありがたい話ね。越智に【◇新天地解禁】を持ち逃げされたらかなり面倒なことになっちゃうもの。それに……東方面へ行くなら【◆追加動員】の特権ルールもついでに狙えるんじゃないかしら？　確か、あいつの初期位置近くにあったはず」

「そうですね。確かに、ここで【◆追加動員】を確保する意義は大きいです。望み薄だとは思っていましたが、念のため超強力な助っ人に声を掛けてありますので」

（超強力な助っ人《すけと》、ね……）

零番区《ゼロ》某所で待機してくれている自由奔放なお嬢様の顔を脳裏に思い浮かべつつ、俺は密《ひそ》かに苦笑する。確かにとびきり優秀なプレイヤーには違いないが、ともかく。

「あとは、越智《おち》が狙ってない方角ならほぼ安全だろうから……狙い目は封鎖区画近くにある【◆弾幕妨害】とか、エリア北方面の【◆傍若無人】辺りだな」

「ええ、特に異存はないわ。組み分けは元々の予定通り、あんたとユキが二人組《ペア》みになって本命の【◇新天地解禁】狙い、ってことでいいのよね？」

「そうだな。特権ルールの方は危険度も重要度も大して変わらないから、とりあえず彩園《さいおん》寺《じ》が【◆弾幕妨害】で榎本《えのもと》が【◆傍若無人】って分担にしておくか」

「僕はどちらでも構わない。故に、ここは篠原《しのはら》の指示に従おう」

事前に決まっていた部分が多いこともあり、スムーズに話を受け入れてくれる榎本。ここで俺と姫路《ひめじ》が組んで榎本と彩園寺が単独行動を取る変則的な組み分け《チーム》にはもちろん意味があるのだが、とっくに共有は済んでいるので再確認する必要はないだろう。

――と、

「ん……？　どうした、彩園寺？」

そこで隣の彩園寺がじっと無言のまま自身の端末へ視線を落としているのに気付き、俺は動かそうとしていた足をぱたりと止めることにした。当の彩園寺はと言えば、フードで半分隠れた紅玉《ルビー》の瞳を持ち上げながら「ん……」と怪訝《けげん》な様子で言葉を紡ぐ。

「少しだけ、疑問だったのだけれど……水上《みなかみ》さんが戦闘不能になってから、あたしたちだけじゃなく【探偵】陣営もいくつか拡張ルールを適用したでしょう？　状況的に検証する余裕なんか欠片《かけら》もなかったけれど、あれって全部〝本当〟だったのかしら」

「――――」

……彼女が口にしたのは極めて妥当な懸念だ。

《LR》の仕様として、特権ルールは〝通常の拡張ルールだと偽って提示しなければならない〟というものがある。つまり、特権ルールは密かに適用されるんだ。端末上に示された情報と実際のルールとの間に明確な乖離《ギャップ》が発生することになる。

微《かす》かに下唇を噛《か》み締めながら、フードを被《かぶ》った彩園寺はさらに思考を進めていく。

「特権ルールは誰かに取られても地図《マップ》上のコンテナが消えないから、越智が何を持っているかははっきり言って〝不明〟……それなら、あたしたちが知らないうちに致命的な特権ルールを通されてる可能性だってあると思わない？」

「ん……まあ、確かに。……どう思いますか、加賀谷《かがや》さん？」

彩園寺の懸念を解消すべく、俺は榎本の背中が既に小さくなっていることを確認してから右耳のイヤホンに指先を触れさせる。瞬間、彩園寺が――おそらく回答を又聞きする手間を省くためだろう――ちょこんと背伸びして甘えるように頬《ほお》を寄せてきた。

思わずドクンと心臓が跳ねてしまったが、悟られないよう必死で耐えることにして。

『う～ん……多分、ほとんど、十中八九〝有り得ない〟とは思ってるよん？』

微《かす》かに熱を持ったイヤホンから聞こえてきたのはそんな返答だ。

『確かにパーカーちゃんの言う通り〝特権ルールが獲得されたか否《いな》か〟は調べようがないんだけど、どっちにしてもルール保管箱《コンテナ》を壊さなきゃいけないってところは変わらないでしょ？　つまり、コンテナの近くには行かなきゃいけないんだよん。でも、特権ルールが入ったコンテナの周囲100mに入ると、その人のアイコンが地図《マップ》から消える』

「はい、そんな仕様になってますね」

『うむ。で、おねーさんたちは後方支援組《サポート》だから《LR》の冒頭からずっと越智《おち》くんのアイコンを追い掛けてるんだけど、一瞬、、、、、、たりとも地図から消えてないんだよ。だから、理屈上はまだ特権ルールなんて取ってない……はず！　絶対じゃないけど、多分！』

「……なるほどね。うん、それならいいわ」

加賀谷《かがや》さんの説明に納得したのか、ポツリとそんな声を零《こぼ》す彩園寺《さいおんじ》。彼女は深く被《かぶ》ったフードの中で小さく頷《うなず》いていたが――そこで、ようやく俺との最接近状態に違和感を持ってくれたんだろう。微かに頬を紅潮させながらタタッと一気に距離を取る。

そうして一言、

「っ……な、何ぼーっとしてるのよ篠原《しのはら》！　立ち止まってる暇なんかないんだからっ！」

人差し指をこちらへ突き付けて、何かを誤魔化《ごまか》すようにそんなことを言う。

「……はいはい。分かってるよ、お嬢様」

対する俺は、同じく照れ隠し交じりの表情と共に小さく肩を竦《すく》めることにした。

＃

【零番区《ゼロ》《LR》――開始から39分経過時点】

【探偵／越智春虎《はるとら》：《◆ユニオン》狙いで移動中（エリア南）】

【怪盗／榎本進司《えのもとしんじ》：《◆傍若無人》狙いで移動中（エリア北）】

【怪盗／朱羽莉奈《あかばねりな》：《◆弾幕妨害》狙いで移動中（エリア中央／封鎖区画付近）】

【怪盗／篠原緋呂斗《ひろと》&姫路白雪《ひめじしらゆき》：《◇新天地解禁》狙いで移動中（エリア東）】

【？？／？？？？：？？？？？？？？】

――【探偵】陣営との人数差を最大限に活《い》かすことができる分散戦法。

それを実行するべく榎本および彩園寺の二人と別行動を開始した俺と姫路は、零番区の外周を走るタクシーに乗り込んで早々にエリア東の一帯に到着していた。

俺たちが狙っているのは最終的に【◇新天地解禁】という、封鎖区画の解放に用いる拡張ルールだ。ただし今現在の俺と姫路《ひめじ》が目指しているのは【◆追加動員】。どうせなら道中の特権ルールもついでに回収してしまおう、という魂胆である。

「えっと……多分この辺り、だよな」

　横目で地図を確認しながら足を止める。……特権ルールを閉じ込めたコンテナから半径100m以内はレーダーが機能しないため、俺と姫路のアイコンは既に地図《マップ》から消えている。それでも歩いた距離から考えるに、目的地《コンテナ》の間近まで来ているのは確かだった。

　さらりと白銀の髪を揺らしながら、姫路がすっと右手を持ち上げる。

「そうですね。では、とりあえず景気づけに——乱れ撃ち、です」

瞬間、突き出された掌《てのひら》からパパパパッと広範囲に広がっていく鮮やかな緑の弾丸《バレット》。

見ての通り、姫路が装填《そうてん》しているのは〝特殊弾《チェンジ》〟だ。攻撃弾《アサルト》よりも射程や与ダメージが低い代わり、抜群に小回りが利く器用で便利なバレット。現在は【◇特殊弾《チェンジ》強化】のルールが累計五回適用されたことにより、拡散効果や追尾性能が付与されている。

「ん……なかなか命中《ヒット》しませんね」

　数回のリロードを挟みながらバレットを放っていた姫路だが、その辺りで微《かす》かに首を捻《ひね》った。あらゆるコンテナは〝1ダメージでも受ければ目視できる〟ようになるため、お目当ての【◆追加動員】がこの路地にあるならさすがに露出しているはずだ。

「ってことは、もしかしたら道が一本隣にズレてるのかもな。そこまで精度の高い地図《マップ》ってわけじゃないし、多少の誤差くらいはありそうだ」

「ですね、行ってみましょう」

似たようなことを考えていたのか、特に渋ることもなくこくりと頷《うなず》く姫路。

そうして俺たちは、大通りをぐるりと経由する形で元いた路地から一つ隣の道へと入り直すことにした。《区域大捕物《エリアレイド》》実施中につき閑散とした住宅地。体力の都合で常に走り続けているのは厳しいが、それでも小走りになりながら歩を進めて――

「「……なっ⁉」」

そこで出遭った衝撃の光景に、俺と姫路は揃《そろ》って目を見開いた。

いや――いや、それ自体はこの場所にあって何ら不思議じゃないものだ。むしろ俺たちはずっとこいつを探していたわけで、ここにもなければ地図《マップ》を疑わなきゃいけない場面だろう。漆黒で飾られたコンテナ、封入されたルールは【◆追加動員】だ。

が、本来ならそんなことは有り得ない。全てのコンテナは最初のダメージを受けるまで不可視なんだから、角を曲がった直後の俺たちが〝それ〟を目視できるはずはない。

「――――」

……ただ、今回ばかりは明らかに例外だった。

何故《なぜ》なら俺たちの前に現れた漆黒のコンテナは、予《あらかじ》め粉々に砕けていたんだから。

『うわちゃ～、やっぱり〝十中一二《ジュッチュウイチニ》〟の方かぁ～……！』

呆然《ぼうぜん》とする俺に対し、右耳のイヤホンからは悶《もだ》えるような痛恨の声が聞こえてくる。

『ごめんヒロきゅん！　さっきも言った通り、十中八九〝まだ取られてない〟想定だったんだけど……綺麗《きれい》に欺かれちゃった。解析班としては申し訳ない限りだよん！』

「や、それくらいで責める気なんて全くないですけど……でも、越智《おち》のアイコンが地図《マップ》から一回も消えてない、っていうのは間違いないんですよね？」

『もっちろん！　そもそも越智くんは《区域大捕物《エリアレイド》》が始まってすぐにタクシーを拾ってるし、普通なら〝絶対に有り得ない〟んだけど……でも、ここから先は単なるおねーさんの想像だよん？　無限のＡＰと《調査道具》が使えるなら、バレットの射程とダメージを何倍にも引き上げて、その上で弾道なんかも自由自在に弄《いじ》れちゃうと思うから……もしかしたら、タクシーの窓からでも一撃でコンテナを撃ち落とせるのかも』

「――――マジ、かよ」

加賀谷《かがや》さんが提示してくれたトンデモ技を想像して思わず端末を取り落としそうになる俺。……そんなものは、さすがに無茶苦茶《むちゃくちゃ》だ。無茶苦茶だが、よく考えてみれば【◇ＡＰ制限】ルールが適用される前の越智春虎《はるとら》はそもそも無茶苦茶すぎる仕様を抱えていた。アイコンの消失が起こらない位置、すなわち１００ｍ以上離れた地点から正確にコンテナを射抜く――なんて離れ業も、無限のＡＰがあれば実現できるのかもしれない。

そして。……そして、だとしたら。

「越智は一人じゃなかった、ってことだ――【探偵】陣営には〝二人目〟がいる」

「！　いえ、ですが……【◆追加動員】で加入する新メンバーも《ＬＲ》のプレイヤーには違いありません。それなら、地図上《マップ》にアイコンが現れるのではないでしょうか？」

『う、うんうん、そうだよヒロきゅん！　そんな人、どこにも――』

「映《と》ってないと思います。だって、俺が越智《アイツ》なら……【◆追加動員】で呼び出す予定の助《すけ》っ人には、最初から特権ルールのコンテナ近くで待機してもらう」

「『!!』」

俺の推測に、イヤホンの向こうの加賀谷さんと目の前の姫路《ひめじ》が揃《そろ》って息を呑《の》む。

そう――要するに、そういうことなのだろう。最序盤に無尽蔵のＡＰをフル活用して密《ひそ》かに【◆追加動員】の拡張ルールを確保しておいて、参加予定のメンバーは別の特権ルールのコンテナ付近に配置しておく。これなら〝潜伏〟が成立するんだ。俺たちが戦力を分散したタイミングで、この上なく完璧な不意打ちをかますことができる。

「とりあえず、今すぐ彩園寺《さいおんじ》と榎本《えのもと》に――……ッ!?」

……と。

そこで俺が言葉を止めたのは、右手に持っていた端末が小さく振動したからに他ならない。あまりにも不穏なタイミングでの着信――ごくりと唾を呑みつつ画面を見遣《みや》れば、そこにはある意味で予想通り、６ツ星ランカー〝榎本進司《しんじ》〟の名前がある。

震える手で通話を開始した瞬間、端末越しに聞こえてきたのは痛切な謝罪の声だった。

『すまない、篠原《しのはら》……』

「っ……どうした、榎本《えのもと》!? まさか〝伏兵〟に遭ったのか!?」

『ほう? 既にそこまで把握していたか……なるほど、であれば話が早い』

微《かす》かな安堵《あんど》と自嘲の混じった声音が耳朶《じだ》を打つ。

そうして彼は、乱れた息を整えるように『ふぅ……』と深呼吸してから切り出した。

『僕が【◆傍若無人】のコンテナ付近に辿《たど》り着《つ》いた後のことだった。探索のためにバレットを撃ち、コンテナを見つけ……HPを半分ほど削った辺りで、不意に背後から襲撃された。今はどうにか身を隠しているが、おそらく逃げ切れないだろう』

「榎本があっさり追い詰められるって……【探偵】陣営の伏兵はそんなに強いのかよ？」

『バレット装填《そうてん》数の差はあるにせよ、随分と強力に感じたな。一瞬だけ視界に映った顔は見覚えのないものだったが……あるいは、学園島《アカデミー》の生徒ではないのかもしれない』

「…………」

榎本からの情報を整理しながら静かに思考を巡らせる俺。……これまでいくつもの《決闘《ゲーム》》で共闘してきたが、榎本進司《しんじ》の記憶力は信頼に足るものだ。そんな彼が知らないというのだから、少なくとも公式戦の類《たぐい》には参加していないプレイヤーなのだろう。

（森羅《しんら》に、いや《アルビオン》にまだそんな隠し玉がいたってのか……？）

ぎゅっと下唇を噛《か》みながら密《ひそ》かに右の拳を握り締める。

そんな俺の動揺を知ってか知らずか、端末の向こうの榎本は再び言葉を紡ぎ始めた。

『ともかく……そういうわけだ、篠原。すまないが、僕は【◆傍若無人】を確保できなかった。というより、状況を考えれば確実に【探偵】陣営の手中に入っただろう』

「あ、ああ……いや、それはもう仕方ない。そんなことより――」

『安心しろ。特権ルールは獲得できなかったが、死に場所は選んだ。水上《みなかみ》も順調に仕事を進めてくれているようだし、僕の方もそろそろ取り掛かるとしよう』

思わず不安を露《あら》わにしてしまう俺に対し、先輩としての余裕を見せてくれる榎本。

そうして彼は、微かな笑みを含んだ声音でこんな言葉を口にする。

『頼んだぞ、篠原……英明《えいめい》の勝利《みらい》はお前に託した』

――ぶつっ、と直後に通話が途切れて。

それから間もなく、水上摩理《まり》に続いて二度目となるシステムメッセージが表示された。

【榎本進司――現在HP：0／11（戦闘不能）】

【プレイヤーは、現在地点から最も近い牢屋《ろうや》（エリア北）へ移動してください】

「っ……！」

簡素にして重大な意味を持つ文面《テキスト》を見つめながら右手の甲を額に押し当てる。……出し抜かれた、と、そう表現するのが最も適当だろう。あの榎本進司が持っていかれた。

「あと三人……」

微《かす》かな焦燥感を孕《はら》んだ姫路《ひめじ》の声がすぐ近くから鼓膜をくすぐる。

「【◇牢獄《ろうごく》解錠】のルールが適用されない限り、この《LR》には捕まった仲間を救出するシステム自体が存在しません。ですので、現状の認識としては〝あと三人〟です」

「だな。まだ開始から一時間かそこらだってのに、速攻で二人も減らされちまった。しかも【探偵】側は特権ルールの恩恵で一人増えてる……ダウトの宣言ができるのはルール適用から五分間だけだから、もう【◆追加動員】は棄却できない。要するに、榎本《えのもと》を倒した謎の追加プレイヤーは正式に【探偵】陣営のメンバーになったってわけだ」

『ん。それと――ヒロきゅん白雪《しらゆき》ちゃん、もひとつバ、、、、ッドニュースかも』

「……バッドニュース、ですか？」

不意に右耳から流れ込んできた加賀谷《かがや》さんの声に、俺は人差し指をイヤホンに添えながら聞こえた単語を復唱する。そんな俺の目の前で姫路が同じく白手袋の指先をそっと耳に触れさせる中、加賀谷さんはいつも通り気の抜けた口調で報告を続けた。

『《LR》の話じゃないんだけど～……ほら、今日の連結ラウンドでは一番区と二番区で同時進行で最後の《区域大捕物《エリアレイド》》が開催されてるでしょ？　で、そのうち二番区《リーサルチェイン》の方が、ついさっき幕切れになったみたいだよん』

「それは……なかなか早い終焉《しゅうえん》ですね。ですが、バッドニュースということは……？」

『うむ。残念ながら【探偵】陣営の勝ち、だねん。呪いの効果が発揮されるのは大抵ラウンド切り替えのタイミングだから、何人落ちるかはまだ未知数だけど……』

加賀谷さんの説明を聞きながら思わず右手を口元へ遣《や》る俺。……《リミテッド》最終日である今日は〝連結ラウンド〟という特殊仕様が採用されており、最終的には三学区の生存者数に各々の倍率を掛けた数字で勝敗が決まる。つまりどの学区も重要なわけだが、中でも二番区《リーサルチェイン》は早々に【探偵】側の勝利で終わったそうだ。

（二番区の呪いを考えれば、負けた連中はほぼ確実に脱落……【探偵】側に優勢を取られたことは間違いない。だけど、一番区で勝てば同数《イーブン》だ。まだ取り返せる……）

だから——さっさと切り替えろ。

自分へ言い聞かせるように内心で呟《つぶや》きつつ、俺は静かに顔を持ち上げることにした。

「とりあえず……【◆追加動員】はとっくに越智《おち》のやつが適用してて、榎本の話を聞く限り【◆傍若無人】も高確率で奪われた。で、向こうの追加メンバーは〝一人だけ〟なんだから、今の越智と彩園寺《さいおんじ》が完全フリーだってのは変わらない。それなら越智が【◆ユニオン】を取って彩園寺が【◆弾幕妨害】を取る、ってところまでは確定事項だ」

「はい、ご主人様」

俺の意見を肯定するように白銀の髪をさらりと揺らして頷《うなず》く姫路。

彼女は再び自身の目の前に地図《マップ》を投影展開しつつ、澄み切った声音で続ける。

「ですので、危ういのはむしろわたしたちです。榎本《えのもと》様の近くに伏兵が潜んでいたのであれば、車道《タクシー》経由で【◇新天地解禁】を狙うのは難しいことでもありませんので」

「ああ。っていうか……今の【探偵】陣営の状況なら、どう考えてもそうするよな」

溜《た》め息《いき》交じりに同意する。

というのも、だ——越智《おち》が使っている【割れた鏡】と【敗北の女神】の連携は、島内最強クラスの確率改変アビリティ。故に、零番《ゼロ》区内にランダム配置されるはずのコンテナは俺たちにとって〝嬉《うれ》しくない〟位置に偏っている可能性が高い。、、、、、、、、、、、、、、、、、【怪盗】有利の拡張ルールばかりがゴロゴロ転がっている……というわけだ。

だからこそ。

誰が【◇新天地解禁】を獲得するかで、今後のゲーム展開は大きく左右される。

「っ……ご主人様！」

——と。

俺がそこまで思考を巡らせた辺りで、傍《かたわ》らの姫路《ひめじ》が澄んだ碧《あお》の瞳を微《かす》かに見開いた。彼女は白手袋に包まれた右手で地図《マップ》上の一点を示しながら緊迫した声音で告げる。

「越智様ではない【探偵】陣営プレイヤーのアイコンが初めて画面に映りました。エリア北方面、アイコン消失の影響範囲をわずかに抜けた辺りです。おそらく榎本様を戦闘不能にした後で【◆傍若無人】を入手し、ついに移動を始めた……ということかと」

「……この進路だと、狙いはやっぱり【◇新天地解禁】か」

「ですね。わたしたちの方が多少は先行できますが——まず間違いなく、ぶつかります」

ごくり、と小さく唾《の》を呑み込みながらそんな見込みを口にする姫路。

彼女の表情が思い詰めたようなものになっているのは、今回の〝相手〟があまりにも未知数だからだろう——越智が適用した【◆追加動員】ルールによって途中から参戦しているプレイヤー。あの越智春虎《はるとら》に選ばれたというだけでも驚異的だというのに、そいつは登場するなり6ツ星の《千里眼》こと榎本進司《しんじ》を軽々と屠《ほふ》っている。

警戒するのは当然だ。怯《おび》えるのだって当然だ。

（だけど……託されちまったからな）

榎本とのやり取りを思い返しながら、俺はふぅと小さく息を吐く——越智の策が何もかも読めていたとまでは言わないが、俺たち【怪盗】陣営だって無抵抗でやられているだけのつもりはない。仕込みだってまだまだ残っている。

だからこそ、今から始まるのは終幕《そこ》へ繋《つな》げるための第二のミッション・改訂版。

「行くぞ、姫路——拡張ルール【◇新天地解禁】争奪戦、スタートだ」

ニヤリと口角を持ち上げながら、俺は自身を奮い立たせるようにそう言った。

【零番区《区域大捕物《エリアレイド》》——《LR》開始から1時間5分経過時点】

【牢屋《ろうや》移動済みプレイヤー：水上摩理《みなかみまり》／榎本進司《えのもとしんじ》】
【残り生存者：〝探偵〟陣営2名／〝怪盗〟陣営3名】

♭

『――いやぁ、ごめんねハル？』

零番区《ゼロ》《LR》開幕から約一時間十五分――。

榎本進司が戦闘不能になった旨《むね》がシステムメッセージで開示された直後、それを成し遂げた張本人が端末越しに申し訳なさそうな声を投げ掛けてきた。越智春虎《おちはるとら》のことを世界でただ一人〝ハル〟と呼ぶ女性。彼女は、記憶よりやや大人びた口調で続ける。

『不意打ち一発で倒し切るつもりだったんだけど、音か何かで気付かれちゃった。さすがの私も衰えたって感じかな～。もう、いきなり参った参った』

「……いいえ。そんなことはないですよ、張替先輩」

既に先ほどの戦闘を振り返って反省しているらしい彼女に対し、春虎は〝やっぱり変わらないな〟と懐かしい感覚を抱きつつ、微《かす》かに口元を緩めてフォローに入る。

「榎本進司《あのひと》は学園島《アカデミー》全体でもトップクラスの高ランカーです。それをあっさり戦闘不能にしておいて〝衰えた〟なんて嘆いてたら、結構な数のプレイヤーが絶望しますよ」

『あ、やっぱり？　うんうん、そうだよね。完全に不意打ちだったはずなのに、あの子ってばそもそも伏兵を警戒してる動きだったし。あれは何割か読まれてたね、ハル』

「かもしれません。そういう相手なんですよ、今回の〝敵〟は」

『なるほどね、だから私を頼ってきたと。……なんだ、ハルも意外と可愛《かわい》いとこあるじゃん？　てっきり誰にも懐かない一匹狼《いっぴきおおかみ》タイプかと思ってた』

「……僕って、そんな印象ですか？」

『うん。あ、衣織《いおり》ちゃん以外ね』

あっさりとした断定に小さく首を傾《かし》げる春虎。……あまり自覚はないが、額面通りに受け取るなら主な原因は《シナリオライター》だろう。あのアビリティは仲間すらも〝登場人物〟に変えるため、何だかんだ全ての事象を自分一人で抱えてしまうことになる。

故に、もし今の春虎が普段と違って見えるのだとしたら、それは当の《シナリオライター》が無効化されているからで——そして、もう一つ〝理由〟があるとすれば。

「……これが最後だから、ですよ」

ポツリと呟《つぶや》く。

「張替《はりがえ》先輩から引き継いだ《アルビオン》は、衣織に渡った冥星をどうにかするために活動してきました。期末総力戦《パラドックス》はその集大成……一番の障害である篠原緋呂斗《7ツ星》を倒せば、僕らの目的は果たされます。だから、恥を忍んで先輩に連絡したんですよ」

『一番の障害、かぁ……ま、私としては断るわけがないんだけどね。そもそも、元はと言えば私が君らに押し付けちゃった問題なわけだし……先輩としての責任っていうか何ていうか、幕引きを見届ける義務くらいはあると思うからさ』

端末越しにほんの少しだけ寂しげな雰囲気を漂わせる女性。

そう、彼女は——春虎《はるとら》が【◆追加動員】によって呼び出したプレイヤーというのは、学園島非公認組織《アルビオン》の創始者である張替奈々子に他ならなかった。越智《おち》春虎や霧谷凍夜《きりがやとうや》の先輩にして、今まさに衣織《いおり》を苦しめている〝非プレイヤー化〟の冥星をかつて所持していた人物。春虎が高校へ進学するタイミングで学園島《アカデミー》を去っており、現在は本土で小さな会社を立ち上げてゲーム開発に携わっていると聞いている。

零番区《ゼロ》《LR》に〝助《すけ》っ人《と》動員〟の拡張ルールがあることを知っていた春虎は、随分前から彼女に声を掛けていた。理由としては、どう考えても彼女以外に適任がいなかったからだ。衣織を救えるか否《いな》かが決まる最後の《決闘《ゲーム》》。霧谷凍夜や不破兄妹《ふわきょうだい》が参戦不能になることも分かっていたため、状況的には張替《はりがえ》先輩を頼るのが筋だろう。

(それに……)

もちろん立場や感傷だけで選出しているわけじゃない。

張替先輩は、あの霧谷凍夜と非公式の疑似《決闘《ゲーム》》を何百回と行って、たったの一回しか敗北していない天才的なプレイヤーだ。それも例の冥星により学籍が抹消されていたため、彼女が使っていたのは貸し出し用の端末……アビリティなんて汎用のモノしか設定されていない。それでも《絶対君主》を圧倒できるほどに、張替奈々子《ななこ》は強かった。

（だから――篠原《しのはら》には悪いけど、僕は本気だ。本気で勝ちを取りに行く。衣織を助けられるのは今しかないから……君に勝つためなら、僕は何でも、するよ）

……そんな、執念にも近い感情を心の中で呟《つぶや》きながら。

通話を終えた春虎は、引き続き眼前のコンテナに赤い弾丸《バレット》を撃ち込むのだった。

#

『――速報、速報速報！　ヒロきゅん白雪《しらゆき》ちゃん、あの子が誰なのか分かったよん！』

狙っていた【◆追加動員】のコンテナが既に壊されていたことを知り、出鼻を挫《くじ》かれながらも【◇新天地解禁】ルールの方へ舵《かじ》を切り直してから数分後。

零番区の市街地を走っていた俺と姫路《ひめじ》は、二人揃《そろ》って右耳のイヤホンに指を遣《や》った。

「？　分かった、って……じゃあ、もしかして学園島《アカデミー》の生徒だったんですか？」

『うーん、イエスと言えばイエスだしノーと言えばノーかな……えっとね、まず名前は張替奈々子。五年前の中等部イベントに参加してた記録《データ》がサーバーに残ってて、その時の写真と今回のisland tube《アイ・チューブ》映像が一致率99％だったからほぼ間違いないねん！』

「五年前の中等部イベント、ですか？」

『うむ、当時中二だからもう高校は卒業済みだよ。で、ここからが重要なんだけど……』

カチャカチャカチャッ、と軽快なタイプ音を響かせながら加賀谷《かがや》さんが続ける。

『その中等部イベントって、要は〝高校生たちがやってる星獲《と》り《決闘《ゲーム》》を予行演習しちゃおう!〟みたいなお祭りでね? 毎年、結構な数の中学生が参戦するんだよん』

(家出する前の紫音《しおん》様がこっそり参加して優勝したイベントです、ご主人様)

(ああ、それか……)

姫路《ひめじ》の耳打ちを受け、得心して首を縦に振る俺。……かつて羽衣《はごろも》紫音が正体を伏せたまま参加し、天音坂《あまねざか》の竜胆戒《りんどうかい》をズタボロにやっつけて頂点に立ったという伝説的なイベントだ。学年を考えれば張替奈々子《はりがえななこ》とは一年だけズレているのだろうが、ともかく。

イヤホンの向こうの加賀谷さんは微《かす》かな興奮の混じった声音で続ける。

『張替ちゃんはね、七番区森羅《しんら》のエース予備軍として当時のイベントに参加してるんだけど……もう、凄まじい戦績で圧勝してるんだよ。島内SNS《STOC》ではその時点で《森羅の暗殺者》なんて二つ名で呼ばれてたくらい。異例のスピード出世だよん』

「確かに異例ではありますが……〝暗殺者〟というのは?」

『張替ちゃんのプレイスタイル由来だねん。何ていうか……端的に言えばバグ技使いなんだよ、あの子。カメラの位置を把握して〝どう動けば相手の死角に入れるか〟を常に計算してたり、仮想現実《VR》世界で雨を降らせて意図的に端末の処理を遅らせたり!』

「なるほど、それは……確かに、かなり厄介かもしれませんね」

　足を止めずに【◇新天地解禁】のコンテナを目指しながら下唇を噛《か》む俺。性質としては姫路白雪《しらゆき》、というより《カンパニー》に近いかもしれない。不正《イカサマ》ではなくあくまでルールの範囲内で、ギリギリ合法になる〝工夫〟を凝らす類《たぐい》のプレイヤーなのだろう。

「――ですが、加賀谷さん」

　と、そこで怪訝《けげん》な声を上げたのは俺ではなく姫路の方だ。

「残っているのは中等部のデータだけなのでしょうか？　それだけ優秀な方なら、高等部進学以降も七番区の中心的プレイヤーになっているはずですが……」

『うむうむ、普通ならそうだよねん。でも……それがね、ないいんだよん』

「……ない？」

『そう、高等部以降の公式戦参加記録が一つもないの。っていうか……籍すらないいんだよ、ね、学園島に。だからまあ、普通に考えれば〝転校〟ってことになるんだけど……』

「っ……今ここで越智《おち》に協力してるってのを考えると、ちょっと話は変わってきますね」

　加賀谷さんからの情報を受けて、俺はようやく一つの仮説に辿《たど》り着《つ》く。

　だって、そう――越智や霧谷《きりがや》が属する《アルビオン》は、そもそも【識別不能《ネームレス》】という冥星を所持しているが故に全ての《決闘《ゲーム》》に参加できず、学籍を持つことすらできない衣《い》織《おり》を救うための組織なんだ。当の衣織は【識別不能《ネームレス》】の影響でプレイヤー扱いになっておらず、正式には森羅の生徒ですらない。張替奈々子とやらの状況にそっくりだ。

「では……まさか、この方が《アルビオン》の関係者だと？」

「その可能性はあるかもしれない、って話だよ。中等部イベントで無双して、だけど【識別不能《ネームレス》】の冥星を手に入れたせいで高等部では公式戦に出ることすらできなかった無名のプレイヤー……越智《おち》の〝隠し玉〟としては充分すぎるくらいの肩書きだろ？」

「ッ……なるほど。……いえ、ですが」

微《かす》かに下唇を噛《か》んでいた姫路《ひめじ》だったが、そこで静かに顔を持ち上げた。澄んだ碧《あお》の瞳で真《ま》っ直《す》ぐ俺を見つめた彼女は、より一層の覚悟を決めた表情で続ける。

「関係ありません。【探偵】陣営の助《すけ》っ人《と》がどれだけ強力でも、どれだけの思いを抱えていても。わたしは——ご主人様を、絶対に勝利へ導きます」

「——……ああ」

力強い宣言を受けて静かに頷《うなず》く俺。……姫路の言う通りだった。【探偵】側の追加メンバーが誰だろうと関係ない。状況は至ってシンプルだ、期末総力戦《パラドックス》に勝った方が8ツ星に手を掛けられる。自身の目的を達成できる。他のことなんかどうでもいい。

そんなことを考えながら、俺は《LR》の攻略へ全神経を向け直すべく再び端末を手に取ることにした。そして——もちろんエリア東方へ向かう足は止めないまま——別行動中の【怪盗】陣営プレイヤー、桜花《おうか》の《女帝》こと彩園寺更紗《さいおんじさらさ》に連絡を入れる。

「彩園寺。悪い、ちょっと時間もらっていいか？」

『……？　何よ篠原《しのはら》、どうしたの？』

端末から聞こえてくるのは普段と全く変わらない共犯者の声、それからバレットの発射音だ。どうやら今まさにコンテナの破壊を進めている真っ最中らしい。

「情報共有だ。何となく予想できてるかもしれないけど、向こうに厄介なメンバーが一人増えた。何年か前の中等部イベントで無双したヤバいやつ、って噂《うわさ》もある」

『ふぅん？　まあ、只者《ただもの》じゃないとは思っていたけれど……でも、交戦があった場所はあたしの方でも確認してるわ。あれなら、大筋ではあんたの計画通りでしょう？』

「甘めに採点するならそうだけど、できれば【◆傍若無人】は押さえたかったな」

『あら、贅沢《ぜいたく》言ってても仕方ないじゃない。それに、あたしが手に入れた【◆弾幕妨害】だってなかなかの代物《しろもの》よ？　拡張ルールを適用する度に相手のバレット使用を一時的に封じる特権ルール……多少の癖《クセ》はあるけれど、決まれば相当有利になるわね』

焦《あせ》りを一切見せることなく強気な口調で言い切る彩園寺。……さすがは《女帝》というか何というか、本当に見上げた精神力だ。負け筋を把握しながらも常に勝ち方だけを模索する〝常勝〟スタイル。なるほど、桜花の連中が彼女に心酔するのもよく分かる。

そんなことを考えながら、俺は静かに言葉を継ぐ。

「確かに【◆弾幕妨害】を無傷で取れたのは大きいな。けど……残念ながら、今すぐ使うってわけにもいかない。拡張ルールの在庫をもっと増やしとかないと」

『そうね。ま、要は役割分担ってやつよ。あんたたちは真《ま》っ直《す》ぐ【◇新天地解禁】を目指すんでしょ？　だったら、その間にあたしは防御弾《ガード》と特殊弾《チェンジ》のバレット強化ルールをひたすら掻《か》き集めておくわ。簡単にダウト宣言されないように、ね』

「だな。それじゃあ、支援《サポート》は任せた」

『ん。……でも、最重要項目《メイン》はあくまでそっちだから。ちゃんと勝ってよね、篠原《しのはら》？』

「……ああ、分かってるよ」

少しだけ照れたような声音の〝お願い〟を聞き届け、一つ頷《うなず》いて通話を締める俺。

そして、

「――残り500mです」

その辺りで、すぐ隣を走る姫路《ひめじ》が地図を横目にそんな概算を口にした。このまま独走を続けられれば【◇新天地解禁】ルールは確実に手に入る……が、張替奈々子《はりがえななこ》を示すアイコンは勢いよく距離を詰めてきている。どこかで必ず追い付かれてしまうだろう。

加えて、起こっている変化はそれだけじゃなかった。

【零番区《ゼロ》《LR》新規適用ルール――ダウト宣言受付時間】
【◇攻撃弾《アサルト》強化／通算適用数：7／効果：与ダメージ上昇――残り1分12秒】
【◇攻撃弾《アサルト》強化／通算適用数：8／効果：射程延長――残り2分49秒】
【◇攻撃弾《アサルト》強化／通算適用数：9／効果：弾速上昇――残り4分01秒】

……およそ一分から二分の間隔で常に追加され続けている拡張ルールの数々。

俺たち【怪盗】陣営がバレット強化ルールを溜《た》め込んでいる都合上、現在《LR》を書き換えているのは全て【探偵】陣営が適用した拡張ルールだ。おそらく、無事に【◆ユニオン】を確保した越智《おち》が手当たり次第に付近のコンテナを破壊しているんだろう。

ただし、そのラインナップには明確な特徴があった。

「また【◇攻撃弾《アサルト》強化】ルール……ですね」

眼前に展開された投影画面を見つめていた姫路が微《かす》かに苦い声音でポツリと呟《つぶや》く。

そう――システムメッセージを眺めてみれば一目瞭然だが、越智が適用している拡張ルールは一つ残らず【◇攻撃弾《アサルト》強化】だった。これだけ連続しているのだから、さすがに偶然ということはないだろう。越智春虎《はるとら》は意図的に壊すコンテナを偏らせている。

「ま……そりゃそうだ。何せ、水上《みなかみ》も榎本《えのもと》も攻撃弾《アサルト》選択だったんだからな」

ふぅ、と息を吐きながら答える俺。……要はバランスの問題、というやつだ。水上と榎本の二人は既に【探偵】陣営と交戦しているため、いずれも攻撃弾装填《アサルトそうてん》であることはバレている。そして《LR》には三種類のバレットがあるのに対し、俺たち【怪盗】陣営は五人なんだ。普通に考えれば、俺と姫路と彩園寺《さいおんじ》の中に攻撃弾《アサルト》持ちはもういない。

そして、これは【探偵】陣営にとって非常に魅力的な情報だ。

「もし俺たちの中に攻撃弾《アサルト》を装填してるやつが本当にいないなら、越智には強烈なメリットが二つ生まれる——一つは【◇攻撃弾強化《アサルト》】が実質〝特権ルール化〟することだ。どれだけ大量に積まれても俺たち【怪盗】陣営には何の得もなくなっちまう」

「はい。そして……第二に、全ての【◇攻撃弾強化《アサルト》】が隠れ蓑として最適になります」

「……そう、なんだよな」

姫路《ひめじ》の放つ涼やかな声を受け、小さく首を横に振りつつ同意する俺。

隠れ蓑《みの》というのは、特権ルールを適用する際に〝ブラフ〟として選ぶ拡張ルールのことだ。零《ゼロ》番区《LR》において相手陣営が特権ルールを持っているなら常にダウト宣言の準備をしておかなければならないが、繰り出されるのが〝対応するバレット所持者が一人もいない〟拡張ルールばかりなら、そもそも検証の術が全くないことになる。

「……ん……」

今も端末の投影画面上に表示された各種ルールの〝ダウト宣言受付時間〟が刻一刻と短くなっていくのを見つめながら、姫路が微《かす》かに深刻な表情で続ける。

「現在の【探偵】陣営は【◆ユニオン】および【◆傍若無人】と二種類の特権ルールを抱えています。先ほどから【◇攻撃弾強化《アサルト》】が必要以上に乱発されていますので、少なくとも片方は……いえ、両方とも適用されている可能性も大いにありますね」

「ん……いや。多分だけど、どっちもってことはないと思う」

「？　そうなのですか、ご主人様？」

「絶対じゃないけど、そこそこの高確率でな。だって越智《おち》は、まだ俺たちのバレット構成を完全に把握してるわけじゃないんだ。水上《みなかみ》と榎本《えのもと》が攻撃弾《アサルト》選択だってことは分かってても、だからって〝残りの三人が絶対に攻撃弾《アサルト》じゃない〟なんて断言できない……ここで無理に【◆ユニオン】と【◆傍若無人】を突っ込んで、万が一にも攻撃弾《アサルト》選択者が残ってたら最悪だろ？　せっかくの特権ルールをまとめて捨てることになる」

「なるほど……確かに、その通りかもしれません」

白手袋を装着した指先を唇に触れさせながらこくりと頷《うなず》く姫路。

彼女は澄んだ碧《あお》の瞳を眼前の投影画面に向け直すと、やがて透明な声を紡ぎ出した。

「では、おそらく一つですね。どちらも温存していては【怪盗】側に攻撃弾《アサルト》の検証能力があるか否《いな》かを永遠に判定できませんので……先ほど適用された【◇攻撃弾強化《アサルト》】のうち一つが〝嘘《うそ》〟で、その裏に特権ルールが隠されているのだと思います」

「俺もそう思ってる。それも、十中八九【◆ユニオン】ルールの方だろうな。もし【◆傍若無人】が通れば【◇AP制限】を無視できるようになるわけだから、越智のAP無双が復活することになる。つまり【◆ユニオン】は囮《おとり》、っていうか捨て駒だ」

「はい。……ちなみに、賭けてみますか？　今なら三分の一の確率で大当たりですが」

冗談っぽく口元を緩めながらそんな誘いを持ち掛けてくる姫路。なかなかに魅力的な提案だが、この場で無謀な大勝負に出られるほど俺の肝は据わっていない。というか――もしダウト宣言に成功してしまったら、それはそれで問題だったりする。

「ってわけで、今回はやめとくよ。【◆ユニオン】くらいは【探偵】側にくれてやる。今重要なのは【◆弾幕妨害】を通すことと【◆傍若無人】をダウト宣言で止めること、あとはとにかく、何が何でも【◇新天地解禁】を手に入れることだ」

「残念です。……ではなく、かしこまりました。間もなく目的地《ゴール》付近に到着いたします」

さらりと白銀の髪を揺らしながら、姫路《ひめじ》が涼しげな声音でそんな言葉を口にする。

彼女の言う通り、俺たちはいつの間にか零番区《ゼロ》の東端に近い区画《エリア》へ辿《たど》り着《つ》いていた。標的である【◇新天地解禁《チェンジ》】を格納したコンテナがあるのは、ここから100mも離れていない地点だ。今の特殊弾に一定の拡散性能が付与されていることを踏まえれば、最序盤の探索と違ってコンテナの発見自体はおそらく造作もないだろう。

と——俺がそんなことを考えた、瞬間だった。

「!? ——ご主人様っ!!」

突如として横合いから飛来してきた真紅のバレット。それを寸前で視界の端に捉えたのか、隣の姫路が覆《おお》い被《かぶ》さるような形で俺の身体《からだ》を押し倒してきた。赤のバレット、すなわち攻撃弾《アサルト》は基礎性能に優れるものの拡散や追尾といった小細工は苦手なため、バレットが届くより早く着弾地点から外れれば〝躱《かわ》す〟ことだって不可能じゃない。

(くっ……!)

　姫路の機転により危機を脱した俺は、アスファルトの上で彼女の身体を抱き留めながら警戒と共に視線をそちらの方向へ遣《や》る——と、

「へえ！　今のタイミングで躱すんだ？　なかなかやるねぇ、お二人さん」

　やけに楽しげな第一声と、それに続けてコツッ……と耳朶《じだ》を打つ軽やかな足音。

　物陰に潜んでスナイプ狙いを続行するかに思われた侵略者だったが、そんな当然の予想を裏切って、そいつはすぐに俺たちの前へと姿を現した。七番区森羅《しんら》高等学校の制服を着た——否《いな》、制服のブレザーだけを私服の上から袖を通さずに羽織っている女性。ある意味で子供っぽい格好なのにも関わらずどこか大人びているように見えるのは、実際の学年が榎本《えのもと》たちよりも上だからというだけでなく、人並み以上に波乱万丈な高校生活を送る羽目になっていたからという、人生経験的な部分も多少は上乗せされているんだろう。

　……元《アルビオン》構成員にして、同じく元【識別不能《ネームレス》】の冥星所持者。

　かつての中等部イベントで《森羅の暗殺者》なる異名を獲得するほどの大活躍を見せたものの、件《くだん》の冥星に足を引っ張られて表舞台に出られなくなった天才プレイヤー。

「——張替、奈々子……か」

「お？　あれ、知ってるんだ？　ハルが自慢しちゃったのかな……ま、何でもいいけど」

　俺が無意識のうちに零《こぼ》していた言葉を拾い上げて、視線の先に立つ張替奈々子《はりがえななこ》は不思議そうに首を傾《かし》げる。けれどそんなのは一瞬で、彼女はすぐに肩を竦《すく》めて続けた。

「初めまして！　君たちが現7ツ星の篠原緋呂斗《しのはらひろと》くんと、付き人《メイド》の姫路白雪《ひめじしらゆき》ちゃん……だよね？　ハルから――あ、森羅《しんら》高等学校の越智春虎《おちはるとら》くんから色々と噂《うわさ》は聞いてるよ」

「……ああ。そういうアンタは《アルビオン》の元メンバー、だったか？」

「ほうほう、そこまで知ってるなら話が早いね。それじゃあ……」

微《かす》かに口元を緩めながらそう言って、おもむろに右手を天に掲げる張替奈々子《はりがえななこ》。するとそんな動作に呼応して、彼女の武器なのであろう銃が――それも、狩りゲーの類《たぐい》でしか見ないような、人間一人分は優に超える大きさ《サイズ》のメカメカしい大砲が生成される。

「どーだ！　私の相棒、名付けてホワイトキャノンちゃん！」

「いや、どうだって言われても……バレットの性能はともかく、武器の見た目は拡張現実《AR》機能で自由に弄《いじ》れるからな。威力は変わらないし、小さい方が便利《マシ》じゃないか？」

「えぇ～、何それ？　もしかして君もロマンない系の子なの？」

「誰と並べられてるのか知らないけど、今はロマンより勝ちが欲しい気分なんだよ」

「勝ちたいなら余計に、じゃない？　だって……」

「……？」

「学園島《アカデミー》の端末は確かに高機能だけど、ここまで複雑な武器を拡張現実《AR》機能で再現しようとしたらさすがに若干ラグる。でも弾丸《バレット》の方はプレイヤーの宣言と同時に発射されてないと《決闘《ゲーム》》にならないから、要するに〝見た目〟と〝処理〟が微妙にズレるわけ。ほんのちょっとの誤差だけど、７ツ星を相手にするなら必要な工夫だって」

けろっとした顔で自身の仕込みを披露する張替奈々子に対し、俺は「っ……」と二の句を封じられながら早くも彼女の評価を改めることにする。……バグ技の使い手。そういえば、加賀谷《かがや》さんはそんな言葉で張替奈々子を紹介していた。《カンパニー》のような違反行為でこそないものの、運営側が想定していない〝裏技〟や〝チート〟と言われるような手法、あるいは技術。彼女が得意としているのはそういう類のモノなのだろう。

――そして、

「ふぅ……それじゃ、相棒の紹介も済んだしそろそろ始めよっか」

先ほど生成したばかりのホワイトキャノン《とんでもなく巨大な銃》ちゃんを頭上で行儀よく待機させたまま、張替奈々子はくるりと俺たちに背を向けた。森羅のブレザーを肩に掛けた彼女は、上半身だけでこちらを振り返ってニマリと不敵な笑みを向けてくる。

「君たちのことは正直よく知らないけど……ハルたちに無理難題を押し付けちゃった先輩としては〝責任〟を取んなきゃなんだよね。今の《アルビオン》が辿《たど》ってる道筋が正しいかどうかは関係なくて、ただ〝道半ばで挫折する〟事態にだけは陥らせたくない。だってそれは、もう私が経験したことだから。ハルには最後まで走り切って欲しいんだよ」

「……へえ？　そのために【◇新天地解禁】ルールが欲しいってことか」

「そうそう、だって封鎖区画を丸ごと潰せればもう【探偵】陣営の勝ちみたいなものだから。……要するに、これはレースなんだよ。１００ｍくらい先にあるお宝、もといコンテナをどっちが先に壊せるか。もちろんこの《区域大捕物《エリアレイド》》の主役が君とハルなんだってことくらい知ってるけど……良かったら、お姉さんとも遊んでくれない？」

越智《おち》とは正反対に好戦的な瞳をこちらへ向けながら飄々《ひょうひょう》と笑う張替奈々子《はりがえななこ》。

そんな、あからさまな挑発を受けて——俺は、微《かす》かに口角を吊《つ》り上《あ》げることにした。

「ハッ……上等だ、元天才。アンタにも格の違いってやつを思い知らせてやるよ」

＃

零《ゼロ》番区の東端エリアで突如として発生した【◇新天地解禁】争奪戦——。

最終的な勝利条件は１００ｍ先にあるルール保管箱《コンテナ》の破壊だが、序盤と比べて多少は各種バレットが強化されているとはいえ、スピード勝負でとにかく先行して相手が追い付いてくる前にコンテナのＨＰを全て削り切るというのはさすがに現実的じゃない。

故に、互いが考えていることなど火を見るよりも明らかだった。

（この勝負《レース》の肝は、どっちが先に相手を戦闘不能にできるか——だろ⁉）

「——てぇっ‼」

俺がそこまで思考を巡らせると同時、まるで地響きのような音と共に張替奈々子の頭上に浮かんでいたホワイトキャノン（敬称略）が火を吹いた。エフェクトだけならまさに必殺技級の見た目と音響。けれどそれらは全て過剰演出というやつであり、先ほど彼女自身が種を明かしてくれた〝些細《ささい》なラグ〟のせいで一瞬だけ反応が遅れる。

「っ……姫路《ひめじ》!!」

それでも俺は早々に姫路の手を取ると、バックステップの要領でバレットの着弾地点から距離を取っていた。直後、凄《すさ》まじい轟音《ごうおん》と共に地面が抉《えぐ》り取られる……ような錯覚に襲われるが、実際は単なる〝攻撃弾《アサルト》〟なんだから当たってもＨＰが一撃で吹き飛ぶような威力じゃない。落ち着いて行動することの方がよっぽど重要だろう。

「あ、ありがとうございます……ご主人様」

「いや、さっき庇《かば》われたお返しだ。……んで」

囁《ささや》くようにお礼を言ってくる姫路に首を振りながら、俺は静かに思考を巡らせる。

正直なところ、今この場で相手の戦闘不能を狙うメリットは【探偵】側の方が遥《はる》かに高い。何せ俺たち《子》が張替奈々子《鬼》を倒したところで〝十分間の行動停止〟しか与えられないのに対し、彼女《鬼》が俺や姫路《子》のＨＰを削り切れば〝牢屋《ろうや》へ叩《たた》き込む〟ことができる。

（だけど、ここで【◇新天地解禁】ルールを握り潰されたらその時点でほとんど詰みに近い……ってわけで、さすがに出し惜しみはしてられないか）

内心でそんなことを考えながら小さく一つ頷《うなず》いて、俺は視線の先の張替奈々子に警戒を向けたまま端末の画面を投影展開することにした。半透明のウィンドウに映し出されるのは、現在【怪盗】陣営が所持している拡張ルールの一覧だ。

【〝怪盗〟陣営所持ルール（適用済みは除く）】

【◇攻撃弾《アサルト》強化／◇防御弾《ガード》強化／◇防御弾《ガード》強化／◇防御弾《ガード》強化／◇特殊弾《チェンジ》強化／◇特殊弾《チェンジ》強化／◇逃げ足特化／◇スピード違反制限／◆弾幕妨害】

「！……さすがの大活躍ですね、リナ」

別行動を始める前の状況と比べて圧倒的に数を増している拡張ルールの一覧を見つめながら、隣に立つ姫路《ひめじ》が素直に感嘆交じりの評価を口にする。

「防御弾《ガード》は探索に不向きなはずですが……これが《女帝》の勘、というものでしょうか」

「《決闘《ゲーム》》センスも断トツだからな。もしかしたら防御弾《ガード》の上手《うま》い使い方でも見つけたのかもしれない。バレット強化以外のルールもいくつか増えてるみたいだけど……」

「はい。まず【◇逃げ足特化】は【あらゆる〝子〟は交戦状態にならないまま10分間が経過する度にAPが1上昇するが、交戦時には各バレットの強化ルールが1つずつ無効化される】……という、念願の〝AP上昇〟効果ですね。ただ、今まさに交戦中というこの状況で適用するようなルールではありません」

「まあタイミング次第ってやつだな。もう一つの【◇スピード違反制限】の方は、名前の通り【拡張ルールの適用には陣営ごとに1分間の硬直時間《クールタイム》が設けられる】みたいな内容の拡張ルールだ。これも強いけど〝今〟じゃない。何せ……」

言いながら俺がちらりと見遣《みや》るのは、当の彩園寺《さいおんじ》が真っ先に獲得してくれた特権ルールだ。無事に適用されれば俺たち【怪盗】陣営にだけ恩恵を与える理不尽な仕様《ルール》。この《LR》の醍醐味《だいごみ》と言ってもいい、いっそ暴力的な〝必殺技〟の一つ。

【名称：◆弾幕妨害】

【効果：自陣営が拡張ルールを1つ適用する度に、相手陣営の全プレイヤーは1分間あらゆるバレットを使用できなくなる（効果時間は上限なく加算される）】

「――こいつの凄《すご》いところは、ダウト検証の難易度がとんでもなく高いって部分だ」

改めて特権ルール【◆弾幕妨害】の効果文《テキスト》を読み直しながら静かに呟《つぶや》く。

「《LR》の仕様では、特権ルールだろうがそうじゃなかろうが適用された瞬間から効果を発揮し始める。たとえダウト宣言で棄却される場合でも、それまでは有効になるってわけだ。だから【◆弾幕妨害】を使った瞬間、相手陣営はバレットが使えなくなる」

「ですね。つまり〝嘘《うそ》〟があったとバレることにはバレます、それも音速で」

「ああ。だから単独で使うのはNGなんだけど……逆に言えば、いくつか〝本物〟の拡張ルールと一緒に適用した場合は、どれが嘘ルールかなんてどうやったって検証できなくなる。選択肢が五つも六つもあるなら勘でダウトするわけにもいかないしな」

「……確かに、これで通せなかったら本気で驚いてしまうくらいの布陣ですね」

こく、と頷《うなず》きながら感心したような声を零《こぼ》す姫路。……実際、彼女の言う通りだ。俺た

ち の所持下にある【◆弾幕妨害】のルールは七つある特権ルールの中でも特に即効性の高い代物《モノ》。充分な量の〝隠れ蓑《ブラフ》〟さえあれば唯一のデメリットを押し隠すことができ、だからこそ彩園寺《さいおんじ》はこれだけの拡張ルールを掻《か》き集めてくれていた。

と――その瞬間、

「!? チッ……!」

「どうしたのかね、諸君? 戦うつもりがないなら私の方から攻めちゃうけど～?」

俺たちが動かないことに焦《じ》れたのか、張替奈々子《はりがえななこ》が静かに右手を持ち上げてホワイトキヤノンちゃんをぶちかましてきた。凄《すさ》まじい轟音《ごうおん》、次いで衝撃。俺と姫路《ひめじ》がどうにかバレットを躱《かわ》す中、彼女はブレザーを翻《ひるがえ》しながらコツコツとこちらへ近付いてくる。

正面からの撃ち合いになれば絶対に敵《かな》わない――。

それを理解していながら、俺はその辺りで不意に逃げるのを止《や》め、宙に漂う大砲の射線上にゆっくりと進み出ることにした。

「およ? なになに、降参? ７ツ星ってそんなに脆《もろ》いんだっけ?」

「んなわけないだろ。むしろ、満を持しての反撃だよ――こ、こうやって、な」

俺が不敵に笑みを浮かべながら啖呵《たんか》を切った、刹那。

【〝怪盗〟陣営が拡張ルールを適用しました――ダウト宣言受付時間】

【◇防御弾《ガード》強化／通算適用数：５／効果：シールド範囲拡張――残り４分59秒】

【◇防御弾強化《ガード》／通算適用数：6／効果：反射性能上昇――残り4分59秒】

【◇防御弾強化《ガード》／通算適用数：7／効果：全方位シールド獲得――残り4分59秒】

【◇特殊弾強化《チェンジ》／通算適用数：5／効果：拡散性能上昇――残り4分59秒】

【◇特殊弾強化《チェンジ》／通算適用数：6／効果：シールド貫通性能獲得――残り4分59秒】


「おおお！　一気に五つも拡張ルール！　これは攻めてきたねぇ……やー、でもさ」

　頭上に掲げた超巨大な銃の影に隠れながらニマっと悪戯《いたずら》っぽい笑みを覗《のぞ》かせる《森羅《しんら》の暗殺者》。彼女は見透かすような視線をこちらへ向けつつ続ける。

「さすがにさすがに、でしょ？　君ら【怪盗】陣営はちょっと前に【◆弾幕妨害】を手に入れてて、このタイミングで溜《た》め込んでた〝バレット強化〟系の拡張ルールを五つまとめて適用してきた。じゃあもう決まりじゃん。君、嘘ついてるでしょ？」

「ハッ……さあ、どうだかな。疑うくらいなら〝検証〟でもしてみたらどうだ？」

「いやぁ、それができないから【◆弾幕妨害】適用済みだって言ってるんだよ。知ってる？　私の想像の中じゃ、君もうとっくにホワイトキャノンちゃんの砲撃でペシャンコなんだからね。バレットさえ無効にされてなければ……全く」

　頭上の相棒にちらりと視線を遣《や》ってからやれやれと肩を竦《すく》める張替奈々子。

　そう――無論、彼女の言う通りだ。俺はつい先ほど五つの拡張ルールを適用したが、その中の一つは嘘《うそ》ルール。実際には【◆弾幕妨害】が既に効力を発揮し始めている。俺たちが拡張ルールを使う度に、相手のバレット使用は全て封印されるわけだ。

さらに一歩だけ前に進み出ながら、俺はいかにも不敵な態度で言葉を継ぐ。

「【◆弾幕妨害】の効果文《テキスト》には【効果時間は上限なく加算される】って補足がある。要は累積性なんだよ。俺が使った拡張ルールは五つだから、これだけでダウト宣言可能な〝五分間〟は安全に逃げ切れるって寸法だ」

「なるほどねぇ……確かに、相棒のホワイトキャノンちゃんが黙らされちゃったら私は何にもできないかも。なら、甘んじて見過ごすしかないってこと？」

「いや？　運に自信があるなら20%の確率に賭けてくれたって構わないけどな」

「あ〜、ね？　何も懸かってない遊びの《決闘《ゲーム》》ならそれもアリなんだけど、今回は先輩としてちゃんと協力するって〝約束〟しちゃったもんなぁ〜……」

俺の煽《あお》りを受けてなお飄々《ひょうひょう》とした仕草で両手を頭の後ろへ回し、迷うような発言と共に小さく唇を尖《とが》らせる張替奈々子《はりがえななこ》。そんな彼女を真正面から見つめながら、俺は微《かす》かに眉を顰《ひそ》める。……何というか、あまりにも焦りが見えない気がする。最初から〝防げない〟前提で動いていた可能性もあるにはあるが、それにしたって違和感の残る言い回しだ。

（もしかして、何か〝嘘《ダウト》〟を見破る方法でも見つけたって言うんじゃ――）

俺が密《ひそ》かな動揺と共に内心でそんなことを考え始めた、瞬間だった。

「ん……そろそろ、だよね」

「……？」

「53、54、55、56——……せぇのっ、だだだだだだだっ!!」

しゅばっ、と再び右手を天に掲げ、口頭で何らかの効果音《SE》を奏で始める張替奈々子。

挙動としては完全に〝バレット発射〟の際のそれに見えるが、しかし現在は【◆弾幕妨害】の適用下だ。拡張現実《AR》機能で彼女の頭上に表示されたホワイトキャノンは単なる飾りでしかなく、最短でもあと四分間は唸《うな》りを上げることなど有り得ない。

いや——そのはず、だったのだが。

「だ！」

（なッ……!?）

明確な異変が起こったのは数秒後のことだ。張替奈々子の真上に浮かぶ全長2m近い大砲みたいな銃……もといホワイトキャノンちゃんが、これまでのようにド派手な攻撃弾《アサルト》をぶちかますのではなく、青みを帯びた専守防衛型バレット・防御弾《ガード》の最新性能に従って大きなシールドを展開し始めた。いや、それだけじゃない。円状に広がったシールドはやがて彼女の周囲を鳥かごのように包み込み、立体的で隙のない防壁を完成させる。

「——ふぅん？　ほうほう、なるほどねぇ」

薄青いシェルターの内側で、張替奈々子は右手の指を二本だけ立てながら呟《つぶや》く。

「シールドの範囲は広がってて、全方位防御の性能も入ってる……ってことは【◇防御弾《ガード》強化】の五番と七番は嘘じゃないね。私の読みでは断トツで検証しにくい〝反射性能《六番》〟がクサいかもって感じだけど、まあ特殊弾《チェンジ》の方を潰せば消去法で分かるかな」

「っ……いや、ちょっと待て」

あまりにも自然にバレットを使って拡張ルールの検証を始めた彼女に対し、微《かす》かに目を見開いた俺は可能な限り動揺を押し隠しながら〝疑問〟をぶつけることにする。

「今は【◆弾幕妨害】が適用されてる。アンタの弾丸《バレット》は封じられてるはずだ」

「？　うん、そうだよ。だから一分も待ってあげたでしょ？」

「ああそうだな、アンタが待ったのは一分だけだ。……おかしいだろ？　俺が使った拡張ルールは全部で五つだ。【◆弾幕妨害】の効果時間は累積するんだから、ダウト宣言が可能な五分の間はろくに動けない想定だったんだけどな」

「なるほど、そーゆーことね」

初歩的な罠《わな》に引っ掛かるじゃん、とでも言いたげに口元を緩める張替奈々子《はりがえななこ》。

彼女は背中に羽織った森羅《しんら》高等学校のブレザーをマントか何かの如《ごと》くゆらゆらと風に揺らめかせながら、とっておきの秘密を開示するかのように続ける。

「君が【◆弾幕妨害】ルールの仕様を〝累積型〟だって思ってるなら、多分その認識が間違ってるよ。効果時間が加算されるのは本当だけど、処理の方式は〝切り替え型〟……要するに、最初の一分間が終わってから次の一分間に〝移る〟仕組みだね。その間隔はもちろん体感0秒なんだけど、実際にはほんのちょっとだけラグがある」

「っ……それは、そうかもしれませんが」

張替奈々子の発言に口を挟んだのは、俺ではなく隣に立つ姫路《ひめじ》の方だ。相手が何を言いたいかはほとんど分かった上で、それでも白銀の髪をさらりと揺らす。

「張替様の言うようなラグは、仮にあったとしても小数点《コンマ》以下何桁の世界です。精密機器ならともかく、生身の人間がそんな隙を突けるとは到底思えません」

「そりゃね。だから私も、自分で突こうなんて思ってないよ？　私はただ、バレットの発射コマンドを入力し続けてただけ――ゲームに喩《たと》えるなら、ボタンを連打するんじゃなくて長押し状態にしてただけ。要は、処理の順番待ちをしてたってところかな」

「な……」

「――って言ってる間に〝時間稼ぎ〟されてるのだってちゃんと気付いてるよ、メイドさん？　56、57、58……せぇのっ、だだだだだだっ!!」

姫路の問いに飄々《ひょうひょう》と答えを返しながら、次なる〝切り替え《チェンジ》〟のタイミングで再び頭上の相棒に右手を翳《かざ》す張替奈々子。先ほどの宣言通り特殊弾《チェンジ》関連の検証に入ったらしく、ホワイトキャノンちゃんの銃身が薄っすらとした緑色に染まっていく。刹那、轟音《ごうおん》――現時点までの《LR》拡張ルールによって様々な効果を付与された特殊弾《チェンジ》が放たれるが、残念ながらその拡散性能が以前よりも向上しているようには到底思えない。

「──発見☆」

「ッ……」

「宣言するね？　《ＬＲ》に適用された累計五番目の【◇特殊弾強化】は、君たちが特権ルールを隠すために使った〝嘘〟ルール！　ダウトだ、ダウト!!」

冗談めかした口振りながらも明らかな確信と共に放たれたダウト宣言……その瞬間、俺と姫路《ひめじ》の眼前に【◆弾幕妨害】を示す漆黒コンテナの映像が浮かび上がって、直後に燃え盛る炎のようなエフェクトが当の拡張ルールを呑《の》み込んでしまった。

【〝探偵〟陣営がダウト宣言に成功しました】

【棄却処理実行：特権ルール《◆弾幕妨害》が零番区《ゼロ》《ＬＲ》から消滅します】

（くっそ……マジかよ、おい!!）

想定外の方法で棄却されてしまった【◆弾幕妨害】ルールの残骸を視界の端に捉えながら、俺は強烈な焦燥やら絶望感を押し殺すためにぐっと下唇を噛《か》み締める。

（マズい……マズい、めちゃくちゃマズい！　【探偵】側の特権ルールは二つも通されてるのに、こっちの【◆弾幕妨害】はあっさり潰された……ただでさえ不利な状況から始まってるってのに、これじゃ開幕時点より悪化してるじゃねえか!!）

血管が浮き出るほど強い力で右の拳を握りながら拡張ルールの一覧を見遣《みや》る俺。

そんな俺を嘲笑《あざわら》うかのように、眼前の張替奈々子《はりがえななこ》が自身の端末を掲げて口を開く。

「ん〜、よしよし。それじゃ絶対に通したくなかった【◆弾幕妨害】ルールも無事に叩《たた》き落せたことだし、私もそろそろ攻勢に出ちゃおっかな〜っと」

彼女が鼻歌交じりにそう言った、刹那。

【〝探偵〟陣営が拡張ルールを適用しました――ダウト宣言受付時間】
【◇攻撃弾《アサルト》強化／通算適用数：12／効果：与ダメージ上昇――残り4分59秒】
【◇攻撃弾《アサルト》強化／通算適用数：13／効果：リロード時間短縮――残り4分59秒】
【◇回復制限／効果：あらゆる回復作用の上限を〝1〟にする――残り4分59秒】

「――とりゃっ！」

大人びているようで子供じみた雰囲気も併せ持つ張替奈々子が勢いよく端末を振りかざす中、俺たちの眼前に新たな投影画面が展開される。相変わらず呆《あき》れるほど巨大な銃を頭上に漂わせた彼女は、口元に不敵な笑みを浮かべながら言葉を継いだ。

「まあ、何をしようとしてるかはさすがにバレてると思うけど……私たちが通したいのはとにかく【◆傍若無人】なんだよね。で、ついさっき【◆ユニオン】を囮《おとり》にした【◇攻撃弾《アサルト》強化】の連打がスルーされてるんだから、君たちの中に攻撃弾《アサルト》選択者がいないことはバレバレのお見通し。だからあとは、適当に選択肢《ブラフ》を増やしておけば――」

「…………」

「――って、あれ？」

そこまで順調に挑発を重ねていた張替奈々子《はりがえななこ》だったが、不意に妙な声を上げて語りを中断した。違和感と共に視線を持ち上げてみれば、俺たちの正面に表示された投影画面の末尾につい数瞬前まで存在しなかった文面《テキスト》が追加されているのが見て取れる。

【〝怪盗〟陣営が拡張ルールを適用しました】

【名称：◇スピード違反制限】

【効果：拡張ルールの適用には陣営ごとに1分間の硬直時間《クールタイム》が設けられる】

……拡張ルールの連続使用を禁じる【◇スピード違反制限】ルール。

そんな仕様が加わったことで張替奈々子の動きがぱたりと止まるのを把握しながら、俺は呆然《ぼうぜん》と目を見開いたまま隣の姫路《ひめじ》へ視線を遣《や》った。同じく碧《あお》の瞳でシステムメッセージを見つめていた彼女は、俺の意図を察して小さく首を〝横〟に振る。

（じゃあ……彩園寺《さいおんじ》か）

瞬間、ある意味で当然の結論がすとんと降りてきて、俺は思わず口元を緩めた。

何というか——やはり、さすがは《女帝》だ。常勝無敗の元7ツ星だ。彼女が苦労して手に入れた【◆弾幕妨害】を俺が迂闊《うかつ》に潰してしまったようなものなのに、否《いな》、だからこそ即座に次の策を打ってくれている。この場にいないのに、通信で繋《つな》がっているわけでもないのに、無理やりにでも俺を奮い立たせてくれる。

「ふぅ……」

だから俺は、意識を切り替えるべく深い呼吸を行うことにする。

そうやって久しぶりに新鮮な酸素を取り込んだ脳内で現状を整理し始めた――先ほど張替奈々子が使用したのは三種類の拡張ルールだ。このうち【◇回復制限】は比較的簡単に検証できるため、防御弾《ガード》選択である彩園寺にメッセージを飛ばしておく。

だが、問題は残る二種。すなわち【◇攻撃弾強化《アサルト》】ルールの方に他ならない。

「ううむ。本当はもう少し〝偽物《にせもの》〟を並べておきたかったんだけど……まあいいかな」

袖を通していないブレザーを背中で翻《ひるがえ》した張替奈々子は余裕の表情で笑っている。

「検証の方法がないんだから、君たちにはどれが【◆傍若無人】ルールなのか特定できないはず！　運ゲーにしかならないけど、33％の確率にでも賭けてみる？」

「……33％じゃないだろ。一応調べてるけど【◇回復制限】は多分本物だ」

「あれま、そうなんだ。……で？　だとしても50％にしかならないよ。当たれば【◆傍若無人】を棄却できるけど、外したら全員が十分間の行動停止……私、動けない相手を見逃すほど優しくないからね。ここは涙を呑《の》んで通しちゃうしかなくない？」

とっ、とバックステップで俺たちから距離を取りつつ悪魔のような囁《ささや》きを零《こぼ》す張替奈々子。彼我《ひが》の距離は約15ｍ――これは、現状の零番区《ゼロ》《ＬＲ》では〝攻撃弾《アサルト》のみ射程が足りる〟数字だ。対峙《たいじ》する相手が防御弾《ガード》や特殊弾装填《チエンジそうてん》なら一方的に攻撃できる。

そんな状況で、彼女は不敵に笑いながら右手をホワイトキャノンちゃんに向けた。

「これでトドメ！　――って言いたいところなんだけど、実はまだ君らのバレットがちゃんと分かってないんだよね。多分二人とも特殊弾《チェンジ》だと思ってるけど、一応防御弾《ガード》の可能性もある。反射性能はそれなりに上がってるから、その場合だけちょっと怖い」

「…………」

「でも、今の【探偵】陣営には特権ルールがある――〝合成弾《ユニオン》〟！」

……不吉な言葉が紡がれた、瞬間。

彼女の頭上で待機していたメカメカしい特大の銃が『キィイイイイイイン!!』と甲高い効果音《SE》を放ち、周囲から光を集め始めた。銃身を彩るのはこれまでのような単色ではなく、赤と緑の合成色。複雑な煌《きら》めきを放つ彼女の相棒が真《ま》っ直《す》ぐに俺を捕捉する。

特権ルール【◆ユニオン】――。

先ほど【探偵】陣営に通されたそれは、七つある特権ルールの中でも極めてシンプルで強力な効果を持っている。端的に言えばバレットの合成、だ。自身が選択しているバレットを自由に組み合わせた〝第４のバレット〟を撃つことができるようになる。

「要するにこれ、色んなバレットの良いトコ取りができるんだよね」

視線の先の張替奈々子《はりがえななこ》は得意げに笑っている。

「たとえば赤と緑の合成弾《ユニオン》なら、私たちが散々強化した攻撃弾《アサルト》の射程とかダメージ量を維持しながら、君たちが特殊弾《チェンジ》に乗せてくれた追尾効果もシールド貫通効果もお裾分けしてもらえる。相手が防御弾《ガード》選択だったとしてもこれで安心、ってこと！」

「――……へえ？　随分と慎重な手を取るんだな。《森羅《しんら》の暗殺者》なんて呼ばれてたくらいだから、もっと大胆に動いてくるのかと思ってたよ」

「わ、なになに、昔の異名まで知ってるんだ？　私ってば意外に有名人……でもま、ハルの前に立ち塞がってる7ツ星ならそれくらい余裕で掴《つか》んでなきゃ困っちゃうか」

驚いたように目を丸くした後、一転してうんうんと頷《うなず》いてみせる張替奈々子。それから彼女は、ほんの少しだけ優しげな表情を浮かべながら言葉を紡ぐ。

「そりゃ慎重にもなるでしょ。だってこれ、私の後輩たち――ハルとトーヤにとって超重要な《決闘《ゲーム》》なんだもん。私だけならもっと違う戦い方を選んでたかもしれないけど、今回は単なる助っ人要員《サポーター》。絶対に我《が》を出さない、って決めてるのだよ」

「なるほどな。さっきも言ってた〝責任〟ってやつか」

「うむ！　だから――ごめんね、哀れな犠牲者諸君!!」

言葉選びこそ冗談めかしていながらも本気の声音でそう言って、頭上に掲げた右手をバッと俺たちの方へ振り下ろす張替奈々子。それに従って光り輝く大砲の銃口が微《かす》かに下を向き、対峙《たいじ》する俺と姫路《ひめじ》に改めて照準を向け直す。既に射程もダメージも追尾性能もシールド貫通性能すらも保証されているのだが、それでもしっかりと狙いを定める。

「てーー!!」

次いで彼女の口から発せられた、迫力があるともないとも言えない幼稚な号令《オーダー》。……それでも、二色の光に包まれた超巨大銃が凄《すさ》まじい駆動音を掻《か》き鳴らしたのはその直後のことだった。ズドォンッ……!! という低くて鈍い轟音《ごうおん》と共に、当のホワイトキャノンちゃんが絶対に避《よ》けられるはずのない〝砲撃〟を解き放つ。

「ご主人様……っ!」

「…………」

切実な響きを含む姫路《ひめじ》の声を耳元で聞きながら——俺は、俯《うつむ》いたり目を逸《そ》らしたりすることなく、真《ま》っ直《す》ぐ前を向き続けていた。赤と緑に染まったバレットが身体《からだ》の真ん中をぶち抜くその瞬間も、およそ15m先に立つ張替奈々子《はりがえななこ》の姿を視界に捉え続ける。

——そして、

【合成弾《ユニオン》命中】

【篠原緋呂斗《しのはらひろと》——現在HP:3/11】

合成弾《ユニオン》の命中演出なのであろう白い煙が晴れた後、俺の視界に浮かび上がったのはそんな文面《テキスト》だった。曰《いわ》く、被弾ポイント《HP》は残り3。元々の【怪盗ランク】が高かったため一発は耐えられたが、とはいえリロード時間なんて大した長さじゃない。眼前では既にホワイトキャノンちゃんがやたらカラフルな光を集め始めている。

が——しかし、

「あ……れ？」

……微《かす》かに零《こぼ》れた不思議そうな声。

それは、他でもない《森羅《しんら》の暗殺者》こと張替奈々子が発したものだった。俺と姫路の真正面、距離にして約15mの位置に立っていた彼女。よく見ればその目は微かに見開かれていて、頭上にぷかぷかと浮かぶ大砲もいつの間にか光を失っていて。

ついでに目の前の投影画面には、こんなシステムメッセージが表示されていた。


【攻撃弾命中】

【張替奈々子――現在HP：0／1（戦闘不能）】

【プレイヤーは10分間の〝行動停止〟状態に移行します】


「……ハッ」

内心では強烈な安堵《あんど》に包まれながら、それでも〝学園島《アカデミー》最強モード〟で静かに足を踏み出す俺。表情と態度で存分に最強を演じつつ、煽《あお》るような声音で言葉を継ぐ。

「誤算だったな《森羅の暗殺者》。今の俺たちは〝子〟だから〝鬼〟のアンタを牢屋《ろうや》には送ってやれないけど……とりあえず、一旦そこで固まっててくれよ」

「え……ええ!?　いや、そんな、だって……」

俺の言葉に一頻《ひとしき》り目を白黒させて、それから彼女は不服そうな表情でこう切り出す。

「ちょっといいかな、ボク？」

「……そこまで歳《とし》離れてないだろ」

「ごめんごめん、でも私の方が先輩だから。……じゃなくて」

びしっ、と、銃口の代わりに人差し指を突き付けてくる《森羅《しんら》の暗殺者》。

「今の、何？　一瞬過ぎて何が起こったのかさっぱり分からなかったんだけど……」

「まあそうだろうな。……実を言うと、さ」

状況からすればあまりにも妥当な張替奈々子《はりがえななこ》からの問い掛けを受けて、俺は小さく肩を竦《すく》めながら答えを返すことにした。悠然と歩を進めて彼女のさらに後方にある【◇新天地解禁】のコンテナを目指しつつ、先ほどの〝種明かし〟を始める。

「絶体絶命の状況ではあったけど、俺たちには圧倒的に有利なポイントが二つだけあったんだ。まず一つは、アンタが学園島《アカデミー》の外から呼び出された助っ人《すけと》だってこと……【探偵ランク】の下敷《ベース》きになる〝等級〟が設定されてないから、被弾ポイント《HP》が最低値の【1】だったことだ。だから、どんなバレットでも一発当たれば致命傷になる」

「……それは、分かってるけどさ」

徐々に近付いてくる俺たちを眺めながら、張替奈々子はいかにも不満そうに答える。

「だから私、しっかり〝距離〟を取ってたじゃない。あの間合いは攻撃弾《アサルト》の射程じゃなきゃ届かない……お姉さん、君たちのAPが0だってことは知ってるんだけど？」

「まあそうだな。その辺の認識は何も間違ってない」

「ふぅん？　……じゃあもしかして、何かズルしてる？」

「してねえよ」

それに関してはな、と内心で付け加えつつ、俺はニヤリと口角を持ち上げた。

「そこがもう一つのポイントだよ。アンタは俺のバレットを知らなかった——ま、当然の話だ。何しろ俺は《ＬＲ》が始まってから今まで一度もバレットを使ってない」

「へ？　……そ、そうなの⁉」

「どこでアンタらに見られてるか分からなかったからな。ずっと姫路《ひめじ》の隣から離れないようにして、ルール保管箱《コンテナ》を壊す時も代わりに撃ってもらってた」

「はい。張替様の言う通り《ＬＲ》における〝銃の外見〟は自由に弄《いじ》ることができますので……実を言えば、わたしが〝二種類の銃〟を切り替えたりもしていました」

「偽装工作ってやつだな。で、極め付きがさっきの【◆ユニオン】だ。越智《おち》が【◇攻撃弾《アサルト》強化】のルールを連投してきた時、俺たちは検証なしでスルーした。今だから教えてやるけど……あれはさ、俺たちに攻撃弾の検証能力があることを伏せておくためだ」

「！　……じゃあ」

堂々とした歩調ですぐ隣を通り抜ける俺に対し、張替奈々子は小さく言葉を失う。

そんな彼女を横目で見ながら、俺は不敵に笑みを浮かべてこう言った。

「そうだよ、俺は【怪盗】陣営三人目の攻撃弾《アサルト》選択者だ——だからあの間合いからでもアンタを撃てたし、ついでに検証だってもう済んだ。ダメージ強化はともかく、リロード時間の方は短くなってない。累計十三個目の【◇攻撃弾強化《アサルト》】ルールは〝嘘《ダウト》〟だ」

「っ……！」

【〝怪盗〟陣営がダウト宣言に成功しました】

【棄却処理実行：特権ルール《◆傍若無人》が零番区《ゼロ》《LR》から消滅します】

張替奈々子《はりがえななこ》が驚愕《きょうがく》に目を見開くのと同時、そんな文面《テキスト》が眼前に表示される。……行動停止状態でも平然と会話を続けることで時間稼ぎを敢行してきた《森羅《しんら》の暗殺者》には恐れ入るが、とにもかくにも【◆傍若無人】は無事に棄却できた。そして張替奈々子が倒れた以上、東エリアでの【◇新天地解禁】争奪戦は【怪盗】陣営の勝利に他ならない。

「ハッ……」

だからこそ俺は、振り返りざまに煽《あお》るような声音でこう言った。

「舐《な》めんなよ、先輩。嘘《うそ》で俺たちに勝とうなんて、そんなのは千年早いっての」

【零番区エリア東《◇新天地解禁》ルール争奪戦——勝者：〝怪盗〟陣営】

【拡張ルール《◇新天地解禁》の適用により、零番区内の封鎖区画が全開放されます】

【〝探偵〟陣営：張替奈々子——行動停止時間：残り7分29秒】

《ライブラ》公式！期末総力戦サドンデスルール《リミテッド》
最終日特別生配信!!
【同時接続者数】178,195人

—うおお、篠原勝ったぁ!!

—888888888

—すご

—いやぁやっぱ7ツ星は格がちげーわ

—篠原の対戦相手、データなしってマジ?前に森羅の中等部で無双してたはず

—知らんけど

—【◇新天地解禁】が入ったら割と振り出しに戻った感あるな

—篠原クン推せる〜!!　かっこよ

—篠原がカッコいいのは認めるけど姫路さんは俺にくれ

—すっこんでろ

—嫉妬乙

—英明陣営は全体的にビジュ良すぎ

—越智だってカッコいいだろ!

—パーカーの子も顔見たい。なんか《女帝》に雰囲気似てない?

—何で彩園寺さんが英明にいるんだよ

—てか、ねえねえ新エリア超楽しみなんだけど!　ここからが本番って感じ!

—ほんとそれ

—越智もまだ色々隠してそうだけど……史上初のオールカラー7ツ星、見たいよなぁ

♯

期末総力戦サドンデスルール《リミテッド》――零番区《ゼロ》《Liar's Rule《ライアーズルール》》。

その開始から一時間四十七分三秒が経過した頃、新たに一つのルールが適用された。

【名称：◇新天地解禁】
【効果：これ以降、零番区内にある全ての〝封鎖区画〟への立ち入りを解禁する】

……張替奈々子《はりがえななこ》とのレースに競《せ》り勝ち、どうにか手に入れた超重要な拡張ルール。

そもそも《LR》は、少し特殊なマップを有する《区域大捕物《エリアレイド》》だ。ゲームフィールドは零番区全体だが、中央の一帯が全て〝封鎖区画〟に指定されていたため、俺たちプレイヤーはドーナツ状の外周部分だけで戦っていた。封鎖区画の中にもルール保管箱《コンテナ》は大量に転がっているのに、それらは決して到達できない砂漠の蜃気楼《しんきろう》――【◇新天地解禁】というのは、そんな封鎖区画を全面的に解禁してくれる拡張ルールだ。

「お疲れ様です、ご主人様」

俺がそんな効果文《テキスト》を再確認していると、隣でコンテナの破壊を手伝ってくれていた姫路《ひめじ》が涼しげな声を投げ掛けてきた。彼女は右耳のイヤホンに触れながら言葉を継ぐ。

「念願の【◇新天地解禁】が適用されましたので、さっそくですが加賀谷《かがや》さんと紬《つむぎ》さんに封鎖区画内のコンテナ配置を調査していただきましょう。ここでのんびりしていると、向こうで固まっている《森羅《しんら》の暗殺者》様が復活してしまいます」

『封鎖区画内の調査？　ふっふっふ……そんなの〝もうやってる！〟だねん！』

姫路の要望を受けて、端末の向こうの加賀谷さんがまるでハリウッド映画の凄腕《すごうで》ハッカーみたいなことを言ってきた。カチャカチャカチャッ、という凄《すさ》まじいタイピング音と共に、普段通りの気軽で楽観的な声がイヤホン越しに流れてくる。

『【◇新天地解禁】が適用される前にパスだけは解析しておいたからねん。こっちにはツムツムも付いてるし、あと一分もあれば零番区を丸裸にできちゃうよん！』

『えっへん！　任せて任せて、お兄ちゃん！　ここが魔界ならわたしの【魔眼】で一瞬なんだけど、人間界でもけっこう早いから！　電《ま》・脳《す》・神《た》・姫《ー》・降《す》・臨《ば》!!』

『うぉおおおお！　ツムツムの指が影分身みたいに!!』

「……楽しそうですね、お二人とも」

呆《あき》れている、というよりはむしろ仲間に加われないことが面白くないのか、ほんの少し拗《す》ねたようにポツリと呟《つぶや》く姫路。そんな彼女を苦笑交じりに眺めながら、俺はまだ中央部分の情報が更新されていない地図《マップ》を開いてそっと右手を口元へ遣《や》る。

「ん……」

《LR》の開始から二時間弱——各プレイヤーの現在地はそれなりにバラけていた。既に戦闘不能になっている水上《みなかみ》と榎本《えのもと》はそれぞれ西と北の牢屋《ろうや》内。俺と姫路《ひめじ》と張替奈々子《はりがえななこ》はエリア東端に固まっていて、残る彩園寺《さいおんじ》と越智《おち》の二人はどちらも封鎖区画付近と言っていいだろう。彩園寺は西側から、越智は南側から簡単に足を伸ばせる位置取りだ。

(ただ……さすがに、ここは俺たちの方が有利なはずだ)

地図《マップ》中央にある封鎖区画の全貌を見つめながら内心でポツリと呟《つぶや》く。

泉夜空《いずみよぞら》から〝ラスボス〟を奪った越智春虎《はるとら》。彼が有する冥星こと【割れた鏡】と【敗北の女神】の連携《コンボ》は彼にとって最高の偏りを提供する。そんな代物《モノ》がある前提ならこの《LR》におけるコンテナの配置はどうなるか？ ……無論、越智にとって都合の悪い拡張ルールは軒並み手に入れづらい場所、すなわち封鎖区画内に設置される。故に、ここで解放される新天地には【怪盗】有利の拡張ルールがたくさん転がっているわけだ。

そして、中でも最大の目玉が何かと言えば——

「……問題は【◇攻守交替】がどこにあるか、ですね」

調査の方は加賀谷《かがや》さんたちに任せて早々にエリア中央へ歩き出す傍《かたわ》ら、さらりと白銀の髪を揺らしながらそんな言葉を口にしたのは姫路白雪《しらゆき》だ。彼女は白手袋に包まれた指先を唇に触れさせたまま、澄んだ碧《あお》の瞳をちらりと俺の方へ向けて続ける。

「両陣営の役割を交換する拡張ルール……結局、これが適用されない限り《LR》は不完全なままです。現状で〝子〟の役割を持つ【怪盗《わたしたち》】陣営にとって《LR》は〝勝利条件のない《区域大捕物《エリアレイド》》〟ですので、一刻も早く〝鬼〟に成り代わる必要があります」

「だな。実際、俺たちが〝鬼〟なら《森羅《しんら》の暗殺者》は牢屋送りになってたわけだし」

「そうなのです。いえ、もちろん状況的には仕方のないことですが……」

ちら、と後方に視線を遣《や》りながら姫路がいかにも無念そうに零《こぼ》す。既に角を曲がっているため姿は見えなくなっているが……確かに、張替奈々子が〝牢屋行き〟になっているのと〝十分間の行動停止〟で済んでいるのでは相当な違いがあると言えるだろう。故に【◇AP制限】の強奪と【◇新天地解禁】の確保に続く〝第三のミッション〟というのは、拡張ルール【◇攻守交替】を介した〝鬼〟の奪取に他ならない。

「それで、ご主人様」

俺がそんなことを考えていると、隣の姫路が不意に小さく首を傾《かし》げてみせた。

「【怪盗】陣営からはリナが、対する【探偵】陣営からは越智様が既に封鎖区画内へ侵入しています。件《くだん》の【◇攻守交替】ルールは、無事に確保できるでしょうか？」

「ん……まあ、微妙なところだな」

姫路の問いに人差し指でそっと頬《ほお》を掻《か》く俺。

「コンテナの配置自体は《LR》の開始段階で全部決まってるから、例の冥星コンボが働いて越智の近くに……みたいなことはない。だから、珍しく完全に運ゲーなんだ。封鎖区画の西側にあれば彩園寺《さいおんじ》が取れるし、南の方なら越智《おち》に取られる。東なら多分俺たちの方が早く到着できて、ド真ん中か北方面なら奪い合いって感じだな」

「なるほど。相手に【割れた鏡】と【敗北の女神】がある《決闘《ゲーム》》に慣れていると〝運ゲー〟というだけでありがたく感じてしまいますが、とはいえ過信はできないですね」

「ああ。……っていっても、今の《LR》には【◇AP制限】ルールがある。越智の至近距離にたまたま【◇攻守交替】のコンテナが転がってる、みたいな超ラッキーでも起こらない限り、さすがに一瞬で【探偵】側に奪われるってことはないはずだ」

「……そう、ですね」

「？　どうした、姫路《ひめじ》？」

「いえ……何というか、少しだけフラグっぽいなと」

白銀の髪をさらりと揺らしながら、わずかに冗談めかした口調で何やら不吉なことを言ってくる姫路。……確かに、言われてみればそんな気がしないでもない。ざわざわと嫌な予感がして、意味もなく地図《マップ》を覗《のぞ》き込んでみたりして——

『終わったー！　作業完了だよんヒロきゅん、白雪《しらゆき》ちゃん！　お待たせぃ！』

——右耳のイヤホンから再び加賀谷《かがや》さんの声が聞こえたのは、それから十数秒も経《た》っていない頃のことだった。ターンッという達成感溢《あふ》れる効果音《SE》と共に地図《マップ》が更新され、先ほどまで何の情報もなかった封鎖区画内に無数のルール保管箱《コンテナ》が表示されていく。

「おお……ありがとうございます加賀谷さん、それに椎名《しいな》も」

『えへへ～！　わたしの【魔眼】にかかればこのくらいおやつの前だよ、お兄ちゃん！』

『えぇ？　ツムツムってば、加賀谷のおねーさんが用意したお菓子まで一つ残らずぜーんぶ食べちゃったくせにぃ～……って、まあそんなのは置いといて』

ほのぼのとしたやり取りを切り上げるようにセルフ突っ込みを入れる加賀谷さん。

頼れる《カンパニー》の電子機器担当は、相変わらず呑気《のんき》な声音で続ける。

『これが《LR》の全貌だねん！　で、お目当ての拡張ルールは……えーっとね』

「……？　検索には引っ掛からないようですが……どの辺りでしょうか、加賀谷さん？」

『や、実はおねーさんもまだ見つけられてないんだよねん。エリアの解析自体は完璧に終わってるはずなんだけど～……むむ？』

『むむむ？　……あ！　あったよ、お兄ちゃん！』

と――そこで声を上げたのは俺でも姫路でも加賀谷さんでもなく、イヤホンの向こうの椎名だった。彼女はワクワクを隠しきれない様子でいかにも楽しげに言葉を継ぐ。

『やっぱりわたし、すごいかも!?　こっちこっち、こっちの方！』

「……？　どっちだ、椎名？」

『えっとね、うんとね――【探偵】さんが持ってるルールの方！　この中にあるよ？』

「――――――、な」

椎名《しいな》の発言の意味が一瞬分からず完全に硬直する俺。けれど直後、弾《はじ》かれるように端末を操作して姫路《ひめじ》と共に投影画面を覗《のぞ》き込む。……【探偵】陣営の所持（見込み）ルール一覧。椎名紬《つむぎ》の言う通り、そこにはいつの間にか一つのルールが加わっている。

【名称：◇攻守交替】
【効果：10分間が経過する度に両陣営が持つ〝鬼〟と〝子〟の役割を交代する】

「……マジかよ、おい」

新たな困難の到来に、俺は小さく頬《ほお》を引《ひ》き攣《つ》らせるのだった――。

♭

（……さすがに、そろそろバレた頃かな）

期末総力戦サドンデスルール《リミテッド》最終日、零番区《ゼロ》《LR》。

【◇新天地解禁】の適用を受けて早々に封鎖区画内へ立ち入っていた越智春虎《おちはるとら》は、続々と後を追ってくる【怪盗】陣営のアイコンを地図《マップ》上で静かに眺めていた。

篠原緋呂斗《しのはらひろと》と張替奈々子《はりがえななこ》――もとい張替先輩の【◇新天地解禁】争奪戦が〝敗北〟に終わったのは、彼にとって想定内でも想定外でもなかった。張替先輩が敗走するシーンは想像できないが、篠原緋呂斗が負けるイメージなんかもっとない。だから封鎖区画が解放される可能性は大いにあって、そのため零番区《エリア》の中央付近で待機していた。

そして、そんな越智春虎のすぐ近くに……つまりは封鎖区画の南端に【◇攻守交替】ルールが配置されていたのは、もちろん偶然なわけがない。ではどうにかして冥星や《調査道具》でコンテナを引き寄せたのかと言えば、実はそういうわけでもない。

もっと、もっと根本的な話だ。

（【◇攻守交替】はそもそも拡張ルールじゃないからね。全コンテナの配置が決まった後に、僕が【操り人形】の冥星で前提ルールから外しただけ……悪いね、緋呂斗）

全く悪いなんて思っていないが、それでも内心で謝罪だけしておく。

そう――要するに【◇攻守交替】だけはその他のルールと全く性質が違うんだ。故に彼は、何なら《LR》が始まる前から対応するコンテナの配置場所を知っていた。

（もちろん、封鎖区画の中が【怪盗】有利だっていうのは事実……だけどね、緋呂斗。何度も言っているように、僕はこの《決闘《ゲーム》》にだけは負けられない。君が次に打とうとしている手だって分かっているつもりだ。だから――全力で、潰させてもらうよ）

零番区《LR》が新たな局面に入ったことを自覚しながら静かに息を吐き出して。

それから春虎は、再び歩を進めることにした。

＃

――拡張ルール【◇攻守交替】が【探偵】陣営に確保された。

封鎖区画が解放されてからほんの数分、というタイミングでの出来事だ。方法については、正直なところよく分からない。【敗北の女神】に俺たちの知らない仕様が隠されていたのかもしれないし、予《あらかじ》め何らかの《調査道具》を使っていたのかもしれない。

けれどとにかく、喉から手が出るほど欲しかった拡張ルールは早々に握り潰された。

勝利に繋《つな》がる〝第三のミッション〟は越智春虎《ラスボス》によって阻まれた。

「っ……どうしましょう、ご主人様？」

地図から顔を持ち上げた姫路《ひめじ》が、微《かす》かに声を震わせながらこちらを見上げてくる。

「そもそも〝完全な運ゲー〟でしたので、起こり得る事態ではありましたが……」

「ああ。まさか、ここまで速攻で奪われるとは思わなかったな……だけど」

傍《かたわ》らの姫路を安心させるために、同時に自分自身も冷静さを取り戻すために小さく首を横に振る俺。先ほどの【◇新天地解禁】ルールと《カンパニー》の奮闘により一気に情報が増えている《LR》の地図《マップ》に視線を向けながら、思案と共に言葉を紡ぐ。

「越智《おち》に【◇攻守交替】を取られたのは確かにめちゃくちゃ痛い。……でも、序盤とは手に入るルールからして全く違うんだ。今なら挽回《ばんかい》の手はなくもない」

――そう、そうだ。

常にルールが変化し続ける《LR》において、相手陣営に奪われた拡張ルールが〝絶対に取り返せないモノ〟だというのは不変の常識でも何でもない。何しろ現在は【◇新天地解禁】が適用されており、新たに解放された封鎖区画内には強力な拡張ルールが大量に転がっている。たとえば、その中にはこんなルールもあった。

【名称：◇ルール強奪】

【効果：相手陣営のプレイヤーを1人戦闘不能にする度に、相手陣営が所持する未適用の拡張ルール1つを選択して自陣営の所持下へ移動することができる】

「……こいつさえ適用できれば、状況は一気に変わるはずだ」

端末画面上で詳細な効果文《テキスト》を確認しながら、俺は静かに言葉を継ぐ。

「【◇ルール強奪】――適用済みの拡張ルールには手出しできないけど、状況的には問題ない。越智が【◇攻守交替】を握り潰すつもりなら最適解はこれだと思う」

「！　……なるほど、確かに」

すぐ隣から端末を覗《のぞ》き込んでくる姫路のために投影画面の角度を調整しつつ、俺は彼女と共にじっくりと思考を深めていくことにする。

全エリアが解禁された《ＬＲ》の地図《マップ》――加賀谷《かがや》さんたちが調査してくれた情報を見る限り、件《くだん》の【◇ルール強奪】を擁するコンテナが配置されているのは封鎖区画の中でも南西部にあたる箇所だ。中央寄りなのでまだ破壊された形跡はない。

ただし考えることは皆同じというやつなのか、各プレイヤーの現在地を示すアイコンの方を見れば、越智も彩園寺も張替奈々子すらも一様に【◇ルール強奪】を目指しているようだった。越智《おち》は南方面から、彩園寺《さいおんじ》は西方面から、そして行動停止が解けた《森羅《しんら》の暗殺者》はタクシーを使って南東からぐるりと西の方へ回り込もうとしている。

俺の思考をなぞるように「ん……」と姫路《ひめじ》の微《かす》かな吐息が零《こぼ》れた。

「リナと越智様なら、わずかにリナの方が近いでしょうか」

「距離的にはそうだな。だけど、彩園寺は防御弾《ガード》選択だ。越智が来るまでにコンテナのHPを削り切れるほどの火力はさすがに出ない……多分、途中で交戦になる」

「そう、ですね……となると、いずれは張替《はりがえ》様にも追い付かれてしまいます。バレットの性能を考えれば1対1でも厳しいのに、2対1というのは……」

「……まあ、いくら《女帝》でも無茶《むちゃ》だろうな」

首を横に振りながら同意する。

おそらく、越智のやつは〝争奪戦〟を誘っているんだろう。早いところ〝鬼〟になりたい俺たち【怪盗】陣営からすれば【◇ルール強奪】を取りに行くのが最善手で、越智も張替奈々子《ななこ》もそれを分かった上で行動している。そう考えればあまりに危険……だが、ここで【◇ルール強奪】までもが【探偵】陣営の手に落ちてしまったら、今度こそ本当に奪われた拡張ルールを取り戻す術《すべ》が一切なくなってしまう。

そこまで思考を整理した辺りで、傍《かたわ》らの姫路が地図《マップ》を見つめながら囁《ささや》くような声を零す。

「他に、何か有効な手があればいいのですが……」

「……他に、か？」

「はい、ご主人様」

こくり、と真剣な表情で頷《うなず》く姫路。

「封鎖区画の東端にある〝バレット強化〟以外の拡張ルールは【◇脱獄禁止】くらいのものですが、たとえばそれと対《つい》を為《な》す存在の【◇牢獄《ろうごく》解錠】ルールであれば、封鎖区画の西側にコンテナがあるためリナの射程圏内です。単体では根本的な解決になりませんが、何か別の拡張ルールと組み合わせれば……」

「そうだな。…………って、ん？」

「？　どうかなさいましたか、ご主人様？」

「ああ、いや……何か引っ掛かった気がしたんだけど。今、なんて言ったんだ？」

「ええと……〝単体では根本的な解決にならない〟と」

「もうちょっと前だ。確か、脱獄禁止がどうのって……」

「あ、はい。そうですね」

俺の言葉を受けた姫路は、もう一度こくりと頷いてから改めて口を開く。

「牢屋《ろうや》からの脱出を禁じる拡張ルールを閉じ込めたコンテナが、封鎖区画の東端に配置されているのです。単にわたしたちの手が届きやすいというだけで、内容は明らかに〝鬼有利〟な効果《モノ》ですが……何か気になるところがあるのでしょうか、ご主人様？」

「あ、ああ。だって……妙な話じゃないか？」

姫路《ひめじ》の解説を聞いたことで〝違和感〟の正体に確信を持った俺は、傍《かたわ》らに展開した《LR》の地図《マップ》に視線を遣《や》りながら勢い込んで言葉を継ぐ。

「【◇攻守交替】とか【◇牢獄解錠《ろうごく》】なんかが封鎖区画に追《お》い遣《や》られてたのとは真逆の理屈だ。そんなに【探偵】有利なルールなら〝取りやすい〟場所にあるはずだろ」

「——……なるほど。確かに、言われてみれば妙ですね」

地図を前にしばらく黙考していた姫路だったが、やがて左隣の俺に視線を向け直すと得心したような口調でそう言った。続けて、涼やかな声が紡がれる。

「普通なら単なる偶然ですが、冥星の効果を考えれば〝わたしたちにとって都合の良い偶然〟など起こるはずもありません。ですが、だとしたらこれは……」

「ん……たとえば《表示バグ》系の《調査道具》が使われてる、って説はどうだ？」

「！　では、本来別のルールがあって、それが隠匿されている——ということですか？」

微《かす》かに目を見開いた姫路の問い掛けに対し、俺は口角を上げつつ「ああ」と頷《うなず》く。

そう、そうだ——要するに、拡張ルール【◇脱獄禁止】なんて代物《しろもの》はそもそもこの《LR》に存在しないんだ。俺たちが何らかの方法でコンテナの配置を調べ上げることを前提に越智春虎《おちはるとら》が用意していた、言ってしまえば〝見せかけ〟の妨害工作。

「……で、だ。あの越智が《調査道具》を使ってまで隠してたわけだろ？　この《区域大《エリア》捕物《レイド》でそれほど重要なルールって言ったら、候補は意外と多くない」

「はい。おそらくですが、わたしもご主人様と同様の考えを持っていると思います——これだけ目まぐるしくルールが増えていく《LR》において、そもそも〝鬼〟と〝子〟がバトンタッチをする方法が時間経過だけで良いのでしょうか？　そんなのは面白くありません。わたしが運営側なら、少なくとも追加で一つは拡張ルールを用意します」

「ハッ……奇遇だな、俺も全く同じ意見だ」

互いの認識を擂《す》り合わせ、揃《そろ》って不敵な笑みを交わす俺と姫路。

そうして俺は、既に【◇ルール強奪】のコンテナ付近に辿《たど》り着《つ》いている《女帝》とコンタクトを取るべく、端末の画面を通信モードに切り替えることにした。

「悪い、彩園寺《さいおんじ》。連絡が遅れた——【◇ルール強奪】はそのまま【探偵】連中にくれてやっていい。代わりに、今すぐ封鎖区画の東端エリアに来てくれ」

『え……ええ!?　今やっとコンテナが見つかったところなのだけど——……その声、何か思い付いたってことでいいのよね？』

「ああ。狙ってた正規ルートとは少し違う、逆張りの勝ち筋ってやつだ」

『はいはい。だったらあんたに従うわ、７ツ星のリーダー様』

冗談めかした口調でそう言って、早々に通話を終える彩園寺。やがて地図《マップ》上のアイコンが進路を変更し、越智を避けるような経路《ルート》で俺たちの方へと進み始める。タイミング的にはギリギリだったかもしれないが、正面衝突はどうにか避けられたようだ。

（俺と姫路《ひめじ》の考えが正しければ【◇脱獄禁止】に偽装されてたルールは〝アレ〟で間違いない。なら、最初の想定とはちょっとズレちまったけど〝第三のミッション〟も無事に完遂できる。だから、やっとだ——これで、ようやく《決闘》開始だ）

そんなことを考えながら、俺は小さく息を吐き出すことにした。

【期末総力戦サドンデスルール《リミテッド》最終日——零番区《ゼロ》《LR》】

【開始から2時間11分経過時点】

【拡張ルール《◇脱獄禁止》——改め《◇攻守交替2》適用開始】

【〝子〟が〝鬼〟を戦闘不能にした場合、直ちに〝鬼〟と〝子〟の役割を交代する】

♯

「——待たせたわねユキ、ついでに篠原《しのはら》も」

姫路のおかげで【◇脱獄禁止】に隠された秘密に気付いてから二十分と少し。

辿《たど》り着いたルール保管箱《コンテナ》を今度こそ俺の攻撃弾《アサルト》もフル活用して壊し切り、念願の拡張ルールを《LR》に組み込んだ直後、タイミングよく後ろから声が掛けられた。

振り返ってみれば、そこに立っていたのは彩園寺更紗《さいおんじさらさ》——もとい朱羽莉奈《あかばねりな》だ。フードで覆い隠された豪奢《ごうしゃ》な赤の髪、意思の強い紅玉《ルビー》の瞳。コンテナの攻略に間に合わなかったのがやや釈然としないのか、微《かす》かに唇を尖《とが》らせながら胸の下で腕を組んでいる。

だから、というわけじゃないが、俺は小さく首を横に振ることにした。

「いや、別に待ったってほどでもない。そもそもの位置がかなり遠かったからな」

「ん……まあね。それじゃ、うっかり【◇ルール強奪】のコンテナ近くで【探偵】側の二人に挟まれなくて良かったって思っておこうかしら」

「それがいい。あと……えっと、何ていうか。……さっきはありがとな、彩園寺」

張替奈々子《はりがえななこ》との争奪戦《レース》中に特権ルール【◆弾幕妨害】を棒に振り、心が折れかけていた矢先に彩園寺が【◇スピード違反制限】という名の鼓舞を飛ばしてくれたことを思い返しながら、俺は何とも歯切れの悪い感謝の言葉を口にする。

すると彼女は——予想通りと言えば予想通りに——怪訝《けげん》な様子で小首を傾《かし》げてみせた。

「……？　さっきって……それ、何の話？」

「あ、ああ、いや……やっぱり、何でもない」

「あら、別に誤魔化《ごまか》すことないじゃない。あたしにどうしても感謝したいことがあるんでしょう？　聞いてあげるから、もっと具体的に話してみたらどうかしら」

「だから、もう忘れちまったってての！」

からかうような表情で踏み込んでくる彩園寺に対し、俺は全力の照れ隠しを試みる。

「……こほん」

と――そんなやり取りに〝待った〟を掛けてきたのは姫路《ひめじ》だった。白銀の髪を揺らしながら一歩前に出た彼女は、俺と彩園寺《さいおんじ》を順に見つめて涼しげな声音で一言。

「イチャイチャするのは《決闘《ゲーム》》が終わってからにしてください、お二人とも」

「「し、してないから！」」

「ご冗談を。……ともかく、これからどう動くか考えなければなりません」

澄ました表情で首を横に振りつつもそんな言葉を紡ぎ出す姫路。

まあ、彼女の言う通りだ――つい先ほど破壊に成功したコンテナ。そこに封じ込められていたのは、狙いに違《たが》わず【◇攻守交替2】だった。つまり、理不尽だった《LR》にもようやく俺たち【怪盗】側の勝ち筋が誕生したということになる。

「冗談も何も、篠原《しのはら》とイチャイチャしたことなんか一度もないのだけれど……後半に関しては、あたしも同意しておくわ」

微《かす》かに顔を赤らめた彩園寺が、照れを誤魔化《ごまか》すように上擦った声音で切り出す。

「【◇新天地解禁】で封鎖区画が全面的に解放されて、それから【怪盗】側の勝利に欠かせない【◇攻守交替2】も無事に適用された。つまり《LR》も折り返し地点は超えたってところだもの。そろそろ本格的に動かなきゃいけないでしょうね」

「まあな。で……本来の前提ルールにあった【◇攻守交替】は単純な時間経過が役割交代の条件だったけど、さっき使った【◇攻守交替2】は【〝子〟が〝鬼〟を戦闘不能にした場合、直ちに〝鬼〟と〝子〟の役割を交代する】って内容だ。だから、今の俺たちからすれば基本的に交戦は歓迎ってことになる」

「ええ。それについてなのだけど、実はちょうどいいルールがあるわ」

言いながら彩園寺は、ちょこんと爪先立ちの体勢になって俺の端末を操作すると、傍《かたわ》らに投影された画面を〝地図《マップ》〟から〝所持ルール一覧〟へ切り替えた。ふわりと柑橘系《かんきつけい》の甘い匂いが漂うのと同時、俺の目の前に新たな画面がポップアップ表示される。

その中に一つ、明らかに目を引く拡張ルールがあった。

「【◇逃げ足特化】ルール――」

指先で画面をなぞりながらポツリと零《こぼ》す彩園寺。

くすっと口元を笑みの形に緩めた彼女は、楽しげな紅玉《ルビー》の瞳で俺の顔を覗《のぞ》き込む。

「これ、あたしたちが三手に分かれて特権ルールを取りに行っていたタイミングでたまたま手に入った副産物《ルール》なのだけれど……覚えてる、篠原？」

「あ、ああ……そりゃもちろん。確か【あらゆる〝子〟は交戦状態にならないまま10分間が経過するごとにAPが1上昇するが、交戦時には各バレットの強化ルールが1つずつ無効化される】って感じの――……そうか、なるほど」

少し遅れて彩園寺が何を言いたいのかに気付き、そっと右手を口元へ遣《や》る俺。

――【◇逃げ足特化】。

いわゆる特権ルールではなく通常の拡張ルールだが、対象になるのは〝子〟の役割を持つ陣営だけだ。故に、現状は【怪盗】陣営だけがその恩恵も制約も受けられる。

具体的な内容としては、メリットが一つとデメリットが一つ。

デメリットの方はそこそこの重さで、相手陣営との交戦時に各種バレットの強化ルールがランダムで一つ封印されてしまう。つまり《LR》がどれだけ派手になろうとも、常に相手よりも少しだけ弱いバレットで応戦しなければならない。

ただしその分、メリットも非常に強力だ。十分間交戦状態にならずにいると自動的にA、A、A、AP……ではなく、APが1増加する……二十分なら2増加、三十分なら3増加。俺たち【怪盗】陣営に足りなかったAPという資源《リソース》が、ただ逃げているだけでいくらでも湧き出してくる。

「ですが……」

と、その辺りで、すぐ隣から画面を覗《のぞ》き込んでいた姫路《ひめじ》が遠慮がちに声を上げた。

「【◇逃げ足特化】が強力なのは事実です。ただ、こんなルールが適用されてしまったら越智《おち》様と張替《はりがえ》様はすぐに交戦を仕掛けてくるのではないでしょうか？　APが1つでも増えるならともかく、そうでなければ余計に状況が悪くなってしまうような……」

「字面《じづら》だけを見たらそうかもしれないわね。でも、このルールの良《い》いところはAPが増えることだけじゃないわ。〝子〟の動き次第で〝鬼〟の行動を操れる、ってこと」

「……〝鬼〟の行動を？」

「ええ。ちょっと考えてみて、ユキ？　今の《LR》に拡張ルール【◇逃げ足特化】が適用されたら、確かに【探偵】陣営の二人はすぐにでも攻め込んでくると思うわ。それじゃあ、あたしたち【怪盗】陣営が分散して動いていたらどうかしら？」

「それは……誰かをフリーにすると簡単にAPを稼がれてしまいますので、同じく手分けして追跡することになると思います。……なるほど、そういうことですか」

彩園寺《さいおんじ》の話を聞いて、得心したようにこくりと首を縦に振る姫路。

「つまり、強制的に〝鬼〟を分断することができるルール——というわけですね？　現在の【探偵】陣営は二人とも全弾装填《そうてん》、かつ特権ルールによって合成弾《ユニオン》まで解禁されていますので、組まれてしまうと為《な》す術《すべ》がありません。ですが、向こうが二手に分かれてくれるなら……〝単独行動〟になってくれるなら、付け入る隙は生まれます」

「そういうこと。実際、あたしたちと【探偵】陣営の戦力差が何なのかって考えたら、結局はバレットとAPなんだもの。こっちがアビリティや《略奪品》を気兼ねなく使える状況になれば戦線は一気に押し戻せるかもしれない。でしょ、篠原《しのはら》？」

「ま、そうだな。ってわけで——もちろん、こいつは〝採用〟だ」

言いながら、俺は端末の画面をなぞるようにして当のルールを適用する。文字列がじわりと溶けていくような演出と共に、零番区《ゼロ》《LR》に新たなルールが加わった。

【名称：◇逃げ足特化】
【効果：あらゆる〝子〟は交戦状態にならないまま10分間が経過する度にAPが1上昇するが、交戦時には各バレットの強化ルールが1つずつ無効化される】

「……で、だ」

そんなシステムメッセージを眺めながら、俺は改めて口を開くことにした。

「さっき彩園寺《さいおんじ》も言ってたけど、この【◇逃げ足特化】は基本的に誘《いざな》いのイメージだ。俺たちが手分けして動くことで【探偵】陣営の二人を無理やり分断する」

「そうですね。今の【怪盗】陣営はわたしたち三人だけですので、分かれ方は〝一人／二人〟の2チームか、あるいは〝一人／一人／一人〟の3チームになります。……ただ、後者はあまりお勧めできません。挟み込むなりして変則的な2対1に持ち込む前提ならともかく、これだけ戦力差がある状況で1対1を量産するのは悪手かと」

「ああ。つまり、チーム編成としては〝一人／二人〟の2チーム一択、ってわけだ」

こくりと頷《うなず》きながら相槌《あいづち》を打つ。単独での戦力は越智《おち》も張替奈々子《はりがえななこ》もこちらの誰より上だから、1対1の構図はなるべく避けたい。ただ向こうが二人揃《そろ》っていると【怪盗】三人でもまず太刀《たち》打ちできないため、妥協策はやはり〝一人／二人〟の編成だった。

──と、そこで。

「ねえ、一つ確認しておきたいのだけれど……張替奈々子って、そんなに強いわけ？」

　彩園寺が零《こぼ》したのは、彼女からすれば当然の疑問だった。意思の強い紅玉《ルビー》の瞳で俺と姫《ひめ》路《じ》を見つめながら、豪奢《ごうしゃ》な赤の髪をフードで隠した《女帝》は首を傾《かし》げて続ける。

「もちろん、過去のデータはユキから共有してもらっているわ。ただ、実感の部分っていうか何ていうか……篠原《しのはら》たちがそんなに警戒する相手、って思っていいのかしら？」

「まあそうだな。実際に戦ってたのは十分弱ってところだけど、かなり厄介なのは間違いない。攻撃弾《アサルト》のフェイクがなかったら多分【◇新天地解禁】も奪《と》られてる」

「ですね。同じ条件で戦えばご主人様やリナが敗北するとは思えませんが……《LR》はただでさえ【怪盗】側が不利なので、現状は格上だと考えて良さそうです」

「ふぅん……？　なるほどね」

　俺と姫路の同意を受け、胸元で腕を組みながらこくこくと何度か頷く彩園寺。

「じゃあ越智春虎《はるとら》は？　あいつって大規模《決闘《ゲーム》》にほとんど顔を出さないから、あたしも手合わせした記憶がないのよね。やっぱり〝最強〟って感覚なのかしら？」

「難しいとこだな……【割れた鏡】やら【敗北の女神】の効果は【探偵】陣営全体に掛かってるわけだから、越智自身がめちゃくちゃ強いってことはない。……いや、本当は〝どうしようもないくらいの強敵〟だったんだけど、姫路が《シナリオライター》を潰してくれたおかげで〝普通の難敵〟レベルに収まってくれてる、って感じか」

「昨日の《ダブルシーカー《とんでもない作戦》》ね。ほんと、さすがユキとしか言いようがないわ」

「いえ、わたしはご主人様の筋書きに従っただけですので。……それに、リナがいなければ《バックドラフト》に勝てていません。さすがリナ、の方が正当な評価です」

「どっちも正当な評価だよ。姫路《ひめじ》がいなきゃ《LR》は成り立ってないし、彩園寺《さいおんじ》がいなきゃ俺はここまで来れてない。だから、それはいいんだけど……」

素直な思いを告げてからほんの一瞬だけ逡巡《しゅんじゅん》する俺。けれど、他でもない姫路と彩園寺の前で躊躇《ためら》っていても仕方ないため、覚悟を決めて〝本題〟に入ることにする。

「越智にはラ、ラスボス化の【モードD】が残ってる——俺たちが【探偵】陣営を追い詰めたら、たとえば張替奈々子《はりがえななこ》を倒したりしたら、その時点で〝形態変化《レベルアップ》〟が起こっちまうはずなんだよ。で、そうなると【黒い絵の具】が解禁される」

「アビリティを弱体化させる冥星……その効果が【割れた鏡】で〝反転〟するわけね」

「ああ、越智《おち》の持ってるアビリティやら《調査道具》が軒並みバグみたいな強さになるって寸法だ。形態変化《それ》が控えてることを考えれば、やっぱり越智の方が強敵かもな」

敵対勢力である【探偵】陣営の戦力分析を終え、溜《た》め息《いき》交じりに首を振る俺。……何というか、思わず笑ってしまうくらいの難敵だ。RPGのクライマックスである魔王城に序盤の装備で突っ込もうとしているような、途方もない絶望感すらある。

——けれど。

けれど、それでも……ここまでは、ほとんど予想の範囲内だ。

「姫路」

「はい。……承知しております、ご主人様。この状況なら、わたしが単独で張替様を迎え撃つのがベスト――ですね。万が一にも越智様の方が来てくだされればありがたい限りですが、ご主人様でもリナでもなく姫路《わたし》白雪が単独行動をしていればどう考えても〝罠《わな》〟ですので。十中八九、張替様が仕掛けてくるものと思います」

「ああ、多分な。その上でAPを稼げれば秘策発動の準備が整う……それで〝第四のミッション〟も完遂だ。もし追い付かれたら、何とかして撒《ま》いてくれ」

「かしこまりました、ご主人様」

さらりと白銀の髪を揺らして口元を緩める姫路。……相変わらず頼りになる従者にして最高の相棒だ。彼女が失敗する未来なんて、俺にはどうやっても思い描けない。

「ですが……むしろ、大変なのはご主人様とリナの方だと思いますよ？」

そこで姫路が、微《かす》かに上目遣いの体勢になって俺と彩園寺に澄んだ瞳を向けてきた。

彼女の指摘は極めて妥当なものだ――明確な〝秘策〟を隠し持っている姫路と違い、俺と彩園寺は多少の仕込みこそあるものの真正面から〝ラスボス〟と対峙《たいじ》しなければならない。越智春虎《はるとら》がこの《決闘《ゲーム》》に賭けている想《おも》いを知っているからこそ、最後の直接対決がいかに熾烈《しれつ》なモノになるかは想像を絶すると言っていいだろう。

けれど、それでも。

「心配すんなって。《LR》は〝嘘〟の《決闘》だ――なら、俺が負ける道理はない」

俺は、ニヤリと不敵に口角を吊《つ》り上《あ》げると、堂々とそんな言葉を言い放った。

♭♭

零《ゼロ》番区《区域大捕物《エリアレイド》》――《Liar's Rule《ライアーズルール》》開幕から、二時間四十七分二十三秒。

姫路白雪《わたし》は封鎖区画の東端、先ほど【◇攻守交替2】を獲得した位置からほんの少しだけ南下した辺りで、今まさに一人のプレイヤーと対峙《たいじ》していました。

「……あれ？　やっぱり今回は一人なんだ。じゃあまあ、遠慮なく――てぇっ!!」

「っ！」

張替奈々子《はりがえななこ》様――【探偵】陣営の追加メンバーにして《森羅《しんら》の暗殺者》の異名を持つ彼女が放った攻撃弾《アサルト》を間一髪で躱《かわ》します。……間一髪、まさしく間一髪です。轟音《ごうおん》と閃光《せんこう》で脳が警報《アラート》を発令し、それらの衝撃をやり過ごすべくぎゅっと強く目を瞑《つぶ》ります。

しばらく前から断続的に発生している一方的で苛烈な攻撃。

そこで、じっと物陰に潜んでいたわたしに対し、張替様が不意に声を掛けてきました。

「ねえねえ、可愛《かわい》いメイドさん？　ちょっとだけ私とお話とかしてくれないかな」

「……それは、新手のナンパか何かでしょうか？　残念ですが、わたしはご主人様に仕える身ですので。たとえ相手が女性でも、絶対に浮気はいたしません」

「わわっ、そんなんじゃないってばぁ！　ほら、これから本気で戦わなきゃいけないわけでしょ？　落ち着いてお話もできなくなるし、今しかチャンスがないんだよ〜」

「ん……」

「私、怖くないよ？　裏切らないよ？　騙《だま》し討《う》ちも、返り討ちも、不意打ちもしないよ？」

「そこまで予防線を張られると余計に警戒してしまいますが……まあ、少しだけなら」

両手をホールドアップしながら続けざまに声を掛けてくる張替様に対し、わたしは小さく溜《た》め息《いき》を吐《つ》きながら彼女の前に姿を現すことにします。ここで張替様の要望に応えるメリットなど全くないのですが……本気で追われれば結局捕まってしまうことは目に見えているため、実は拒否する術《すべ》などない〝命令〟なのでした。

そんなわけで——

「「…………」」

バグ技使いの張替奈々子様と、イカサマを本懐とする《カンパニー》所属の姫路白雪《わたし》。お世辞にも〝潔白《シロ》〟とは言い難《がた》い二人が、目算10mの距離で向かい合います。

「あ、わざわざごめんね！　お願い聞いてくれてありがと、メイドさん！」

張替様はと言えば、潜伏を解《と》いたわたしを見て嬉《うれ》しそうにパチンと両手を打ち合わせてくださいました。そうして人懐っこいながらもどこか大人びた雰囲気のある不思議な笑みを浮かべると、両手を上げたままゆっくりと言葉を紡ぎ出します。

「いきなり交戦《バトル》になっても良かったんだけど……ちょっと訊《き》きたいことがあったから」

「訊きたいこと、ですか？」

「うん。ついさっき……三十分くらい前、かな。君たち【怪盗】陣営の誰かが【◇逃げ足特化】ルールを使ったでしょ？　ほら、割と序盤の頃から温存してたやつ」

張替《はりがえ》様からの質問、もとい確認を受けて、わたしは「はい」と端的に答えます。

実際、何も間違ってはいませんでした。ご主人様が【◇逃げ足特化】を使ったのはおよそ三十分前のこと。そこからご主人様とリナは越智《おち》様との交戦準備を進めるため大きく移動し、一方のわたしは張替様を釣り出すべく封鎖区画の東端で待機。ほんの五分足らずで突っ込んできた彼女としばし市街地での追い掛けっこを繰り広げ、少し前にこの高層マンション——というにはやや低い、七階建ての集合住宅に駆け込んだところでした。

そうです、五分足らずです。それ以降は常に交戦状態が維持されています。

交戦回避による〝AP増加〟の恩恵は、残念ながら一度たりとも受けられていません。

「…………」

ですがわたしは、心の中に燻《くすぶ》っている焦《あせ》りを抑えたまま平然と問い返すことにしました。

「それがどうかしましたか、張替様？」

「ううん、どうかしたってほどのことはないんだけど……あれってさ、要は私とハルを引き離すために適用した拡張ルールなんだよね？　私たちが固まってたらさすがに手に負えないから、多少のリスクを負ってでも強引に分断しちゃおう～みたいな」

「……お答えできかねます」

「まぁそっか。……でも、だとしたらおかしいなって思って。私とハルを引き離したってことは、それさえすれば勝てる――要するに、君一人でも私に勝てる見込みがあるってことでしょ？　でもメイドさんは特殊弾《チェンジ》しか使えないし、ＡＰも空っぽ。そんな状態でお姉さんを誘い出したんだから……この建物に何か仕掛けでもあるのかなぁ、って」

　わたしの思考を見透かすように――いえ、もしかしたら〝ように〟ではないのかもしれません。まさしくわたしの表情から何かしらの情報を獲得すべく、張替様は好奇心旺盛な瞳をじっとこちらへ向けてきます。

　それでもわたしは、落ち着いて会話を続けることにしました。

「なるほど。……ちなみに、どうしてそのような発想に至ったのでしょうか？」

「や、どうしてっていうか……言い方は悪いけど、そうじゃないなら捨て駒みたいなものじゃん？　それに、ただ逃げるつもりなら市街地で粘った方が絶対にマシ。じゃあ何でこんな場所を選んだのかなって考えたら、やっぱり罠《わな》を疑っちゃうよねぇ」

「？　ですが、ご指摘の通りわたしにはＡＰがありません。罠も何も使えませんよ？」

「うぅむ、まあそうなんだけど……でも、絶対に〝何か〟あるよ。だって――」

　そこまで言って、真上に掲げていた両手を降ろしてビシッとこちらへ指を突き付けてくる張替様《はりがえ》。あっさりホールドアップを解いた彼女は、自信満々の表情で続けます。

「君、なんか私と同じ匂いがするんだよね」

「――……やっぱり口説かれていますか、わたし？」

「じゃない、じゃないよ⁉　全然そういう意味とかじゃなくって……その、悪いニュアンスで捉えないで欲しいんだけどさ、私と同じで〝グレー〟な手を使いそうな雰囲気ってこと。あ、ちなみにこれ、お姉さん的には全力で褒めてるからね⁉」

糾弾してるわけじゃないから、と何故《なぜ》か弁解するように言葉を重ねる張替様。……生粋《きっすい》のバグ技使いとして姫路白雪《わたし》に自分自身と似たような空気を感じ取った、ということでしょうか。だとしたら、非常に優れた嗅覚だと言わざるを得ません。

（確かに、罠《わな》を疑われてしまうのも無理はないですね――）

そんなことを考えながら、わたしはこのマンションの全体像に想《おも》いを馳《は》せます。

零番区《ゼロ》某所、封鎖区画の東端ギリギリに位置する七階建てのマンション。普段はもっと人気《ひとけ》があるのだと思いますが、今は《ＬＲ》の開催中ということでひたすら閑散としています。構造としては、端的に言えば〝Ｌ字型〟――各フロアにはいずれも十部屋が並んでいるのですが、そのうち三部屋は短辺に、七部屋は長辺に配置されています。建物の両端には階段が、Ｌ字の付け根部分には階段およびエレベーターもありました。

ちなみに現在、わたしと張替様が対面しているのは七階の短辺廊下。

わたしの背後には先ほどまで身を潜めていた階段がありますが、廊下の方に出てしまえば隠れるスペースなど全くありません。そもそも広さのある空間ではないため、例のホワイトキャノン様……いえ、ホワイトキャノンちゃん様はもはや廊下ではなくマンションの外にぷかぷかと浮かんでいます。こう見ると意外に可愛《かわい》いかもしれません。

ここまでの思考整理をコンマ数秒で終えたところで、

「――ルールの確認をしておきましょうか、張替様」

わたしは、微《かす》かに口元を緩めながらそんな言葉を口にしました。

「現在の《LR》には【◇住宅侵入】という拡張ルールが適用されています。第三者が所有していない住宅であれば自由に立ち入り可、という内容《もの》ですね」

「そだね。……だから、ここなら逃げられる場所がたくさんあるぞ〜って言いたいの？」

わたしの説明を聞いて、張替様は何とも怪訝《けげん》な表情を浮かべます。そうして彼女は自身の傍《かたわ》らに投影画面を展開すると、そこにいくつかの情報を映し出しました。

「えっと……このマンションの空き部屋は【２０３】と【３０７】と【４０４】と【４０８】と【７０９】の五部屋かな。それを使って私に奇襲でも掛ける、ってこと？」

「いいえ。まだルール確認の途中です、張替様」

不思議そうに首を傾《かし》げる張替様に対し、わたしはご主人様のそれを真似《まね》した不敵な笑顔で言葉を続けることにしました。右手の人差し指を顔の近くでピンと立て、なるべく気取った口調と声音で〝本題〟を切り出します。

「空き部屋の存在はオマケのようなものです。重要なのは、もちろん拡張ルール【◇逃げ足特化】──そして、この《LR》における〝交戦状態〟の定義について、です」

「……てーぎ？」

「はい。《LR》において、交戦状態というのは〝あるプレイヤーが他陣営のプレイヤーと交戦中である〟ことを示す言葉……より具体的には、あるプレイヤーが撃ったバレットが他陣営プレイヤーの周囲1m以内に着弾するか、プレイヤー同士の距離が直線で5m以内に入った場合にのみ、その両名は〝交戦状態〟に突入したとみなされます」

「ふむふむ？　詳しいね、メイドさん。ってことは、今の私たちは〝交戦状態〟だ」

「もちろんです。先ほどから遠慮なく撃たれまくっていますので。……ただ」

そこでわたしは、くすっと笑みを深めてみせます。

「一度〝交戦状態〟になったからと言って、それが永遠に続くのかと言えばそんなこともありません──たとえば最序盤に越智《おち》様が【怪盗】陣営の初期位置付近まで攻め込んできましたが、今もわたしと越智様が〝交戦状態〟であるはずはありません」

「うん、それはそうだね」

「つまり〝交戦状態〟には、それが解除される条件も設定されているということです。具体的には二つ。五分間以上両者の周囲1m以内にバレットが着弾していないこと、および五分間以上どちらかのプレイヤーが相手の視界から外れ続けていること」

「ほう……」

「そして、ここで開示してしまいましょう――張替奈々子《はりがえななこ》様。わたしは、貴女《あなた》を倒す秘策を用意しています。そしてそれは、APが1以上あれば即座に使用できるものです」

言いながらわたしは、自身のプレイヤーデータを目の前に展開しました。表示されているAPはもちろん0。わたしの〝秘策〟は、今のところ使用できません。

――ただ、

「張替様もご存知《ぞんじ》の通り、現在の《LR》には拡張ルール【◇逃げ足特化】が適用されています。つまりわたしは、先ほどの条件を満たして張替様との交戦状態から一度脱したうえで、さらに十分間新たな交戦状態に突入しなければ〝AP〟を獲得できるのです。そうなったら、もう……凄《すご》いですよ？　一撃で木《こ》っ端微塵《ぱみじん》にして差し上げます」

「……なぁるほど」

わたしの作戦を理解していただけたのか、張替様はふんふんと頷《うなず》いてくれました。それから微《かす》かに口角を持ち上げた張替様は、可愛《かわい》らしく首を傾《かし》げて尋ねてきます。

「良かったの？　それ、言わない方が有利だったんじゃないかな」

「そうでしょうか？　なるほど、これは失策です。わたしが不正を駆使する汚いプレイヤーだと思われているのは心外でしたので、思わず喋《しゃべ》ってしまいました」

「……おおう、意外と食えないメイドさんだなぁ」

ニマっと笑みを浮かべる張替《はりがえ》様。おそらく彼女は、今の発言によってさらに〝罠《わな》〟の存在を強く警戒してくれたことでしょう。それは、わたしにとって悪くない話です。

と、いうわけで。

「さあ――〝鬼ごっこ〟を始めましょうか」

＃

期末総力戦サドンデスルール《リミテッド》最終日――零番区《ゼロ》《LR》。

開始から二時間と四十五分余りが経過した頃。

俺と彩園寺《さいおんじ》の二人は、零番区のエリア中央辺りで熾烈《しれつ》なカ、、、、ーチェイスに興じていた。

「――今！」

「またぁ!? 〝防御弾《ガード》〟――広域シールド展開っ!!」

ッパァンッ！　と派手な音が鳴り響いて彩園寺の張った鳥かご状の盾《シールド》が弾《はじ》け飛《と》ぶ。

……いや。カーチェイスと言っても、もちろん俺や彩園寺が車を運転しているわけじゃない。元々《LR》には〝零番区のエリア外周を走るタクシーに乗車できる〟という移動補助の仕様があったのだが、つい先ほど封鎖区画の北西部にて俺たちが【◇車道拡大】ルールを新たに適用。タクシーでの移動可能範囲を大幅に広げた。

　それを使って今まさに零番区のエリア南へ移動しているところ――なのだが、すぐ後ろからは越智《おち》の乗ったタクシーが追い掛けてきている。そうして彼は、俺と彩園寺が背を向けているのをいいことに、ひたすらバレットをぶっ放してきているのだった。

「全くもう……ホント、遠慮なく撃ってくるわねアイツ」

　バックミラー越しに越智の姿を確認しながら隣の彩園寺が不満げに愚痴を零《こぼ》す。

「事故ったらどうするつもりかしら」

「バレットは拡張現実《AR》機能で表示されてるだけだからタクシーには当たらないって。だから、お前がヒートアップしていきなり窓から身を乗り出したりしなきゃ大丈夫だ」

「……ねえ篠原《しのはら》。あんた、あたしのこと子供か何かだと思ってないかしら？」

　むすっとした表情でフードの下から抗議の視線を向けてくる彩園寺。弁解しようとしたものの、その瞬間に視界の端で〝赤〟の閃光《せんこう》が煌《きら》めいて、俺は紡ぎかけていた言葉を寸前で「今！」に切り替える。刹那、ほとんど条件反射で彩園寺が防御弾《ガード》によるシールドを展開し、再び至近距離でバレットが弾き返された。……全く、油断も隙もない。

「っと……」

　ちらり、と傍《かたわ》らの投影画面を見遣《みや》ると、そこには拡張ルール【◇逃げ足特化】に関連する〝交戦状態〟の記述があった。先ほど封鎖区画の北西部で接敵してからこの場所へ至るまで休む間もなくバレットを撃ち込まれ続けているため、俺たちと越智は未《いま》だに〝交戦状態〟扱いだ。そのため、当然ながらＡＰは欠片《かけら》も増えていない。

（まあ、こっちの目的はＡＰ稼ぎじゃないから別にいいと言えばいいんだけど……）

いつまでもアビリティが使えない戦況に思わず溜《た》め息《いき》が零《こぼ》れてしまう。

ともかく——そんなこんなで傍目《はため》には危なすぎる旅路だったが、俺と彩園寺《さいおんじ》は零番区《ゼロ》の中心地を突っ切るような形でどうにかエリア南の一角へと辿《たど》り着《つ》いた。封鎖区画よりは外側の、何の変哲もない市街地。いわゆる〝目的地〟というほど具体的な何かがあるわけじゃないが、それでも確実にとある条件を満たす地帯だ。

……そして、

「あれ。カーチェイスはもうお終《しま》いなんだ、緋呂斗《ひろと》？」

俺たちを追い掛けるようにしてその場に姿を現した少年——越智春虎。

森羅《しんら》高等学校の制服をきっちり纏《まと》った彼は、いつも通り余裕を湛《たた》えた表情で静かにこちらへ歩を寄せてきた。彼我《ひが》の距離はおよそ10ｍ……市街地ではあるが射線を遮るものは何もなく、この距離なら互いのバレットは充分に届く。

「……ああ。後ろから追ってくるヤツがあんまりしつこかったからな」

微《かす》かに口元を緩めながら、溜め息交じりにそんな言葉を返すことにする。

「カーチェイスで銃撃戦って言ったら、せいぜいタイヤに穴を空けるとかだろ？　何でタクシーごと吹っ飛ばすような特大火力で攻めてくるんだよ」

「拡張現実《AR》世界のバレットで現実世界の車をパンクさせられるなら僕だってそうしたかもしれないけどね。もしかして、せっかくのデートを邪魔しちゃったかな？」

「あら、それはどうかしら？　ひっきりなしに後ろから弾丸《バレット》が降り注ぐデートなんて、流星群の夜みたいでロマンチックな気もするけれど」

「……引き立て役にされてたのか。それはショックだな」

冗談めかした口調でそう言って小さく肩を竦《すく》める越智《おち》。

そうして彼は、漆黒の瞳を真《ま》っ直《す》ぐ俺に突き付けながら仕切り直すように口を開く。

「ねえ緋呂斗。零番区《区域大捕物《エリアレイド》》こと《ＬＲ》が始まってから三時間弱が経《た》ったところだけど――君としては、一体どこまでが〝予定通り〟だったんだろう？」

「ん……」

「最初に水上摩理《みなかみまり》を僕に当てて刺し違える形で【◇ＡＰ制限】を奪ったのは、もちろん君の思惑通りだよね。だけどその後、僕らが使った【◆追加動員】に気付かず榎本進司《えのもとしんじ》を差し出したのは嬉《うれ》しい展開じゃなかったはずだ。ただそれでも、肝心の【◇新天地解禁】ルールはバレット選択の〝嘘《うそ》〟まで駆使してきちんと制している」

「……まあな。そりゃ、こっちは凶悪な〝ラスボス〟に挑む勇者の立場なんだ。理不尽な負けを押し付けられないように可能な限り手は尽くすっての」

「そっか、君からすると僕が最後の障壁なのか。まあ、それはお互い様だけど……」

小さく苦笑する越智《おち》。

「それでも、素直に感心したとだけは言っておくよ。【探偵】側の追加メンバー……張替《はりがえ》先輩。もう知ってるかもしれないけど、あの人は僕ら《アルビオン》の生みの親だ。それに、あの凍夜《とうや》が疑似《決闘》《ゲーム》でたった一度しか勝てなかった本物の実力者でもある」

「霧谷《きりがや》が……へえ、そんなヤツをわざわざ呼び出してたんだな」

「そうだね。だって、今回の僕は〝本気〟だから」

以前の陣営選択会議でも使っていた単語を改めて口にする越智。……まあ、それはそうなのだろう。ここまでやっているんだ、彼が本気じゃないわけがない。越智春虎《はるとら》は本気で期末総力戦《パラドックス》に勝とうとしていて、本気で星獲《と》り《決闘》《ゲーム》を潰そうとしている。

「……なあ、越智」

そんな事情を知っているからこそ、俺は一つの疑問をぶつけてみることにした。

「お前は〝8ツ星〟になってこの学園島《アカデミー》から星獲り《決闘》《ゲーム》を消滅させたい、って言ってたけど……そのやり方が、そんな乱暴な解決方法が正しいとでも思ってるのか？」

「？　うーん……まあそうだね。正しいと思ってるし、もっと言えば、正しいか正しくないかなんてどうでもいいとも思ってるよ。……だってそうじゃない？」

そこまで言った辺りで、彼はちらりと視線を俺の隣に――すなわちフードを被《かぶ》った彩園寺《さいおんじ》更紗《さらさ》の方へと向ける。登録上は〝朱羽莉奈《あかばねりな》〟だが、さすがにその正体はとっくにバレて

いるのだろう。越智《おち》は微《かす》かに口角を持ち上げながら淡々と言葉を継ぐ。

「君だって――《女帝》さんだって、この二年間ずっとみんなを騙してたんでしょ？　だけどそれは、きっと君自身の正義には反しない。何かを、誰かを守るための行為だ」

「……そうね」

越智の追及を受けて不承不承《ふしょうぶしょう》といった表情で頷《うなず》いてみせる彩園寺《さいおんじ》。豪奢《ごうしゃ》な赤髪と紅玉《ルビー》の瞳をフードの下に隠した彼女は、右手をそっと腰に当てながら口を開く。

「あたし自身も、正しさじゃない何かを優先させてこの〝嘘《うそ》〟を貫く道を選んだ。だから別に、あんたの考えが何もかも間違ってるなんて思ってないわ。ただ、やり方が乱暴すぎるって言ってるの。それじゃ学園島《アカデミー》の歴史が全部否定されることになるじゃない」

「そうかもしれないね。だけど、こうでもしなきゃ衣織《いおり》は救えない。……それに、元はと言えば彩園寺家が生み出した〝冥星〟が全ての元凶なんじゃないかな？」

「っ……」

「ごめんごめん、彩園寺家批判をしたいわけじゃないんだ。冥星の誕生経緯からして〝事故〟みたいなものだしね。でも……事故だからこそ、僕らは抗わなきゃいけない。僕はそれを張替《はりがえ》先輩から、かつての《アルビオン》から教わったんだよ」

そこまで言った辺りで、越智は静かに右手を持ち上げる。……その仕草は、零番区《ゼロ》《LR》において〝バレットの起動〟を示すモーションだ。越智の意思を直ちに汲《く》み取るようにして、あらゆる光を吸収する漆黒のライフルが彼の目の前に生成される。

「……やってみなさい。このあたしが完封してあげるわ」

俺を庇《かば》うように一歩前に進み出ながら、いかにも余裕の表情で啖呵《たんか》を切る彩園寺。

言葉も行動も頼もしい限りだが——しかし、その一部が虚勢であることを俺は知っている。何しろ俺たちにはＡＰが全く残っておらず、さらに彩園寺が装填《そうてん》しているバレットは越智の完全下位互換なんだ。撃ち合いになったら到底敵《かな》うはずもない。

もちろん〝仕込み〟はあった。零番区《区域大捕物《エリアレイド》》こと《ＬＲ》を俺たち【怪盗】側の完全勝利へ導くための策。今のところ順調に進んではいるものの……状況は、今まさに始まろうとしている姫路戦の結果次第で大きく変わる。

（《森羅《しんら》の暗殺者》張替奈々子《ななこ》……さっき戦っただけでも厄介な相手だってのはすぐに分かった。だけど、もし姫路《ひめじ》が〝失敗〟するようなら基本的にはお終《しま》いだ。ここで張替奈々子を落とさせなかったらキツすぎる……だから、そこはもう信じるしかない）

そして、それ自体は非常に簡単なことだ。

何度も言っている通り、姫路が失敗するなんて未来は俺には想像もできないから。

……だからこそ、

「まずはとにかく時間を稼ぐぞ、彩園寺——」

俺は眼前の越智を視界に捉えたまま、隣の〝共犯者〟に小声で耳打ちすることにした。

「姫路《ひめじ》が〝秘策〟を使うためには、交戦状態を解除してから十分以上は逃げ続けなきゃいけない。状況が整う前に俺たちがやられちまったら本末転倒だ」

「分かってるわよ、だからあたしが防御弾《ガード》を選んでるんじゃない。……足引っ張らないでよ、篠原《しのはら》？　共犯者って間柄に免じて、一応あたしの背中は預けてあげるから」

「そりゃ光栄だ、彩園寺《さいおんじ》。《女帝》様に呆《あき》れられないようせいぜい気合いを入れとくよ」

互いに不敵な笑みを浮かべながら煽《あお》るような声音でそう言って。

俺と彩園寺は、対面の越智春虎《おちはるとら》を迎え撃つべく揃《そろ》って自身のバレットを起動した。

b

【――3秒、2秒、1秒、0秒】

【規定時間経過により、姫路白雪《しらゆき》と張替奈々子《はりがえななこ》の〝交戦状態〟が解除されます】

【《◇逃げ足特化》によるAP上昇効果の発生まで、残り9分59秒、58秒――】

「……ふぅ……」

ドキドキと、心臓が高鳴っています。

【探偵】陣営の追加メンバーである張替奈々子様に面と向かって啖呵《たんか》を切って、隙を見て階段を駆け下りて、がむしゃらに走り続けること約五分。少なくとも〝交戦状態〟が一時的に解除されるまで、姫路白雪《わたし》の逃避行は比較的順調に進んでいました。

何故《なぜ》か、と問われれば、それはもちろん事前に色々と〝準備〟をしていたからです。

――第一に。

ここは封鎖区画の中でも東端にあたるエリア。《ＬＲ》の地図《マップ》で言えば越智様の初期位置に程近《ほどちか》く、もっと言えば【◆追加動員】のルール保管箱《コンテナ》が配置されていた座標にもほぼ隣接しています。そして特権ルールを格納したコンテナには、周囲１００ｍに存在するプレイヤーのアイコンが地図に映らなくなるという特性がありました。

（通常の拡張ルールと違って、特権ルールの取得状況は地図《マップ》にも反映されません……ですので、越智様が【◆追加動員】を獲得した後もアイコン消失効果は残ります）

手元の端末から《ＬＲ》の地図《マップ》を展開し、そこにわたしと張替様のアイコンがいずれも映っていないことを確認しつつ、わたしは小さく息を吐き出します。

おそらく、このことを張替様は知らなかったでしょう――それもそのはずです。実はこのマンション、件《くだん》の【◆追加動員】から１００ｍ以内に含まれているのはせいぜい長辺廊下の東側半分まで。先ほどわたしと張替様が対峙《たいじ》していた短辺廊下では正常な地図《マップ》が表示されていたに違いありません。ちょっとした引っ掛けのようなものでした。

ですがそれでも、この手のマンションでは市街地に比べて〝隠れ場所〟が極端に少ないことは揺るぎない事実。なので、こちらも予《あらかじ》め手を打っていました。

『うぅ～……ねえねえ白雪《しらゆき》ちゃん、これってちゃんと経費になるよね？』

「もちろんです。加賀谷《かがや》さんがしっかりと勝利に貢献してくれれば、いくらでも」

『ならない可能性もあるの!? ぶ、ぶらっく反対！　おねーさんに人権を！』

『……？　反対しちゃうの、お姉ちゃん？　ブラックの方がカッコいいよ？』

『ツムツムが知らない〝ブラック〟もこの世界にはあるんだよん……』

右耳のイヤホンから何故《なぜ》か悲しげな声が聞こえてきます。

そうです――こちらが、第二の特殊な要素。このマンションが【◆追加動員】の跡地から絶妙な距離にあることが判明した直後、わたしは加賀谷さんに連絡して潜伏用の空き部屋を三室ばかり借りていただいていました。もちろん実費になりますが、わたしたち《カンパニー》の活動資金を考えれば大した痛手でもありません。

（なかなかリッチな戦い方ですが……まあ、使えるものは使うべきですからね）

一日にして別荘が三つも増えたことに不思議な感覚を抱きつつ首を横に振ります。

思考を現在に戻しましょう。先ほどシステムメッセージでも表示された通り、これら二つの仕込みによってわたしと張替《はりがえ》様の交戦状態は一旦解除されています。

ただ、難しいのはここからです。

拡張ルール【◇逃げ足特化】で待望のAPを手に入れるためには、相手陣営の誰とも交戦状態に入らないまま十分間逃げ切る必要があります。ここで、交戦状態を解除するための条件が〝相手の視界から外れ続ける〟ことであるのに対し、新たに交戦状態へ突入してしまう条件は〝相手と５ｍ以内に接近する〟こと。つまりわたしは、今から最低十分間は張替様との距離を５ｍ以上に保ち続けなければなりません。

『うーむ……一般的に、マンション一階分の高さは３ｍってところだからねん』

イヤホンの向こうからは難しい声が聞こえてきます。

『つまり張替ちゃんが白雪ちゃんの居場所を掴《つか》んでようがなかろうが、今後はあの子が隠れ家の前を通るだけで当然アウトだし、何なら一つ上とか下の階でも引っ掛かるかもってこと。さすがにがむしゃら戦法で逃げ続けるのは無理があるよん』

「そうですね。……ちなみに、加賀谷さん。先ほどお願いした件はいかがでしょうか？」

『あ、うん。それならもう協力者を呼んであるけど……でも、どうするつもり？』

「はい。それは――……いえ、残念ながら説明をしている暇はなさそうです」

視界の端に表示された〝ＡＰ増加までの残り時間〟が順調に減っていくのを見つめながら、わたしは静かに立ち上がりました。正確な秒数はともかく、大まかな時間については張替様にも把握されていることでしょう。カウントが少なくなればなるほど強引な攻めに出てくる可能性が高くなるので、動かずにいるのも危険なのでした。

「ふぅ……」

そんなわけで、わたしは隠れ家にしていた【５０８】号室から外へ出る――かと思いきや、廊下とは真逆にあるベランダの方へ近付いて、おもむろに窓を開け放ちました。これが仮想現実《VR》世界なら空を飛んで逃げられるかもしれない……などという妄想をほんの一瞬で済ませてから最小のモーションで右手を振るい、再びガラリと窓を閉めます。

そうしてわたしは、今度こそ息を潜めたまま玄関の扉の前に立つことにしました。

（【５０８】号室はＬ字の長辺側……わたしの現在地は【◆追加動員】コンテナの影響で隠されています。対する張替《はりがえ》様は、再び短辺側に移っているようですね）

内心でポツリと呟《つぶや》きます。……《ＬＲ》の専用地図《マップ》は二次元なので、張替様が何階にいるのかまでは分かりません。ですがＬ字の短辺側にいるのであれば、少なくとも扉を開けてすぐに鉢合わせする心配はないということです。

（張替様との〝交戦状態〟に再突入してしまう条件は、お互いの距離が５ｍ以内に入ること……もしくは、張替様の放ったバレットがわたしの直近１ｍ以内に着弾すること。なので、こちらからは常に張替様の姿が捕捉できていて、向こうからはわたしの居場所がバレていない――という状況をいかに長く維持できるかが勝負の鍵でしょうか）

頭の中で勝つための条件を丁寧に整理してから。

ガチャリと扉を押し開けて、五階の長辺廊下に足を踏み出した――瞬間でした。

「い、たぁあああああ!!」

「――っ!?」

突如として響き渡った大音声。……発生源は、一つ上の階でした。六階の短辺廊下を歩いていた張替様が、手すりから身を乗り出すような形でわたしに人差し指を突き付けています。ほんの一分前ならこれだけで〝交戦状態〟継続――ですが、今ならセーフです。早くも目算は外れてしまったものの、見られるだけなら何の問題もありません。

ただ、もちろん〝見られるだけ〟というわけにはいきませんでした。

「てぇええっ！！！」

不敵に笑った張替様がマンション外に向けて突き出した右手――それに従って、上空に待機していた彼女の相棒ことホワイトキャノンちゃんが一瞬にしてこちらへ照準を合わせ直しました。次いで、轟音《ごうおん》と共に放たれたのは赤と緑の合成弾《ユニオン》。既に大量の【◇攻撃弾強化《アサルト》】が射程を引き上げていますので、この距離でも弾丸は届くでしょう。

「っ……」

そこでわたしは、すぐに身体《からだ》を翻《ひるがえ》して長辺側の端にある階段へと退避することにしました。追尾効果を持つ合成弾《ユニオン》はしばらく追ってきましたが、やがて射程限界を超過して煙のように消滅します。……いきなり、危ないところでした。仮に命中しなくても、バレットがわたしの周囲1mまで届いてしまったらその時点で交戦状態が復活します。ご主人様とリナのことを思えば、この戦闘を長引かせるわけにはいきません。

（張替様は、どちらから追ってくるでしょうか……）

長辺側の階段、中でも四階と五階を繋《つな》ぐ踊り場の辺りに潜んで思考を巡らせます。

足音を聞く限り、張替《はりがえ》様はまだ短辺側に留《とど》まっているようでした。……ただ、これはいわゆる嵐の前の静けさというやつなのでしょう。不穏な空気が漂っています。

（先ほどわたしが階段へ逃げ込む瞬間を目撃したうえでまだ短辺側の廊下にいるということは、向こうの階段で上下階のどちらかへ移動しているはず……わたしが何階にいるかは現状バレていないはずですし、純粋な二択《ランダム》になりますね）

つまりは〝運〟の勝負だと――わたしがごくりと唾を呑《の》んだ、瞬間でした。

（え……？）

タンッ、と、先ほどの砲弾じみた銃撃に比べれば明らかに些細《ささい》なバレットの発射音が聞こえました。咄嗟《とっさ》に身構えてしまいますが、階上からも階下からも張替様のバレットは飛んできません。……いえ、違いました。わたしが首を傾《かし》げた頃になって、ようやく階下から一発の弾丸《バレット》がのろのろと浮かび上がってきます。見るからに勢いの失われた薄緑色のバレットは、階段の半分も上ることなく射程を使い切って消滅してしまいました。

攻撃の失敗（？）に安堵《あんど》した――のも束《つか》の間《ま》です。

「見ぃいつけたっ！」

「！」

階上、すなわち五階から降ってきた声にびくりと身体《からだ》を跳ねさせたわたしは、一目散に階段を駆け下りていました。同時に〝どうやって？〟という疑問に襲われます。

（音？　直感？　いえ……追尾、ですか）

——辿《たど》り着《つ》いた答えに思わずゾクリと背筋が震えてしまいました。

現在の《ＬＲ》では、拡張ルールの適用によって特殊弾《チェンジ》に〝追尾性能〟が付与されています。狙ったプレイヤーを追い掛ける形でバレットが勝手に進路を変える機能……であれば、バレットの進行方向にターゲットが潜んでいることは自動的に分かります。

（では張替様は、追尾機能を〝探索〟に使っていたと……これは、本物の強敵ですね）

改めてそんな事実を認識しながら、わたしはマンションの一階まで駆け下りて、そのまま廊下を突っ切る形で短辺側へ向かいます。視界の端に表示された〝ＡＰ増加〟までの時間は残り三分二十秒。ここで捕まったら悔やんでも悔やみ切れません。

「もう、待て待て待て〜！」

「っ……」

背後から聞こえる張替様の声を全速力で置き去りにしつつ短辺側廊下の端まで辿り着いたわたしは、一瞬だけ深呼吸をしてから再び階段を駆け上がることにしました。当然ながら徐々に息が切れてきます。ですが階下からやたら元気な足音やバレットの発射音がひっきりなしに聞こえてくるため、一切の油断ができません。

「はぁっ、はぁっ……！」

だからこそ、ほぼノンストップで七階――このマンションの最上階まで辿《たど》り着《つ》いて。

そこでわたしを待っていたのは、なかなかに絶望的な光景でした。

「やほ。えっと……ごめんね、メイドさん？」

「――ッ!?」

どこか優しげな響きを含んだ、囁《ささや》くような声音。……眼前に立った張替奈々子《はりがえななこ》様が、背後の空中にホワイトキャノンちゃん様を待機させながら真《ま》っ直《す》ぐわたしに右手を突き付けていました。まだ弾丸《バレット》は放たれていませんが、彼我《ひが》の距離は１ｍ弱といったところ。明らかに、どう見ても、弁解の余地もなく〝最接近〟の状態でした。

「……どのような手を、使ったのですか？」

何が起こったのか分からなくて、思わず素直に問い掛けてしまいます。

「足音や銃声は常に階下から聞こえていたはずですが……」

「ああ、それ？　もちろん仕込みだよ、仕込み」

森羅《しんら》のブレザーをはためかせた張替様は悪びれることなくケロリと笑っています。

「私、しばらくメイドさんを放置して短辺側《こっち》の廊下に留《とど》まってたタイミングがあったでしょ？　あの時に自分の声とか足音とかバレット発射音とか、適当に色々録音しといたんだよね。で、ついさっきそーゆー音をシャッフル再生するように設定したスペアの端末をぽいっと一階に投げ捨てて、お姉さんは悠々とエレベーターに乗り込んだのだよ」

「録音……ですか。なるほど、随分と手が込んでいますね」

「そかな？　でもさ、例のルールの仕様を考えれば私はメイドさんの近くに行かなきゃいけないし、逆にメイドさんは全力で私から離れなきゃいけない。今だけはサバゲーじゃなくて〝鬼ごっこ〟なんだもん、自分の位置を誤魔化《ごまか》すのは順当な作戦でしょ？」

わたしの感想に飄々《ひょうひょう》とした態度でそんな反論を重ねてくる張替様。……確かにその通りですが、ぶっつけ本番という状況でタイムロスも顧みずにそのような手が打てるというのは、紛《まぎ》れもなく〝《決闘《ゲーム》》センス〟と呼ぶべき才能の賜物《たまもの》でしょう。

とにもかくにも、目の前の張替様は微《かす》かに目を細めて言葉を続けます。

「でも……惜しかったね？　戦場選択もルールの使い方も、どう見ても一流の高ランカーだよ。やっぱり君、可愛《かわい》いだけじゃなくて《決闘《ゲーム》》が上手《うま》いメイドさんなんだ」

「ありがとうございます。かの《森羅の暗殺者》様にお褒めいただけるとは、光栄です」

「……その異名、なーんかちょっとだけ不名誉だと思うんだけどなぁ。でもまあ、他でもない《かわいこちゃんメイド》に言われるとあんまり悪い気はしないかも」

「驚くほどセンスのない二つ名で呼ぶのは止《や》めてください。……それと、張替様」

そこまで言った辺りで、わたしは微かに口元を緩めることにしました。

「〝惜しかった〟とのことですが……おそらく、一つだけ勘違いしている事実があるように思います。よろしければ地図《マップ》を見ていただけますか？」

「地図《マップ》？　地図《マップ》って……《LR》の地図でいいんだよね？」

小さく首を傾げながらも素直に地図《マップ》を投影展開してくれる張替《はりがえ》様。プレイヤーの現在地表示は《LR》の基本仕様ですので、今なら南方面にご主人様とリナと越智《おち》様の、東方面にはわたしと張替様のアイコンが表示されているはずですが――、

「……あれ？」

少し遅れてその違和感に気付いたのか、目の前の張替様が微《かす》かに眉を顰《ひそ》めます。そうして彼女は、いかにも不思議そうな声音と表情でわたしに問い掛けてきました。

「メイドさんが地図に載ってないんだけど……これって、どういうことかな？」

――そう、その通りです。

張替様にも既に見抜かれているようですが、このマンションは長辺側廊下の一部が【◆追加動員】の対応コンテナから１００ｍ圏内に入っているため、地図《マップ》上のアイコンが消失します。ただし、ここは短辺側階段の最上階。当然ながら張替様のアイコンは《LR》の地図《マップ》にばっちり表示されています。映っていないのは姫路白雪《わたし》だけ。

「ま、まさか……幽霊!?」

「違います。そうではなく……貴女の、真似をしてみただけですよ、張替様」

驚愕《きようがく》に目を見開く張替様に対し、わたしは微かに口角を持ち上げながらそんな言葉を紡ぐことにしました。《森羅《しんら》の暗殺者》こと張替様の真似《まね》。つまりバグ技、チート技――イ

カサマというほどではないにせよ、端末の仕様を逆手に取った戦法です。

「知っての通り、この《ＬＲ》では三種のバレットを用いて交戦を行います。バレットがプレイヤーの身体《からだ》に当たると命中、となるわけですが……これは、特殊な処理です。学園《アカデ》島《ミー》の《決闘《ゲーム》》でプレイヤーの身体情報が参照されることは滅多《めった》にありません」

「うんうん、計算が複雑になっちゃうからね。普通は端末で座標管理するし」

「そうなのです、張替様。実際《ＬＲ》においても、バレットの命中判定以外は全て端末の座標だけが参照されています。つまり地図《マップ》上にあるアイコンの位置は、言い換えれば各プレイヤーが持つ端末の現在地に過ぎません。ということは――」

「待って！　……うん、やっと謎が解けたかも」

わたしの説明を遮るようなタイミングで声を上げた張替様は、そう言ってこくりと首を縦に振りました。そうして心の底から驚いたように――あるいは感心したように――こちらへ詰め寄ってくると、微かに髪を揺らして尋ねてきます。

「じゃあ……じゃあもしかして、端末をどこかに捨ててきたってこと!?　だからメイドさん、一回もバレットで応戦してこなかったの!?」

「大正解です、張替様」

あくまで堂々と、挑発するように、わたしはそんな言葉を口にします。

張替様の言う通りでした。わたしは先ほど【５０８】号室を出る直前に、ベランダから自身の端末を放り投げています。《LR》における座標管理は端末を介して行われますので、わたしの現在地は今も長辺側……マンション外周の植え込み付近でしょうか。ただしアイコン消失効果のおかげで、正確な場所は全く分からなくなっています。

もちろん、その代償として端末を使う行為——バレットの発射やアビリティの使用が全て封じられてしまいますが、大した痛手ではありませんでした。今は一秒でも長く張替様《はりがえ》との交戦状態を回避し続けることだけが、わたしに課せられた使命でしたので。

「あ！　……あ、あぁあ〜!!」

刹那、目の前に立つ張替様が悔やむような声を上げます。……十分経過、でした。端末のないわたしにはシステムメッセージも見えていませんが、右耳のイヤホンからは『おめでとう〜！』という称賛の声が聞こえているので間違いなさそうです。

「うわぁ〜……ホントにやられちゃった。でも凄《すご》いな、そんなことできるんだ……」

対面の張替様はと言えば、しばらくの間ぐるぐると表情を変えていました。ですが、やがてパチンと両手で自身の頬《ほお》を叩《たた》くと、再び威勢よくこちらへ向き直ってきます。

「やぁやぁメイドさん！」

「はい。何でしょうか、張替様」

「まず一言、天才だね君！　学園島《アカデミー》の《決闘《ゲーム》》で端末を捨てるっていうのはさすがに発想がなかったよ。私の真似《まね》なんてレベルじゃない……でも、でもだよ!?」

　ぴしっと右手の人差し指を突き付けてくる張替様。背中のブレザーが大きく風に翻《ひるがえ》ると共に、相変わらずマンションの外にぷかぷかと浮かんだホワイトキャノンちゃんの銃口が真《ま》っ直《す》ぐわたしに向けられます。

「それじゃあ一手だけ届いてないよ――だって君は、稼いだＡＰを使って何かしらのアビリティを使うためにここまで無理してたんでしょ？　でも、今は手元に端末がないんだからアビリティは使えない。バレットだって呼び出せない。メイドさんはここでハチの巣になって、お姉さんの罪悪感をちょっとだけ抉《えぐ》って、そのまま牢屋《ろうや》に行くんだぁ!!」

「……そうですね。確かに、それが最後の大問題でした」

　意外にも良心の呵責《かしやく》を感じているらしい張替様に向けて、わたしはこくりと小さく頷《うなず》きます。そう、そうなのです。いくら苦労して稼いだといってもＡＰは単なる数字でしかありませんので、今すぐわたしが戦闘不能になってしまえば何の意味もありません。

　ですが……おそらくは、そこがバグ技使いとイカサマ使いの明確な差なのでしょう。

「――ください」

　そこでわたしは、小さく息を吸い込んでからそんな言葉を口にしました。同時に大きく掲げた右手――視線は真っ直ぐ張替様に向けたままですが、もちろん彼女に宛てた発言ではありません。事前に決めていた〝作戦完遂〟のキーワード。

　直後、それを証明するかのように――。

マンションの階下から放り投げられた端末が、わたしの手の中に収まります。

「な……!?」

先ほど以上に大きく目を見開く張替《はりがえ》様の対面で、わたしは端末をそっと口元へ近付けました。本当ならAPが増えていることを確認しておきたいところですが、そんな暇はありません。作戦の成功を信じて、音声入力で《略奪品》を使用します。

「――っ、てぇぇぇぇぇぇぇ!」

ほんの一瞬後、我に返った張替様が思いきり右手を振り下ろしました。ズドンッ、と響く低く重たい銃声。ホワイトキャノンちゃんから放たれた合成弾《ユニオン》は真っ直《ま》ぐ《す》にわたしを穿《うが》ち、たった一撃で被弾ポイント《HP》をまとめて刈り取っていきます。……やがて、

【姫路白雪《ひめじしらゆき》――現在HP:0/9(戦闘不能)】

【プレイヤーは現在地点から最も近い牢屋《ろうや》(エリア東)へ移動してください】

白い煙が晴れた頃には、わたしの目の前にそんなシステムメッセージが表示されていました。抵抗なんてするべくもない、極めて一方的な殺戮《さつりく》。

ですが、どうにか間に合いました。

【姫路白雪の戦闘不能に際して《略奪品》が発動します】

【《道連れの懐刀《シリアルキラー》》起動/自身を戦闘不能にした相手プレイヤーのHPを0にする】

【張替奈々子《ななこ》――現在HP:0/1(戦闘不能)】

【プレイヤーは10分間の〝行動停止〟状態に移行します】

「うわちゃ～!!　なるほど、そういう系かぁ!!」

おそらくわたしと同じシステムメッセージを確認しているのでしょう、張替様が痛恨の表情を浮かべます。……そういう系、でした。わたしが選んだのは〝道連れ〟の効果を有する《略奪品》。そしてもちろん、それだけではありません。

【〝子〟が〝鬼〟を戦闘不能にしたため《◇攻守交替2》の効果が発動します】

【〝鬼〟→〝怪盗〟陣営に変更。〝子〟→〝探偵〟陣営に変更】

【以上の役割変更に伴い、張替奈々子の戦闘不能処理が〝行動停止〟から更新されます】

【プレイヤーは、現在地点から最も近い牢屋（エリア東）へ移動してください】

「……ふぅ」

この交戦の終焉《しゅうえん》を告げる文面《テキスト》を眺めながら、わたしはようやく息を吐きます。

張替様の撃破と、当初からの念願だった〝鬼〟の獲得。それこそが、わたしに課せられた重大な任務でした。ちなみに、端末の通知欄には『ナイスキャッチ!(^^)!』という顔文字付きのメッセージが届いています。……加賀谷《かがや》さんが手配した協力者というのは、どうやら水上摩理《みなかみまり》様の姉にあたる〝あの方〟だったようです。

そんなものを確認して微《かす》かに口元を緩めながら。

「お疲れ様でした、張替様」

わたしは、目の前でがっくりと項垂《うなだ》れている【探偵】陣営の助っ人《すけと》に声を掛けました。

「高校時代に衣織《いおり》様と同じ冥星に苦しめられていて、さらには《決闘《ゲーム》》の参加自体に長いブランクがある方の動きには見えませんでした。心から敬意を表します」

「私に勝った子にそんなこと言われてもって感じだけど……まぁ、もらっておこうかな」

少しばかり不服そうに呟《つぶや》きながら首を横に振る張替《はりがえ》様。

彼女は頭の後ろで手を組むと、落ち込んだ様子で小さく溜《た》め息《いき》を吐《つ》いてみせます。

「はぁ～あ……せっかく先輩としてハルに協力しようと思ったのに、中途半端な感じになっちゃった。これで衣織ちゃんの件が解決しなかったら切腹モノだよ、もう……」

「……なるほど。やはり、衣織様を救うというのが最優先事項なのですね」

「ん？　まぁそれが活動理由の根本だからね。私はもう《アルビオン》から離脱してるけど、ハルとトーヤは二人とも高校生活を投げ打ってるわけだから……って、わわっ、ごめんごめん。そんなのメイドさんには関係ない話だよね。えっと、忘れて？」

パチンと顔の前で両手を打ち鳴らす張替様。その表情に浮かぶのは誤魔化《ごまか》すような笑みですが、よく見ればどこか悲しげな色も感じ取れます。

「いえ……」

だから、わたしは。

ほんの少しの抗議と共に、落ち着いた声音でこんな言葉を紡ぎ出すことにしました。

「張替様は、まだ少し〝誤解〟をされているようです」

「誤解?」

「はい。《アルビオン》の方々は、期末総力戦《パラドックス》に負けたら一巻の終わりだと思っているのかもしれませんが……そうではありません。ご主人様が目指しているのは単なる勝利ではなく、何一つ切り捨てない完璧なハッピーエンドなんですよ?　それはつまり、越智《おち》様も衣織様も全員まとめて救ってしまおうという、実に無謀な魂胆です」

「え。……本気で言ってるの、それ?」

「だから必死になっているのです。そういう方なんですよ、わたしのご主人様は」

ポカンと口を開く張替様にウインクをしてみせながら、わたしは少し誇らしげな気持ちでそんな言葉を口にしました。……そうです。ご主人様がそんな無茶《むちゃ》を掲げる方だからこそ、心の底からお慕いしているのです。全力でサポートをしたいと思えるのです。

と、いうわけで。

(さて……ここからが、最後の一仕事ですね)

＃＃

「《二連撃の牙《デュアルファング》》起動。一斉射撃——〝合成弾《ユニオン》〟」

ポツリ、と越智が零《こぼ》した言葉の直後、雨のような轟音《ごうおん》と共に無数のバレットが放たれる。

【越智春虎《おちはるとら》が《二連撃の牙《デュアルファング》》を発動しました】

【一定時間、プレイヤー・越智春虎のリロード時間が〝0〟になります】

（くっ……そ!!）

そんなシステムメッセージを横目で確認しながら、俺は後方にいる越智の射線から逃れるべく細い路地へと駆け込んだ。彼の放つ合成弾《ユニオン》には追尾効果も乗っているため単純な回避は難しいが、とはいえ射程の制約があることには変わりない。複雑な軌道でバレットの飛行距離を稼げる路地裏は回避戦に最適のロケーションと言えた。

それなのに、

【篠原緋呂斗《しのはらひろと》――現在HP：7／11】

彩園寺《さいおんじ》の防御弾《ガード》で全快していたはずの俺のHPが再びじわじわと削られているのは、やはり越智の《調査道具》が厄介だからだろう。【◇AP制限】のおかげで乱発は防げているものの、無限に積み上げられると考えればアドバンテージは計り知れない。

「――そこかな？」

「⁉　……チッ！」

刹那、微《かす》かな物音と共に飛来した合成弾《ユニオン》から逃れるべく俺は再び足を動かし始めた。本当に凄《すさ》まじいペースの襲撃だ。《LR》の地図《マップ》ではプレイヤーの詳細な位置までは分からないはずなのに、越智はとんでもない嗅覚で俺の隠れ場所を見透かしてくる。

「ねえ緋呂斗、そろそろまともに僕の相手をして欲しいんだけど……〝合成弾《ユニオン》〟」

そんな越智が操るのはもはや定番と化した合成弾《ユニオン》だ。射程やダメージ量は【◇攻撃弾強化《アサルト》】を参照し、加えて【◇特殊弾強化《チェンジ》】による追尾効果やシールド貫通性能も上乗せされた凶悪バレット。狭い路地を利用して距離を取るが、わずかに回避が間に合わない。

が……その瞬間、

「〝防御弾《ガード》〟一点集中——迎撃弾っ‼」

別の路地から狙い澄ましたように青のバレットを叩《たた》き込み、凄まじい音響と共に合成弾《ユニオン》を撃ち落としたのは、フードの下から紅玉《ルビー》の瞳を覗《のぞ》かせる《女帝》こと彩園寺更紗《さらさ》に他ならない。シールド貫通の効果を持つ合成弾《ユニオン》を防ぐことができる唯一の手段……【◇防御弾強化《ガード》】の適用数が〝累計十個〟になったところで解放された迎撃性能。タイミングが完璧でないと意味を為《な》さない極小の盾だが、俺は既に何度も命を救われている。

「っ……悪い彩園寺、助かった」

「いえ、ずっと走り続けてる篠原ほど大変な役目じゃないわ。……それにしても」

越智の死角に身を潜めたまま囁《ささや》くように声を掛けてくる彩園寺。

微かな焦燥感を表情に滲《にじ》ませた彼女がちらりと紅玉《ルビー》の瞳を向けるのは、投影画面の端に映っている時刻表示だ。拡張ルール【◇逃げ足特化】を適用して姫路《ひめじ》と別行動を取り始めてから、既に五十分近くが経過している。加賀谷《かがや》さん経由で大まかな戦況は把握しているが、まだギリギリで目標達成には至っていないようだ。

越智《おち》が身体《からだ》の前に浮かべているライフルの銃口を睨《にら》みながら静かに思考を巡らせる。

（エリア南で越智に追い付かれてから二十分ちょっと……彩園寺《さいおんじ》がいなかったらとっくに詰んでるレベルで攻め立てられてる。ここは、もっと距離を取った方が——）

「——ビンゴ」

【合成弾《ユニオン》命中】

【篠原緋呂斗《しのはらひろと》——現在HP：2／11】

「…………え？」

視線の先でただ不敵に立っている越智が発した言葉と、直後に投影されたシステムメッセージの意味が分からず呆《ほう》けた声を零《こぼ》してしまう俺。……合成弾命中？　彼の相棒である漆黒のライフルが火を吹いた様子は全くなかったが……いつ、どうやって？

「油断したね、緋呂斗」

そんな俺の疑問を見透かすかの如《ごと》く、越智春虎《はるとら》は淡々とした声音で続ける。

「僕はずっと、これ見よがしにライフルを目の前に表示させていた。でも……君も知っての通り、この《LR》において〝武器の見た目〟は拡張現実《AR》機能で自由に設定できるオマケに過ぎないんだよ。単なる映像なんだから、別に一丁じゃなくたっていい」

「っ……じゃあ、まさか」

「そうだね。僕は、君たちからは見えない死角にもう一丁のライフルを隠していた。そして路地を迂回《うかい》して背後から緋呂斗を撃った……それだけだよ？　射程が充分に伸びてるから、最短距離で狙わなくても事足りる。あと、一発――ってところかな」

ライフルを俺に突き付けて微《かす》かに口角を上げる越智。隣の路地に潜んだ彩園寺が防御弾《ガード》の準備に入るが、前方以外からもバレットが飛んでくる可能性があると考えれば防衛は非常に困難だ。タイミングが一瞬でも遅れれば迎撃性能は破られる。

（くそ……やっぱり戦力差が大きすぎる。このままじゃ、先に俺たちの方が――）

下唇を噛《か》みながらそんな思考を巡らせた、瞬間だった。

『――ヒロきゅんヒロきゅん、作戦完了！　ついに白雪ちゃんがやってくれたよん!!』

【姫路白雪《ひめじしらゆき》の戦闘不能に際して《略奪品》が発動します】

【《道連れの懐刀《シリアルキラー》》起動／自身を戦闘不能にした相手プレイヤーのHPを0にする】

【〝子〟が〝鬼〟を戦闘不能にしたため《◇攻守交替2》の効果が発動します】

「っ……！」

興奮気味に紡がれた加賀谷《かがや》さんの言葉、同時にずらりと並ぶシステムメッセージ。

それは、俺と彩園寺が待ちに待っていた文面《テキスト》だった――俺たち【怪盗】陣営がこの《LR》で勝利するためにどうしても必要だった二つのピース。厄介な助《すけ》っ人《と》プレイヤーの排除と、さらには【◇攻守交替2】を介した〝鬼〟の獲得。

それらが今、7ツ星の専属メイド・姫路白雪の活躍によっていずれも満たされた。

「――……へえ」

俺と同じシステムメッセージを確認していたんだろう、視線の先の越智《おち》がポツリと吐息を零《こぼ》す。珍しく動揺交じりの表情を浮かべた彼は、やがて掠《かす》れた声音で続けた。

「張替《はりがえ》先輩が、負けたんだ。……ちょっと信じられないな。あの子、何者なの？」

「何者って言われてもな。姫路《ひめじ》は、俺の自慢の〝相棒《メイド》〟だよ」

冷静さを取り戻すためにも、あえて不敵な態度でそんな言葉を口にする俺。不意打ちで葬られないよう越智の挙動には充分注意しながら、ニヤリと笑って啖呵《たんか》を切る。

「時間稼ぎに付き合ってくれてありがとな、越智。俺たちの役目は、お前を何としてでも姫路の方へ向かわせないこと――つまり、あいつが1対1《タイマン》で張替奈々子《ななこ》を落とすまできっちり粘り切ることだ。これで【◇攻守交替2】の効果が発動して、俺たち【怪盗】陣営が初めて〝鬼〟になった。ようやく俺たちにも勝ち筋が生まれた、ってわけだ」

「ん……そうだね。いや、でも――」

「それと、ちなみに。……ついさっきの話、なんだけどな」

「？」

「一番区の《区域大捕物《タスクスイッチ》》は俺たち【怪盗】側の圧勝で終わったらしいぞ？　呪いの効果が反映されるのはもう少し後だけど、合計の生存者数は概《おおむ》ね逆転してるはずだ」

「――――」

俺の言葉に目を見開いて、そのまま手元の端末に視線を落とす越智。

にわかに信じられないのも無理はないが……とはいえ、この情報は〝真実〟だ。

「悪いけど、俺たちだって本気で勝つつもりだからな。二番区はともかく、一番区の方は確実に大勝ちできるように戦力を調整してたんだ。５ツ星以上の高ランカーは全員《タスクスイッチ》選択だし、ついでに朱羽莉奈に軽く特訓まで付けてもらった」

ちらり、と横合いの路地に潜む彩園寺《さいおんじ》に視線を遣《や》りながら余裕の表情で告げる。

実際に呪いの効果が発動するのはラウンド切り替えのタイミングだが、両学区で敗北したプレイヤーの大半が脱落すると考えれば、倍率を掛けた〝生存者数〟はほぼ同数《トントン》になるだろう。そしてその数字は、極めて高確率で【怪盗】陣営の方がわずかに上回る――つまり、引き分けによる【探偵】陣営の逃げ切りは事実上なくなった。

「これで、零番区《ゼロ》《ＬＲ》が引き分けに終わった場合の勝者は【怪盗】陣営……しかも今の〝鬼〟は俺たちで、頼みの綱だった張替奈々子も牢屋《ろうや》に送られたばっかりだ」

「…………」

「さすがに形勢逆転って思ってもいいよな、越智？」

あえて一つ一つの事実を確認するかのように言葉を紡ぐ。……いや、もちろん今の話のどこにも嘘《うそ》はない。情報は全て真実だし、何かを盛ったり誤魔化《ごまか》したりしているわけでもない。ただそれでも、表に出していない明確な目的というのが一つだけあった。

(これでお膳立ては充分——来いよ、越智《おち》。そろそろ〝危機〟は足りただろ?)

「——……ああ。なるほど、ね」

その刹那。

「「ッ……!?」」

微《かす》かに口元を緩めた越智が放った尋常じゃない雰囲気に、俺だけでなく傍《かたわ》らの彩園寺《さいおんじ》すらも小さく後ずさりした。表現としては〝強烈な警戒心〟というのが適切だろう。越智は何かしらのアビリティを使ったわけじゃない。バレットを撃ったわけでもなく、ただ微かに笑っただけだ。どこか諦念すら感じるその笑みに、俺たちはいずれも気圧された。

淡々とした声音で越智は続ける。

「思い出したよ……《シナリオライター》が使えない《決闘《ゲーム》》っていうのは、こんなにも予想外のことが起こるものなんだね。そして緋呂斗《ひろと》、僕はまだ君を見くびっていたのかもしれない。改めて確信したよ、君は確かに〝7ツ星〟の器だ」

「っ……へえ? そいつは降伏宣言か何かかよ、越智」

「そうじゃない。これは謝罪だ——本当は【モードC】までに留めておきたかったから」

意味深な口調でそう言って、静かに自身の端末を掲げてみせる越智春虎《はるとら》。

その直後に起こった全てのことは、俺からすればあくまで〝想像〟でしかない——何故《なぜ》ならそれは、システムメッセージとして表示されるような事態《コト》じゃないからだ。期末総力戦のルールとして規定された代物《モノ》じゃないからだ。それでも俺は、もとい俺たちは、今ここで何が起こったのか寸分の狂いもなく明確に理解することができた。

そう、それこそが――〝ラスボス〟の形態変化《レベルアップ》。

彩園寺《さいおんじ》家の影の守護者である泉《いずみ》家……その当主の端末に仕掛けられた、8ツ星昇格戦における最後の障壁《ラスボス》という大層な仕様。越智は色付き星《ユニークスター》の特殊アビリティ《征服》を用いて当の端末を呑《の》み込んでいる。要するに、今の〝ラスボス〟は彼なのだ。泉夜空《よぞら》が持っていたラスボスとしての機能や性質は全て越智春虎へ移行している。

そして8ツ星昇格戦のラスボスは、RPGにおける魔王《それ》と同じく追い詰められることで形態変化《レベルアップ》を繰り返し、その度に新たな冥星が解禁されていくという厄介な仕様を持つ。現在は【モードA：割れた鏡】と【モードB：敗北の女神】、それから【モードC：操り人形】の三つが越智の支配下で使用できるようになっているわけだ。

これらに次いで現れる【ラスボス：モード《破壊《Destroy》》】。

そこで解禁される冥星というのが――

「……【黒い絵の具】」

ポツリ、と、ちょうど俺の思考に被《かぶ》せるようなタイミングで穏やかな声を零《こぼ》す越智。彼は端末を右手に持ったまま、漆黒の瞳を真《ま》っ直《す》ぐ俺に向けてくる。

「緋呂斗《ひろと》はもう知ってるかもしれないけど……ラスボスの【モードD】で解禁される冥星は【黒い絵の具】だ。これは、本来なら僕が持つアビリティに大幅な弱体化《デバフ》を与える負のアビリティ――だけど、その効果は当然ながら【割れた鏡】で引っ繰り返る」

「ん……ああ、そうだな。知ってるよ」

微《かす》かに下唇を噛《か》みながら同意を返す。……無論、知っているに決まっていた。そもそも俺たちの計画では、件《くだん》の【黒い絵の具】で強化された《征服》アビリティで衣織《いおり》の端末を呑《の》み込んでもらうというのが物語の終着地点になる。つまり越智《おち》が【モードD】に至るところまでは予定調和というか、こなさなければならない必須条件《タスク》のようなものだ。

（当然、その上で勝たなきゃいけないんだけどな……！）

密《ひそ》かにぎゅっと拳を握る俺。

そんな俺の内心を知ってか知らずか、対面の越智はあくまで淡々と続ける。

「つまり【割れた鏡】×【黒い絵の具】は超強力な〝アビリティ強化〟の作用を持つことになる。どう見ても便利な効果だよね、工夫次第で色んなことができる」

「まあな。……けど、そうは言っても制約はあるだろ？　お前が期末総力戦に持ち込んでるアビリティは《陣営固定》と《シナリオライター》と《征服》の三種類《パラドックス》だ。大量の《調査道具》を軒並み強化できるって考えれば確かに厄介ではあるけど――」

「――いや？　それだけじゃないよ、緋呂斗」

嘲笑《あざわら》うようにそう言って。

越智春虎《はるとら》は、自身の背後に巨大な投影画面を展開してみせた。

「せっかくだから教えてあげる——僕が【割れた鏡】と【黒い絵の具】の連携《コンボ》で強化を施すのは空色の星の特殊アビリティ、つまりは《征服》だ。他人の端末を乗っ取って諸々《もろもろ》の機能を拝借できるこのアビリティを極限まで強化する」

「……そうすると、どうなるんだ？」

「《征服》する対象が今この場にいなくても乗っ取り効果を使えるようになる。……だからね、緋呂斗。僕は学園島《アカデミー》の公式サーバーか何かにアクセスするだけでいいんだ——そこには星獲《と》り《決闘《ゲーム》》が始まってから今日この日までに存在した全プレイヤーの端末データが保管されている。彼らが持っていたアビリティも何もかも、ね」

「っ——……ま、さか」

「そうだよ、その〝まさか〟だ」

口元に薄い笑みを貼り付けた越智は、静かに両手を広げて堂々と啖呵《たんか》を切る。

「つまり、僕は【黒い絵の具】と《征服》を介することで、これまで学園島に存在したあらゆる特殊アビリティを行使できるってことだ。歴代の７ツ星を７ツ星たらしめていた専用アビリティも、強力すぎてお蔵入りになったかつての色付き星《ユニークスター》アビリティも。それら全部を使って……緋呂斗。僕は、必ず君という最後の障壁《ラスボス》を打ち破るよ」

「────」

……【ラスボス：モード《破壊《Destroy》》】。

それは、まさしく絶望の始まりだった──。

【零番区《ゼロ》《区域大捕物《エリアレイド》》──《LR》開始から3時間2分経過時点】
【牢屋《ろうや》移動済みプレイヤー：水上摩理《みなかみまり》／榎本進司《えのもとしんじ》／姫路白雪《ひめじしらゆき》／張替奈々子《はりがえななこ》】
【残り生存者：〝探偵〟陣営1名／〝怪盗〟陣営2名】

##

「【割れた鏡】×【黒い絵の具】×《征服》──特殊アビリティ《創造EX》起動」

──期末総力戦サドンデスルール《リミテッド》最終日連結ラウンド。

ついに【ラスボス：モードD】へ至った越智《おち》が冥星コンボで真っ先に召喚したのは、他でもない《創造EX》だった。元7ツ星の《女帝》彩園寺更紗《さいおんじさらさ》を象徴する特殊アビリティにして、俺が初めて彼女と《決闘《ゲーム》》を行った際にも振るわれた無慈悲な凶器。

「モード：大剣」

そうして越智が錬成したのは、周りの建造物を一振りで両断できそうなほどに巨大な剣だ。詳しい性能は分からない──が、あの越智春虎《はるとら》がわざわざ無用の長物を生み出すとも思えない。最低でも〝合成弾《ユニオン》〟と同等以上の火力があると考えていいだろう。

「チッ……！」

通常のバレットに大剣が加わったことで接近戦は不利だと判断し、さっさとその場を離れる俺。合成弾《ユニオン》の追尾効果を振り切るためになるべくランダムな軌道で路地を切り替えつつ、地図《マップ》上のアイコンを頼りにぐんぐんと越智から距離を取る。

――けれど、

「篠原《しのはら》っ！」

新たな路地に入って地図《マップ》へ視線を落とした瞬間、横合いから抱き着いて――否《いな》、突き飛ばしてきた彩園寺の手に押され、俺はそのまま地面を転がった。そうして回転する視界の中で目視したのは、辺りの家々を貫通して天空から振り下ろされる特大のブレードだ。ブウン、と鈍い音を響かせながら、禍々《まがまが》しい大剣はゆっくりと地面に沈んでいく。

「……っ……」

寝転んだまま呆然《ぼうぜん》としていると、当の彩園寺が「大丈夫？」と右手を伸ばしてきた。

「全くもう、こんなところで余所見《よそみ》しちゃダメじゃない」

「あ、ああ……悪い、助かった。あの大剣《ブレード》、障害物も全部お構いなしなんだな」

「そうね。拡張ルールで効果が縛られてるバレットと違って、越智の《創造EX》で生み出された武器はどんな性能でも持たせられるんだもの。ちょっとでも触れたら即脱落《アウト》、くらいに思っておいた方がいいかもしれないわ」

紅玉《ルビー》の瞳を持ち上げて辺りを警戒しつつ、ついに鬱陶しそうな仕草で変装用のフードを外し、豪奢《ごうしゃ》な赤髪をふわりと揺らしてみせる彩園寺《さいおんじ》。……本家の《創造EX》所持者が言うのだから間違いないだろう。何というか、つくづく凶悪なアビリティだ。

「でも、こうなるとホントに【◇AP制限】ルール様様《サマサマ》、って感じね」

俺が立ち上がる傍《かたわ》らで、右手を腰に添えた彩園寺がそっと嘆息交じりに呟《つぶや》く。

「あれがなかったら、今ごろ歴代の色付き星《ユニークスター》アビリティで《LR》はめちゃくちゃよ」

「まあな。ただ、五分に一回どんなアビリティでも完全ノーコストで使えるってだけでも普通にぶっ壊れだろ……実質七色持ち《オールカラー》、いやもっと上位互換じゃねえか」

「ええ、そうかもね。……だけど」

と、そこで隣に立つ彩園寺が不意に口元を悪戯《いたずら》っぽく緩めてみせた。彼女は豪奢な赤髪を揺らすようにして俺の顔を覗《のぞ》き込んでくると、囁《ささや》くように問い掛けてくる。

「——ここまではあんたの予定通り、なんでしょ？」

期待と信頼が適量ずつブレンドされた声音。

そんなものを受けて、俺は同じく口元を緩めながら「ああ」と短く返事を告げる。

「まあ、越智《おち》が過去の色付き星アビリティ全部を支配下に入れる、ってのはさすがに予想の遥《はる》か上だったけど……【黒い絵の具】と《征服》の相性が抜群に良《い》いことは分かってたからな。色んな《調査道具》を超強化して攻めてくるはずだ、とは思ってた」

「推測としては及第点ってところね。それで、次はどうなるのかしら？」

「そうだな。……ま、そろそろ〝大技〟のお出ましってやつだろ」

ちら、と視界の端に映る地図と拡張ルールを確認しながら、俺は静かに言葉を継ぐ。

「越智が【モードＤ】に到達して、零番区《ゼロ》《ＬＲ》は【探偵】側の優勢に見える……だけど、見方によってはそうでもないんだよ。俺たちからすれば《ＬＲ》に勝たなきゃ意味がない、っていうのは置いといて、現状の生存者数では勝ってるんだからこのまま潜伏するなりタクシーに乗るなりして〝引き分け〟に持ち込めば期末総力戦《パラドックス》の勝者は【怪盗】陣営の方になる。で……そんな状況になったら、越智はあの特権ルールに手を出すはずなんだよ。それが第五のミッション、というかこの作戦の締め括り《クライマックス》みたいなもんだ」

「……確かに、筋は通っているけれど」

間近で俺を見つめる紅玉の瞳が微《かす》かにジトっとした色を帯びる。

「本当に、何度聞いても綱渡りの作戦ね？　着地点はともかく、それまでに篠原《しのはら》が戦闘不能になっていたら一瞬で破綻……その辺、ちゃんと分かっているのかしら？」

「分かってるよ。だから常勝無敗の《女帝》様にいてもらってるんだろ？」

「…………」

「うっ……そ、そんな目で見るなって。えっと、だからその、あー……」

俺が茶化《ちゃか》すような返事を口にした瞬間、むすっと頬《ほお》を膨らませながら不服そうな視線を向けてくる彩園寺《さいおんじ》。対する俺は、一頻《ひとしき》り迷ってから〝別の言葉〟を選び直す。

「――〝頼りにしてる〟って意味だよ。お前がいれば、俺は絶対に負けないから」

「！　……ふ、ふんだ。よくそんな歯が浮くようなこと言えるわね、あんた」

「お前が言わせたんだろ……ったく」

ぷいっと身体《からだ》ごとそっぽを向きながらも紅玉《ルビー》の瞳でちらちらと俺の方を窺《うかが》ってくる彩園寺に対し、俺は苦笑交じりに小さく首を横に振る。いつもならこの辺りで会話を切り上げるところだが、今日ばかりは違う。ここまできたら自棄《ヤケ》、というやつだ。

「別に今回に限った話じゃない。彩園寺が〝最強の共犯者〟でいてくれるから、俺は無謀な作戦だって立てられるんだ。そうじゃなかったらとっくに心が折れてるよ」

「ぁ、う……な、なによバカ篠原《しのはら》。急にお世辞なんか言い出して……」

「お世辞じゃないっての。極限状態でアドレナリン的な何かが無限に湧き出してきてるから、ついでに日頃の感謝でも伝えとこうかと思ってさ」

微《かす》かに口角を吊《つ》り上《あ》げながら最後まで言い切ってしまう。……姫路《ひめじ》を始めとする英明《えいめい》のメンバーや《カンパニー》といった分かりやすい〝味方〟と違って、他学区の６ツ星ランカーである彩園寺は百歩譲っても俺の〝好敵手《ライバル》〟にあたるため、どうしても素直な感謝を表明しづらい。たまには脳内麻薬のせいにでもして本心を伝えておきたかった。

「う……」

それを受けた彩園寺は微かに頬を赤らめていたが――やがて、豪奢《ごうしゃ》な赤髪を揺らしながら一歩だけこちらへ近付いてきた。そうして彼女は、俺の制服の袖をちょこんと指先で掴《つか》むと、両足でわずかに背伸びしながら耳打ちするように一言。

「じゃあ、これもアドレナリンのせいだけれど。……篠原が負けたら、あたしはきっと物《もの》凄《すご》く落ち込むわ。だから、その――あたしのためにも、絶対に勝ってよね？」

「――……、ああ」

数秒の間じっと至近距離で見つめ合って、互いにパッと身体を離す。

そうして俺は、思考を切り替えるためにも改めて地図《マップ》へ視線を遣《や》ることにした。……ついい先ほど彩園寺にも説明した通り、俺たち【怪盗】陣営が確実に勝つためには越智春虎《おちはるとら》にとある特権ルールを使わせる必要がある。そしてそれは、俺が〝逃げ〟に徹していれば自然と候補に挙がる策だ。故に俺と彩園寺にとって、この場での最善策というのは〝一刻も早く大通りに出てタクシーへ乗り込むこと〟だと言える。

（っていうか……多分、だから越智も積極的に攻めてこないんだよな）

先ほど大剣を振り下ろしてきてからしばらく大人しい越智春虎に想《おも》いを馳《は》せる。

要するに――越智からすれば、この路地裏で持久戦になる分には圧倒的な優位を保てるわけだ。面倒なのは俺たちがタクシーを拾い、どこかへ逃げてしまった場合だけ。だからこそ彼は、大通りを背にして俺と彩園寺《さいおんじ》が痺《しび》れを切らすのを待つつもりなんだろう。もちろん、五分に一回は《征服》の効果で凶悪なアビリティを引っ張ってきながら。

「……突っ込むしかないかもしれないわね」

そこで、まだ少しだけ赤い顔で地図《マップ》を確認していた彩園寺が思案交じりに呟《つぶや》いた。

「学園島《アカデミー》の特殊アビリティを全部知っているわけじゃないけれど、昔はゲームバランスなんて完全に無視した代物《しろもの》も多かったはずよ。今なら《創造EX》にもう一つか二つ足されるくらい。ギリギリ、どうにかあんたをタクシーまで送り届けられる状況だわ」

「ん……まあ、そうだな。待てば待つほど雁字搦《がんじがら》めになる、ってのだけは間違いない」

「ええ。それに、ここなら場所的にも完璧だしね」

言いながら地図《マップ》上のとある地点を指差してみせる彩園寺。……それは、零《ゼロ》番区の東西南北に配置された特定の施設を示すアイコンだ。現時点で唯一埋まっていない、つまり誰も投獄されていない〝南〟の建物《それ》は、ここから歩いて三分も離れていない場所にある。

「ちなみに……彩園寺、今から条件達成までなら大体どのくらい掛かりそうだ？」

「どうかしらね。もうすぐ越智《おち》が次のアビリティを使って、そこで無理やり篠原《しのはら》を逃がして……次に越智が手を出すのが、きっと特権ルール絡み。なら、理想的には——」

「まあ、移動時間込みで十分以内ってところだけど」

「なかなか鬼畜なこと言うわね、あんた。……ま、でもいいわ」

俺の要求にジト目を向けてきていた彩園寺だったが、やがてそう言って小さく肩を竦《すく》めた。続けて彼女はふわりと豪奢《ごうしゃ》な赤の髪を揺らすと、悪戯《いたずら》っぽい笑みでこう告げる。

「あたしは〝最強の共犯者〟だもの。あんたの危機くらい、軽く救ってあげるわよ」

#

【〝探偵〟陣営の越智春虎《はるとら》が《帝王学》アビリティを発動しました】

【越智春虎のバレット使用で〝怪盗〟陣営のみ《◇防御弾強化《ガード》》が1つ無効になります】

【越智春虎のバレット使用で〝怪盗〟陣営のみ《◇攻撃弾強化《アサルト》》が1つ無効になります】

【越智春虎のバレット使用で〝怪盗〟陣営のみ《◇攻撃弾強化《アサルト》》が――】

「――……ったく。ちょっとは遠慮してくれよ、越智」

「あ、やっと出てきてくれた」

零番区《LR》――開始から三時間三十八分経過時点。

《創造EX》に続いて選ばれた特殊アビリティによって恐ろしい勢いで拡張ルールを削られ始めた俺と彩園寺は、堪《たま》らず路地を抜け出して越智の前に姿を現していた。

対する越智は、相変わらず余裕の表情で俺たちを眺めながら淡々と言葉を紡ぐ。

「《帝王学》──系統としては無効化系なんだけど、今回は〝バレットを発射する度に相手のバレット強化ルールを一つ取り消す〟って方向で調整されたみたいだ。君たちを路地裏から引き摺《ひず》り出《だ》すくらいの威力はあった、って思っていいのかな？」

「そりゃな。この調子でバレットを弱体化させられたら、俺たちの攻撃が届かないだけじゃなくてお前の合成弾《ユニオン》を防ぐ方法がなくなっちまう」

「うん。もし僕が緋呂斗《ひろと》ならこの場で選ぶのは〝逃げ〟の一手だから、その牽制《けんせい》をしておこうと思ってね。……って言ってる間にも、ルールは減らしておくんだけど」

【越智春虎《おちはるとら》のバレット使用で〝怪盗〟陣営のみ《◇特殊弾強化《チェンジ》》が1つ無効になります】

「って……特殊弾《チェンジ》か、外れちゃったな」

既に俺が攻撃弾《アサルト》、彩園寺《さいおんじ》が防御弾《ガード》選択であることを知っている越智がつまらなそうに首を振る。《帝王学》で無効化できるルールはランダムらしく、必ずしも俺たちの戦力を削れるとは限らないようだが、しかしバレットなんて数秒に一発は撃ててしまう。

対面の越智は微《かす》かに笑っている。

「ルール追加型の《LR》終盤において、設定された強化《ルール》を剥奪《はくだつ》する《帝王学》はあまりにも横暴な効果だ。緋呂斗の銃が見せかけの飾りになるのももうすぐだね」

「今日は随分と饒舌《じょうぜつ》だな、越智。頼りの先輩がやられちまって焦《あせ》ってるのか？」

「……どうだろう。そういう君は焦ってないのかな、緋呂斗？　僕の目には、この《区域《エリア》大捕物《レイド》の勝負はほとんど付いているように見えるんだけど……？」

言いながら傍《かたわ》らのライフルに右手を向けて、さらには《創造ＥＸ》で作り出した大剣を再び天空に掲げる越智春虎。……既に【怪盗】陣営のバレット強化系ルールは決して無視できないレベルで剥奪されている。こちらには防御弾《ガード》選択の彩園寺が残っているが、そのシールド性能やら反射性能はほとんど初期値と考えてもいいくらいだ。

けれど、それでも。

「そうか？　じゃあ、残念ながら俺とは違う意見みたいだ……なっ!!」

ニヤリと不敵な言葉を叩《たた》き返してから、俺は全速力で前へ——つまり、越智春虎が待ち構えている方向へ駆け出すことにした。傍《はた》から見れば自殺志願者としか思えないほど無謀な特攻。実際、視線の先では越智が怪訝《けげん》な顔をしているのがよく分かる。

「……一直線？　そりゃあ、タクシーで逃げたいならこっちが最短ルートだけど……抜けられるとでも思っているのかな、緋呂斗？　——〝合成弾《ユニオン》〟」

途端、閃光《せんこう》のような輝きと共に放たれる赤と緑の複合色バレット。さらに即死級の威力を持つ大剣もまた、遥《はる》か頭上から俺の進軍を阻むべく豪快に振り下ろされる。

「ッ……！」

もし俺の被弾ポイント《HP》が充分に残っていれば、こんな破れかぶれの特攻でもどうにか生き延びることができたかもしれない。何せ、越智の背後にさえ回り込めればそこはもう大通りなんだ。【◇車道拡大】ルールに従って大きく距離を稼ぐことができる。

もちろん、APのない俺たちにそれを為《な》すのはあまりに難しい――が、つまるところ。

そんな前提さえ覆せれば、無理やり突破するのだって不可能じゃないわけだ。

「っ……な、何が……!?」

俺が越智《おち》の顔を間近に捉えたその瞬間、ゴォオオオ!!という強烈な異音と共に意味不明な事態が発生した。俺のHPを刈り取るべく高速で飛んできていた合成弾《ユニオン》の軌道、および周囲の家々を貫通しながら地面に近付いてきていた大剣《ブレード》の刀身が、何かに引き寄せられるかの如くぐいっと強引に捻じ曲げられたのだ。

そして、その〝何か〟というのは――他でもない。

「……特殊アビリティ《避雷針》発動」

短く、けれど確かに俺の鼓膜を揺らした、優しげかつ頼《たよ》り甲斐《がい》のある声。

そんなものを発した彼女は――桜花《おうか》の《女帝》こと彩園寺更紗《さいおんじさらさ》は、不敵な笑みを浮かべながら合成弾《ユニオン》と大剣を立て続けに浴びせられ、一瞬で被弾ポイントを0にする。

【朱羽莉奈《あかばねりな》――現在HP：0／1（戦闘不能）】

【〝子〟が〝鬼〟を戦闘不能にしたため《◇攻守交替2》の効果が発動します】

「バ、カな……」

俺の背後で彩園寺が〝戦闘不能〟の判定を下される中、それを引き起こした張本人である越智春虎《はるとら》の方はと言えば、その隙に近くを駆け抜けた不届き者――言うまでもなく俺のことだ――に反応することすらできず、漆黒の瞳を大きく見開いている。

「《避雷針》……相手プレイヤーの攻撃対象を〝自分〟に変更する補助アビリティ？　いや、だけど【怪盗】陣営にＡＰを残しているプレイヤーはいなかったはずだ。【◇逃げ足特化】はあるけど、僕は絶えず攻撃していた。交戦状態は切れていない」

「ええ、そうね」

後ろから聞こえる彩園寺の得意げな声。

完璧に任務を遂行してくれた彼女は、微《かす》かに笑みを浮かべて〝ネタばらし〟を始める。

「確かに貴方と篠原緋呂斗の〝交戦状態〟は一度も途絶えていないわ。……気付かなかった？　私、ずっと篠原《しのはら》の後方支援に徹してたのよ。最初に貴方《あなた》の視界から外れて五分間逃げ切ってから、ＡＰが増えるまでバレットの射線にすら入ってない」

「！　……なるほどね、それはやられたな」

彩園寺の説明を受けてようやく得心したように首を縦に振る越智春虎。

その間にも俺は彼の背後に回り込み、大通りへ出てタクシーを捕まえることに成功している。越智がライフルを向けてくる頃には、とっくに危険地帯から抜けていた。

「ふぅ……」

全力疾走の影響でドクドクと高鳴っている心臓を抑えながら改めて状況を整理する。

つい先ほどの交戦で、俺に対する攻撃を一身に引き受けてくれた彩園寺《さいおんじ》は全てのＨＰを失った。つまり、これで両陣営ともに生存プレイヤーは一人になったわけだ。

そして【◇攻守交替2】の仕様により、現在の〝鬼〟は再び【探偵】側——だが、これに関してはさほど問題ない。俺が越智《おち》を倒せばそこで改めて役割の交換が起こるわけだから、結局は残った二人のうち〝相手を倒した方の勝ち〟だ。

（……、いや）

そこまで考えた辺りで、俺は小さく首を横に振った。

あの越智春虎《はるとら》が、俺たちがここで〝逃走〟を選択した意味に気付かないはずもないだろう——相手を倒した方が勝ち、などではない。一番区と二番区の生存者数から考えて、俺たち【怪盗】陣営はこのまま逃げ切るだけで期末総力戦の勝者になるんだ。故に、少なくとも越智から見れば、俺は〝引き分け〟を狙うのが最善手だということになる。

（だけど……この《区域大捕物》には、それを咎められる特権ルールがあるんだよな）

——そう、そうだ。

特権ルールの凶悪さは既に身に染みて分かっているつもりだが……まだ日の目を見ていない〝必殺技〟の中に、逃げ切りを狙うにあたって非常に不都合な代物《しろもの》がある。

【名称：◆弱者必勝】

【効果：自陣営に〝生存者の中で最も等級の低いプレイヤー〟がいる場合、相手プレイヤー全員の移動／バレット使用／拡張ルール適用のいずれかを禁止する。ただし上記の条件が満たされていない場合は、自陣営のプレイヤー全員が選択した制限を受ける】

（……本当に、とんでもないこと言いやがって）

投影画面に映し出された文面《テキスト》を眺めながら内心でポツリと悪態を吐《つ》く俺。

このルールの価値は、状況によって大きく変動する。たとえば先ほどまでは1ツ星の朱《あか》羽莉奈《ばねりな》が生存していたため、越智が適用したところでデメリットしかなかった。けれど今なら、零《ゼロ》番区《LR》に残っているのは6ツ星の越智と7ツ星の俺だけ。そして【◆弱者必勝】で実現できる禁止項目の中には〝移動〟という凶悪な選択肢も存在する。

（要するに、こいつは逃走禁止の拡張ルールとして使えるわけだ。そうなれば俺の〝勝ち逃げ〟はどう考えても成立しない……今の戦況なら文句なしの一手だよな）

そんなことを考えながら、俺は手元の端末に触れて《LR》の地図《マップ》を展開した。該当のルール保管箱《コンテナ》があるのは北東方面、ここからはかなり距離がある……が、

（――加賀谷《かがや》さん）

右手の人差し指でイヤホンをトンっと軽く叩《たた》いてから、声を潜めて問い掛ける。

（越智は歴代の色付き星《ユニークスター》アビリティを何でも使えるって話でしたけど……たとえば離れた場所にあるコンテナを一瞬で壊す、みたいなアビリティもあったりしますか？）

『ん～……そだねん、あり過ぎてどれを紹介していいか分かんないって感じかな？　ヒロ

きゅんが知ってるやつなら《位置情報操作》とかでもいいし、普通に《遠隔狙撃》でも余裕だし、あとは《探索》にオプションが付いてるやつもド定番だし……【◇AP制限】ルールの五分間はもう過ぎる頃だから、そろそろ取られるかもって思ってるよん』

(……ですよね)

加賀谷《かがや》さんからの返事に溜《た》め息《いき》を吐《つ》いてしまう。……が、まあそんなのは当然だ。今の越智《おち》はあらゆるアビリティを使えるのだから、不可能なんてそうそうない。

故に越智は、きっと今まさに【◆弱者必勝】を入手したはずで――だとしたら、

【〝探偵〟陣営が拡張ルールを適用しました――ダウト宣言受付時間】

【◇特殊弾強化《チェンジ》／通算適用数：17／効果：障害物貫通性能――残り4分59秒】

(！　……やっぱり、来たか)

目の前に表示されたシステムメッセージを見つめながら、俺はごくりと唾を呑《の》む。

新たに《LR》へ組み込まれた拡張ルール……それは、予想通り一つじゃなかった。いつかの【◇スピード違反制限】が効いているため続けざまというわけじゃないが、きっかり一分おきに何かしらの拡張ルールが適用されていく。内容としてはいずれも【◇防御弾《ガード》強化】か【◇特殊弾強化《チェンジ》】であり、攻撃弾《アサルト》選択の俺には検証の術《すべ》すらないモノだ。

そして、それら拡張ルールの連続使用が収まってから更に二分ほどが経過した頃。

「――お客さん。すみませんが、ここで止めますね」

不意に車を路肩へ寄せた運転手が、帽子の鍔《つば》に手を遣《や》りながら申し訳なさそうな口調で声を掛けてきた。……【◆弱者必勝】による移動規制だ。やはり、先ほど適用された拡張ルールのうち、どれか一つは越智の仕込んだ〝嘘《ダウト》〟だったのだろう。

「っ……分かりました、ありがとうございます」

言いながらタクシーを降りる俺。そのまま歩を進めようとしてみても、眼前に〝移動禁止〟の文字が浮かぶだけで四方八方のどこへも動けない。端末で現在時刻を確認してみれば、彩園寺《さいおんじ》が戦闘不能になってからたったの七分といったところだ。大して距離も稼げていないため、越智はすぐにでも後ろから追ってくるだろう。

（彩園寺はあの後すぐに牢屋《ろうや》へ行ったはず……〝移動時間込みで十分以内〟って話だったけど、あれを素直に信じるならあと三分で作戦完遂だ。【◆弱者必勝】のせいで隠れることもできないから、ギリギリ間に合うかどうか……って感じだな）

目の前に展開した地図《マップ》の中で越智春虎《はるとら》を示すアイコンがぐんぐん近付いてくるのを見つめながら、俺は無言のまま ゆっくりと思考を巡らせる。

「…………」

おそらく――おそらくは、これが最後の衝突になるだろう。

俺の策がきっちり成就《じょうじゅ》するか、あるいは越智によって道半ばで潰されるのか。今この瞬間に《LR》全体の、いや期末総力戦《パラドックス》全体の、もっと言えば俺と越智がこれまで辿《たど》ってきた道筋の全てが余すことなく懸かっている。最終決戦の中でもとびきり重要な最期《クライマックス》の一幕。凶悪なラスボスに立ち向かう覚悟なら既に決まっている。

……〝俺は8ツ星になって何を求めるのか？〟

かつては迷ってしまった問いだが——今は、明確な答えが胸の中に宿っているから。

(だからこそ……ここでお前に負けるわけにはいかないんだよ、越智《おち》)

微《かす》かに吐息を零《こぼ》しながら、一切の移動を禁じられた俺はじっとその時を待つことにして。

そして——期末総力戦サドンデスルール《リミテッド》最終日連結ラウンド。

零番区《ゼロ》《LR》の開幕から三時間四十九分が経過したタイミング。

「ああ、良かった。今度こそ——捕まえたよ、緋呂斗」

「……っ……」

《アルビオン》の越智春虎《はるとら》は、三度【怪盗】陣営の前に姿を現した。零番区の片隅、何の変哲もない道路脇。今回ばかりは狙いも何もない、正真正銘の〝変哲のなさ〟だ。

そんな場所で、越智は漆黒のライフルを正面から俺に突き付けている。

「この期《ご》に及んで逃走もないだろうし、特権ルール【◆弱者必勝】は〝拡張ルールの適用禁止〟に切り替えだ。それに、ちょうど五分経《た》ったからダメ押しの《征服》でも挟んでおこうかな。使うのは《唯我独尊》……今はもう学園島《アカデミー》に存在しない幻の特殊アビリティだよ。この《決闘《ゲーム》》中、緋呂斗の色付き星が持つ効果は全て無効化される」

「……へえ？　随分と慎重だな」

「そりゃあね。……正直に言うと、さ」

小さく肩を竦《すく》めて俺の言葉を認めた越智は、微かな憐憫《れんびん》さえ湛《たた》えた表情で続ける。

「僕は、ある意味で君に憧れていたんだ——最強の7ツ星として破竹の勢いで色付き星《ユニークスター》を集めていく緋呂斗《ひろと》は、僕にとって紛《まぎ》れもなく羨望の対象だった」

「そうかよ、そいつは光栄な話だな」

「皮肉じゃないってば。それに、嘘《うそ》でも誇張でもない。だってそれは、本当ならこの僕が辿りたかったルートだから。でも僕の実力じゃそこには届かなかったから、だからこんな方法に頼るしかなかった。冥星に手を出すしかなかった」

「…………」

「だけどね緋呂斗、僕は後悔なんかしてないよ」

下唇を強く噛《か》みながら顔を持ち上げて、右手に握った端末に力を込めつつキッと真剣な瞳で対面の俺を睨《にら》み付けてくる越智。

「《アルビオン》は張替《はりがえ》先輩から受け継いだ組織だ——それも、冥星に苦しめられている全員を一人残らず救おうとか、そんな立派な志のある集団じゃない。ただ一人、衣織を助けるためだけに、僕らは何でもやるって決めたんだ。もしかしたら緋呂斗《ひろと》には崇高な理念があるのかもしれない。傍《はた》から見たら僕らは悪なのかもしれない。だけど、全部どうでもいい。僕にとって価値があるのは衣織《いおり》を救うための方法だけだ」

「……そうか。じゃあやっぱり、お前は衣織が救われれば——あいつの冥星がどうにかなって、楽しく学園生活を送れるようになるなら、その過程はどうでもいいんだな？」

「うん、そうだね。そのためなら学園島《アカデミー》の根幹が崩れたって一向に構わない」

「なるほど、な……」

改めて越智《おち》の決意を受け止めながら小さく一つ頷《うなず》いて。

俺は、視界の端に映し出された時刻表示を——彩園寺が戦闘不能になってから９分37秒を数えるデジタル時計を横目に見つつ、不敵に口角を持ち上げた。

「なら——安心しろよ、越智。お前の望みはもうすぐ叶《かな》う」

「……ふぅん？　急にどうしたの、緋呂斗。もしかして、僕らに共感して勝ちを譲ってくれる気にでもなった？　同情でも何でも、貰《もら》えるものは貰うけど」

「いいや、残念ながらそういうわけじゃない」

９分48秒。

「むしろ逆だな。過程を気にしないなら、俺に勝ちを譲れって言ってるんだ——たったそれだけでお前の目的は果たされる。何も学園島《アカデミー》をぶっ潰す必要はない」

「っ……どういうことかな、それは？　緋呂斗、僕を怒らせるのも大概に――」

9分53秒。

「そんなつもりはねえよ。別に、煽《あお》りでも挑発でも何でもない。ただ……」

9分59秒。

「――言葉通りの意味で、お前は安心して負けとけ、って話だ」

♭――水上摩理《みなかみまり》／零番《ゼロ》区西エリア

「ふぅう……次は、そこですっ！」

架空の銃に指を掛け、装填《そうてん》された〝攻撃弾《アサルト》〟を真《ま》っ直《す》ぐに解き放ちます。

零番区西エリアの牢屋《ろうや》内で開催されているミニゲーム。その内容は、拡張現実《AR》空間に表示される敵集団の中から〝指揮官《リーダー》〟を特定して攻撃する……というものでした。

クリアする度に部下が増えていくので、戦闘能力よりは〝分析〟の力が求められるゲームです。たとえば、指揮官は少しだけ動き出しが早いとか。部下は細かいフェイントに対応できないとか。……必要な情報が多いのでどうしても混乱してしまいます。

ただそれでも、偽物《ダミー》を見抜くくらいなら造作もありませんでした。

「何故《なぜ》なら――私だって英明《えいめい》学園の、学園島《アカデミー》最強のチームの一員なんですから!!」

【◆西牢屋《ろうや》ミニゲーム完了／クリアタイム23分／《LR》開始から44分】

bb ——榎本進司《えのもとしんじ》／零《ゼロ》番区北エリア

また一機、拡張現実《AR》に彩られた視界の中で〝的〟を垂らしたドローンが墜落する。

榎本進司《僕》が送られた北エリアの牢屋内で行われているのは〝精密射撃〟が主題《テーマ》のミニゲームだ。序盤の的は弓道のようなサイズ感だったが、徐々に半径の小さい円形《モノ》に変わっていき、やがて飛び回るようになった。それなりの速度は出ているだろう。

ただ航行軌道は芸のないループ構造になっており、二十秒も待っていれば同じ進路に突入する。故にこれまでの盤面《ラウンド》は全て、二周目に入った瞬間に勝負が決していた。

（精密射撃のミニゲーム……偵察部隊の報告にはなかったな。やはり、全ての牢屋に別のミニゲームが配置されているという篠原《しのはら》の予想は正解か）

胸の内でそんなことを考える。……【怪盗】陣営が立てた作戦の根幹。唯一〝憶測〟だったその部分が正しいのであれば、もはや勝利は保証されたようなものだろう。

「ならば、僕の仕事はこれで終了だ」

タン、と小気味よい音を奏でながら、紅蓮《ぐれん》を纏《まと》う攻撃弾《アサルト》が最後のドローンを撃墜した。


【◆北牢屋ミニゲーム完了／クリアタイム17分／《LR》開始から1時間21分】

♭♭♭　――姫路《ひめじ》白雪《しらゆき》／零番区東エリア

ずだだだだっ、と、絶え間なく弾丸《バレット》の雨が牢屋内に降り注ぎます。

一瞬だけ目の前に表示される各バレットの弾速、射程、座標などの詳細情報《データ》。それらを元に避《よ》けて、また避けて、さらに避ける……メインの課題《ルール》は〝回避〟でした。

「うわ～……」

一緒に牢屋に入れられたお仲間、いわゆる獄友《ごくとも》の張替《はりがえ》様は隅の方で縮こまっています。

「メイドさん、何で牢屋の中でも戦ってるの……？　せっかくだから私とお喋《しゃべ》りとかしようよ。恋バナとか、気になる男の子の話とか、好きな異性のタイプとか～」

「興味はありますが、もう少しだけお待ちください」

「私をあしらいながらバレットも避けてる……うぅむ、これが一流のメイドさんかぁ」

褒められてしまいました。

張替様のご指摘通り、一般的に牢屋内というのは戦いに適した場所ではありません。ですが、結川《ゆいかわ》様たちが提供してくれた《ＬＲ》の映像記録でも、ミニゲームらしきものは確かに行われていたのです。それも、牢屋ごとに異なる内容の試練として。

「水上《みなかみ》様が西エリア、榎本様が北エリア……なので、東エリア《ここ》で三つめのクリアですね」

「え。……もしかして君たち、死に場所とか結構ちゃんと選んでたの？」

「お気付きになられましたか？」

思わずくすっと笑ってしまいます。何しろ張替《はりがえ》様の反応は、ご主人様から最初に作戦を聞かされた際のわたしやリナとそっくりなものでしたので。

「うひゃ～……なるほど、そういうことかぁ」

対する張替様はと言えば、座ったまま無造作に両足を投げ出しています。

「じゃあ私たち、最初から誘導されてたんだね。うぅむ、やるなぁ今の7ツ星くん」

「妨害してこないのですか？　わたしが失敗すれば、ご主人様の計画も潰されますが」

「いいよ、もう。抵抗ならさっき散々したばっかりだし……それに」

ちら、と、牢屋《ろうや》の端に取り付けられた大型モニターへ視線を向ける張替奈々子《ななこ》様。

そこでは今まさに、ご主人様と越智《おち》様がバチバチと火花を散らしていて。

「……メイドさんの話を聞いて、私もちょっとだけ〝期待〟しちゃってるからさ」

【◆東牢屋ミニゲーム完了／クリアタイム21分／《LR》開始から3時間33分】

♭♭♭♭　――朱羽莉奈《あかばねりな》／零番区《ゼロ》南エリア

『――俺たち【怪盗】陣営が作戦の中心に据えるのは【◆財宝探索】ルールだ』

飛び交う弾丸《バレット》の音を両の鼓膜で味わいながら。

彩園寺更紗《あたし》は今日の朝、篠原《しのはら》が全員に共有してくれた〝作戦〟を改めて思い出す。

『《LR》の牢屋内にミニゲームが用意されてる、って話があっただろ？　記録《ログ》を見る限り報酬も何もないみたいだけど、完全に無意味ならそんな仕様はなくていい』

『大事なのは《LR》が〝ルール追加型〟のケイドロだってことだ。何も起こらなかったんじゃなくて、関連する拡張ルールがまだ適用されてなかっただけなんだよ』

『なら、それは間違いなく……【◆財宝探索】』

『俺たち【怪盗】陣営は可能な限り最速で【◆財宝探索】を手に入れて、それから東西南北四ヶ《か》所の牢屋に仕掛けられたミニゲームを一つ残らず攻略する』

『で、そのためには――もちろん、特大の〝嘘《ダウト》〟が必要だ』

……学園島《アカデミー》きっての嘘《うそ》つきが仕掛けたとびきりの嘘。

それは、今のところ上手《うま》く隠蔽できているようだ。あたしたち【怪盗】陣営のプレイヤーは篠原を残して全員が戦闘不能になってしまったけれど、牢屋に入る前提の作戦を組んでいるのだから仕方がない。強敵だった《森羅《しんら》の暗殺者》もユキのおかげで道連れにできて、越智春虎《はるとら》も狙い通り【ラスボス：モードD】に到達している。

（だから……こんなところで、あたしが苦戦してる場合じゃないのよね）

ふぅ、と微《かす》かに息を吐き出す。

零番区南エリアの牢屋内。あたしの眼前に立っているのは、拡張現実《AR》機能を介して再現された架空の敵だ。高ランカーたちの動きを学習させているのか、映像《AI》にしては異様に練度が高い。おそらく全ミニゲームの中で最も攻略難度が高い仕様なんだろう。

ただ——それでも、彩園寺更紗《あたし》に挑まれたのが運の尽きだ。

「ごめんなさい。本当は〝最後の難関〟だったのかもしれないけれど、あたしにとっては単なる〝雑魚狩り《RTA》〟なのよ。一分以内に片を付けなきゃいけないから——」

自覚的に、意識的に、思いきり相手を煽《あお》り立てるような笑みを浮かべて。

「……せいぜい、全力でかかってきたら？」


【◆南牢屋《ろうや》ミニゲーム完了／クリアタイム57秒／《LR》開始から3時間51分】

＃＃

「——言葉通りの意味で、お前は安心して負けとけ、って話だ」

ニヤリと不敵かつ不遜な声音で言い放った決め台詞《ぜりふ》。

もしも、これで彩園寺《さいおんじ》が〝間に合わなかった〟場合は後世に語り継がれるレベルで恥ずかしい一幕になっていたかもしれないが……そんな杞憂《きゆう》とは裏腹に、俺が期待していたシステムメッセージはすぐさま眼前にポップアップされた。

【〝怪盗〟陣営が適用済みルール《◆財宝探索》の追加条件を達成しました】

【これにより、隠しルール《◆????》が〝怪盗〟陣営の所持下に入ります】

【〝怪盗〟陣営が《◆????》――改め、特権ルール《◆一撃必殺》を適用しました】

【特権ルール《◆一撃必殺》はいかなる方法でも棄却できません】

「…………え？」

同じ文面《テキスト》を視界に捉えているのであろう越智《おち》がポツリと小さな声を零《こぼ》す。その表情はいかにも怪訝《けげん》なものだ。確かめるように何度も視線を往復させて、眉を顰《ひそ》めて。

それから改めて俺に向き直った彼は、意識的に冷静さを保った口調でこう切り出した。

「訊《き》いてもいいかな、緋呂斗《ひろと》。……二つ、理解不能なことが起きてる」

睨《にら》むような気迫と共に俺を捉える漆黒の瞳。

淡々としてはいるものの微《かす》かに震えた声音で、越智は絞り出すように言葉を継ぐ。

「零《ゼロ》番区内にある四ヶ所の牢屋が【◆財宝探索】の追加条件に関わってる――まあ、そこまではいいよ。偵察隊からの情報があれば推測だけでどうにか辿《たど》り着《つ》ける範疇《はんちゅう》だ」

「ま、そうだな」

越智の発言に肩を竦《すく》めて同意する俺。

「だから俺たちは、入る牢屋が被《かぶ》らないように戦闘不能になる場所を調整してたんだ。そして順番に〝課題〟をこなしてた。彩園寺が防御弾《ガード》選択で終盤まで生き残る役割だったのは、あいつなら速攻でミニゲームを終わらせてくれる確信があったから……だな」

「そうだろうね。だけど、おかしいのはもっと根本的な部分だ――特権ルール【◆財宝探索】が〝適用済み〟だって？　そんな代物《モノ》、君たち【怪盗】陣営はいつの間に手に入れていたのかな。そして、いつの間に《LR》へ組み込んでいたのかな？」

ギリッ、と下唇を噛《か》み締めながら尋ねてくる越智《おち》。必死で感情を抑えようとしているようだが、その声には動揺と疑問が溢《あふ》れんばかりに詰め込まれている。

「いや……入手に関しては有り得ない話じゃないか。【◆財宝探索】は【怪盗】陣営の初期位置からそれなりに近い場所にあったし、君たちの中の誰かが地図《マップ》から消えていた瞬間だってなかったわけじゃない。多少運任せの作戦にはなるけど……」

「？　運任せってことはないだろ、越智」

実際には《カンパニー》の助力なのだが、一応それっぽい反論《フェイク》も用意してある。

「確かに【◆財宝探索】が近くにあったのは偶然だけど、ルール保管箱《コンテナ》の配置自体はほぼ均等なんだから何かしらの特権ルールは俺たちの初期位置近くに必ずある。なら、たった7パターンの作戦を準備しておけば一つは当たるってことだろ？」

「！　……なるほどね。だけど、それでも〝適用〟のタイミングは絶対になかった」

「へえ？　まるで全部の拡張ルールを検証してた、みたいな言い草だな」

「調べてたんだよ、実際ね」

俺の言葉に被《かぶ》せるような形で越智ははっきりと断言する。

「知っての通り、僕ら【探偵】陣営は全種類のバレットを使える状況だった。緋呂斗《ひろと》たちがどんな拡張ルールを使ってきても確実に検証できるような体勢を整えていた。だから知ってる、君たちが嘘《うそ》をついたのは【◆弾幕妨害】の時だけだ」

「本当にそうか？」

「……え？」

「だから、本当に全部のルールを確認したのかって訊《き》いてるんだよ。俺の記憶では、お前らが明らかに検証してない拡張ルールがたった一つだけあるんだけどな」

「そんな、わけ……」

小さく眉を顰《ひそ》めながら横目で端末の投影画面を確認する越智。俺の視点からは見えないが、その画面には拡張ルールの適用履歴《ログ》やら何やらが一通り表示されているんだろう。そして当然ながら、全ての履歴を辿《たど》れば問題のルールは見つかるはずだ。

「……ま、さか」

適用済みの拡張ルールを一頻《ひとしき》り眺めた辺りで〝それ〟に気付いたのか、対面の越智がさぁっと顔を青褪《あおざ》めさせる。そんな彼の目の前で、俺は微《かす》かに頬《ほお》を緩めて頷《うなず》いた。

「そうだよ、そのまさかだ——【◆財宝探索】は零番区《ゼロ》《LR》が始まった直後に、どんな拡張ルールよりも早く適用された。……もう分かっただろ、越智？　お前らが検証し損ねた嘘ルールってのは、他でもない【◇AP制限】のことなんだよ」

「な……そんなこと、絶対に有り得ないッ！」

おそらく彼自身も既に〝それしかない〟と思い始めているはずだが、簡単には認められないのだろう。越智《おち》は露骨に目を泳がせながらバッと大きく右手を広げてみせる。

「【怪盗】陣営にとって、僕が持つ無尽蔵のAPは脅威だったはずだ。状況的に【◇AP制限】ルールの優先度は最上位で、実際君たちはその確保のために仲間一人を切り捨てている……それが、い、い、嘘ルール!? 本当は適用されていなかったっていうのか!?」

「ああ、そう言ってるんだよ」

この《区域大捕物《エリアレイド》》の最序盤から仕込んでいた〝嘘《うそ》〟が決まり、俺は不敵に笑う。

「確かに【◇AP制限】は絶対に通したい拡張ルールだ。これがなきゃ話にならない。だけど、それだけ〝本物っぽい〟ルールなんだから、逆に言えば特権ルールの隠れ蓑としても百点満点だろ。お前らが【◇AP制限】の適用を信じてくれてる限り、どっちにしてもアビリティの乱発は防がれるしな。一石二鳥、ってやつだ」

「っ……」

図星を突かれて黙り込む越智に対し、俺はニヤリと口角を持ち上げながら告げる。

そう──結局のところ、この《LR》に【◇AP制限】ルールなんて代物《モノ》は一度も適用されていない。万が一検証されていたらあっという間に瓦解していた作戦だが……とはいえ、この程度のリスクも取らずにラスボスなんか倒せるはずがないだろう。

「……じゃあ、二つ目だ」

そんな俺の思考過程まで汲《く》み取ってくれたのかどうかは知らないが、越智はぐっと下唇を噛《か》みながら黒髪を揺らすようにして小さく首を横に振った。そうして彼は、真《ま》っ直《す》ぐに持ち上げた右手で俺の端末を指差しながら、感情を抑えた声音で続ける。

「今は【◆弱者必勝】の適用下だ。６ツ星の僕より等級の高い【怪盗】陣営プレイヤー全員が拡張ルールを使えなくなる縛りが効いてるはず……それなのに緋呂斗《ひろと》は、学園島《アカデミー》最強の７ツ星は、ど、どうやって、【◆一撃必殺】ルールなんて適用したんだろう？」

「ん？　ああ……そのことか」

彼が放った極めて妥当な疑問に対し、俺はそんな相槌《あいづち》を打ちながら一つ頷《うなず》く。

これに関しては、越智が見抜けないのも無理はなかった。【◆財宝探索】が《ＬＲ》の開始直後から隠していた嘘だとするならば、こちらは俺が学園島《アカデミー》に転校してきたその日からずっと隠し続けてきた特大の嘘。彩園寺《さいおんじ》が〝朱羽莉奈《あかばねりな》〟であることを利用して期末総力戦に復帰したように、俺も呆《あき》れるほどの大技を一つ残していた。

それこそが、当代の〝学園島最強《アカデミー》〟を形作ることになった原初にして最大の秘密《イカサマ》。

（本当は加賀谷《かがや》さんに頼んで一時的に効果を消してもらうつもりだったんだけど……《唯我独尊》とかいうアビリティのおかげで手間が省けちまったんだよな）

――俺の〝７ツ星〟は、色付き星の赤《ユニークスター・レッド》で彩られた紛い物だ。

その効果が封じられてしまえば……今の等級は、越智と同じ〝6ツ星〟でしかない。

「悪いな、越智《おち》——俺は、最初からずっと〝嘘《うそ》〟をついてたんだ」

不敵に笑って告げる。

「俺は学園島《アカデミー》最強なんかじゃない。7ツ星なんかじゃない。色付き星の赤《ユニークスター・レッド》で等級を偽ってただけの元・1ツ星だ。それが《唯我独尊》のせいで見事に暴《あば》かれた」

「な、にを……言ってるのかな、君は？」

「本当のことを言ってるんだよ。……だから越智、お前の【◆弱者必勝】は全くの無意味なんだ。いや、無意味どころかお前に残された反撃の機会を奪う武器になる。だって俺は7ツ星なんかじゃないから。俺のルールもバレットも、お前には止められない。俺は、お前を倒して初めて——〝本物の7ツ星〟になる」

「——————」

驚愕《きょうがく》に染まる越智の表情を真《ま》っ直《す》ぐに見つめながら、俺は手元に小型の銃を生成することにした。先ほど適用した《LR》唯一の隠しルールこと【◆一撃必殺】……その効果は非常にシンプルだ。他の拡張ルールの影響を受けず、バレットによる防御も受けず、アビリティの干渉も受けない一発限りの〝必殺弾《バレット》〟を解き放つ特権ルール。

「ってわけだから——もう一回だけ言っといてやるよ、越智」

そんなものを起動しながら、俺は今度こそ純粋な笑みを浮かべた。

「お前の望みはここで終わったわけじゃない。安心して、俺に勝ちを譲っとけ」

「ッ――――！」

轟音《ごうおん》、衝撃。

観念したように目を瞑《つぶ》った越智に、俺の放った弾丸《バレット》は間違いなく命中した。彼がたとえどんな防衛手段を抱えていたとしても、それらを全て薙《な》ぎ払《はら》う理不尽にして凶悪なバレット。一発限りの必殺技は、越智春虎《はるとら》の被弾ポイント《HP》を無慈悲に削り取る。

【越智春虎――現在HP：0／12（戦闘不能）】

【〝子〟が〝鬼〟を戦闘不能にしたため《◇攻守交替2》の効果が発動します】

【〝鬼〟→〝怪盗〟陣営に変更。〝子〟→〝探偵〟陣営に変更】

【プレイヤーは、現在地点から最も近い牢屋《ろうや》（エリア南）へ移動してください】

……淡々と目の前に流れるシステムメッセージ。

これまでも似たような文面《テキスト》は何度かお目に掛かっているが、今回ばかりはここで終わりというわけじゃなく、盛大な効果音《ファンファーレ》と共に待望の〝それ〟が眼前に映し出された。

【――勝利条件達成】

【〝子〟の役割を持つ全てのプレイヤーが牢屋へ移動しました】

【零番区《ゼロ》《LR》は、現在の〝鬼〟である〝怪盗〟陣営の勝利となります――】

（…………、よし）

ぬか喜びにならないよう何度も視線を往復させてから、俺は密《ひそ》かにぐっと拳を握る。

ようやく——ようやく、だった。当初は俺たち【怪盗】側に勝利条件すら存在していなかった零番区《ゼロ》《LR》。仕込みと嘘《うそ》と拡張ルールを駆使して一つずつ状況を改善し、ついに【◇攻守交替2】を適用した上で【探偵】側のプレイヤー全員を牢屋《ろうや》へ送ることに成功した。それは、この《区域大捕物《エリアレイド》》における唯一無二の勝ち筋だ。

（ギリッギリの綱渡りだったけどな……本当に）

あまりにも激動だった駆け引きを思い返しながらそっと胸を撫《な》で下ろす俺。何か一つでも読み違えていれば詰んでいただろうし、もう一度同じことをやれと言われてもおそらくは無理だろう。けれど、とにもかくにも《LR》は【怪盗】陣営の勝利で終幕だ。

そして期末総力戦サドンデスルール《リミテッド》に思考を戻すのであれば、この零番区は昨日の《バックドラフト》勝利に伴って——圧巻の【怪盗ランク15】を持つ水上摩理《みなかみまり》の活躍により——〝呪い〟の内容が都合よく書き換えられている。故に、あとは【黒い絵の具】を解禁した越智《おち》が衣織《いおり》の端末を《征服》して一件落着、という寸法だ。

と——俺がそこまで思考を巡らせた、瞬間だった。

「…………あは」

俺の目の前で力なく項垂《うなだ》れていた越智春虎《はるとら》が、微《かす》かに乾いた笑みを零《こぼ》す。俯《うつむ》いているため表情の全ては見えないが、どうやら口元は緩んでいるようだ。不穏な気配を感じた俺が少しだけ距離を取る中で、彼はゆっくりと顔を持ち上げる。

狂気に沈む漆黒の瞳。

いっそ不格好なまでに表情を歪《ゆが》めた越智は、普段よりも低い声音で言い放つ。

「ああ――凄《すご》いね、本当に凄いよ緋呂斗《ひろと》。まさか、ここまでやっても勝てないだなんて思わなかった。ここまで力が及んでいないなんて思わなかった。もしかしたら、君みたいな人のことを世間では〝ヒーロー〟って呼ぶのかもしれないね」

「……？　どうしたんだよ、越智。《決闘《ゲーム》》に負けて頭のネジでも飛んじまったのか？」

「どうだろうね？　一応、正気だとは思うよ――だって僕は、とっくに決めてたから。もしも緋呂斗に負けるようなことがあれば、その時は〝これ〟を使おうって」

そう言って。

越智が掲げてみせたのは彼自身の端末だ。先ほどから右手に握っていた端末《それ》を改めて俺に突き付けてきた彼は、静かな光を放つ瞳で俺の顔を覗《のぞ》き込んだまま告げる。

「ねえ緋呂斗。君たちは僕を〝脱落〟させるんじゃなくて、期末総力戦《パラドックス》から追い出すことで対処しようとしていたんだよね？　ラスボスを正面から倒すのはほぼ不可能だし、仮に脱落させることが叶《かな》ったとしても【モードE】になって復活するから」

「……ああ、そうだけど」

「つまり、僕が【モードE】に到達した場合は君たちの負けってことだ。なら――」

手元の端末を操作して背後に大きく投影画面を展開する越智春虎《おちはるとら》。

そこには、目を疑うような記述があった。

【越智春虎――探偵ランク：12／AP：29】
【《創造者の権威《アドミニストレイター》》起動：プレイヤーは任意の〝祝福〟または〝呪い〟を獲得する】
【〝呪い〟：これを手に入れたプレイヤーは直ちに期末総力戦から脱落する】
【……上記の〝呪い〟を選択しますか？】

「――……なっ!?」

「あははははは！　そうだよ緋呂斗《ひろと》、そういうことだ!!」

右手で握った端末にぎゅっと力を込めながら、越智はまるで絶叫するかのように俺の推測を肯定する。彼は豪快に息を荒げつつ、覚悟の決まった表情で啖呵《たんか》を切ってきた。

「僕は最初から、いつでも自分の意思で〝脱落〟できるような準備をしていた――僕自身が脱落して【ラスボス：モード《終焉《End》》】として復活すれば、その瞬間に最低最悪の冥星が解禁される。滅茶苦茶《めちゃくちゃ》だけど、期末総力戦《パラドックス》には無理やり勝つことができる！」

「んだよ、それ――」

「分かってる！　僕だって、こんな方法を取りたいわけじゃない。でも勝てるんだ、これなら……僕が【モードE】になれば、衣織は確実に助けられるんだよッ!!」

一筋の涙を流しながら震える声で叫ぶ越智春虎。

【ラスボス：モード《終焉《End》》】――それは、端的に言えば〝禁忌〟の領域だ。

今なら、まだ【モードE】が解禁されていない今なら、越智春虎は英雄になり得る。ラスボスの〝認識阻害《パラドックス》〟で冥星周りの諸々《もろもろ》が隠されているため、彼の不正は最後まで暴《あば》かれないんだ。期末総力戦に勝利した越智は――少なくとも対外的には――正規ルートで史上初の８ツ星に到達し、その権限を使って星獲《と》り《決闘《ゲーム》》を終わらせるのだろう。

対して越智が【モードE】に至った場合。認識阻害のプロテクトが消えるため冥星に関するあれこれが全て暴露され、彩園寺《さいおんじ》家は崩壊する。同時に星獲り《決闘《ゲーム》》というシステムも高確率で瓦解するだろう。故に衣織《いおり》が救われるのは同じことだが、この場合の越智春虎は〝違法だと自覚した上で期末総力戦に冥星を持ち込んだ大罪人〟だ。彩園寺家の崩壊に伴って、おそらく彼もまた学園島《アカデミー》を永久追放されることになる。

「……さっきも言ったよね、緋呂斗」

それでも越智は、漆黒の輝きを放つ瞳を真《ま》っ直《す》ぐ俺に向けて言葉を継ぐ。

「僕は衣織を救う以外のことに興味がないんだ。もちろん、正規の方法で期末総力戦に勝てるなら――衣織と離れずに済むならそれが一番良かったけど、結果は見ての通りだ。残念ながら緋呂斗にはどうしても勝てなかった。それでも僕が【モードE】になることで歪《いびつ》な形でも挽回《ばんかい》が叶《かな》うなら、僕は迷いなくその道を選ぶよ」

「待てよ、越智。そうじゃない、そんなことしなくても――」

「慰めは聞きたくないな。僕はもう負けたんだ、敗者なりの手段でしか抗《あらが》えない」

悲しげに呟《つぶや》く越智《おち》。……どう見ても、彼は〝本気〟なのだろう。本気で【モードE】へ移行して、何もかもを終わらせようとしている。俺の言葉はもう届かない。

（くそっ！　本当に、あと一歩だってのに……俺じゃ、越智を止められない！）

確固たる信念を見せつける越智を前にしてぎゅっと下唇を噛《か》む俺。

対する越智は、静かに端末を掲げたまま自嘲するような笑みを浮かべてみせる。

「じゃあね、緋呂斗《ひろと》。これが最後になるかもしれないから言っておくけど……僕は、僕にとっての障壁《ラスボス》が緋呂斗で良かったと思ってるよ。君に負けたなら諦めがつく」

「……そうかよ。なら、少しは俺の話も聞いて欲しいんだけどな」

「ごめんね、それは無理だ。もうすぐ《LR》の処理も完全に終わっちゃうからさ」

あくまでも落ち着いた声音でそう言って。

《アルビオン》首魁《しゅかい》・越智春虎《はるとら》は、件《くだん》の《調査道具》を介して自滅の呪いを――

「――待って、ハ、ハ、ハルくん！」

「「!!」」

……瞬間。

越智の動きをあっさり止めてみせたのは、俺にとって初めて聞く少女の声だった。

＃＃＃

期末総力戦サドンデスルール《リミテッド》——零番区《ゼロ》《ＬＲ》終了直後。

数多《あまた》の〝嘘《うそ》〟を駆使して越智春虎の策を躱《かわ》し切った俺たちは、どうにか最後の《区域大捕物《エリアレイド》》に勝利した。けれど絶体絶命の彼が自ら〝脱落〟を選ぶことで【モードＥ】への覚醒を強行しようとして、それにより何もかもが水泡に帰すところだった。

そこへ姿を現したのが一人の少女である。

たた、っと彼方《かなた》から駆けてくる小柄な少女。セミロングの髪が背中で舞っていて、目尻には大粒の涙が滲《にじ》んでいる。俺が知る限り最も強く感情を露《あら》わにした状態だ。

「え……」

そんな彼女を視界に捉えて、対面の越智春虎が呆然《ぼうぜん》と目を見開く。……が、まあそれも無理はないだろう。だって彼女は、今まさに彼が命を懸けて救おうとしていた少女だ。故にこそ、全くもって意味が分からないという顔で越智はゆっくりと口を開く。

「な、何で、衣織がここにい————ぶごっ!?」

「——何してるの、馬鹿ハルくん!!」

刹那、衝突。

どこかから駆け寄ってきた少女、もとい衣織《いおり》は、俺たちの目の前で減速するかと思いきやぐぐっと加速し、そのまま大砲のような勢いで越智《おち》の腰に抱き着いた。抱き着いた、と言えば聞こえはいいが、正しくは〝タックルした〟くらいの感覚だ。小柄な体躯《たいく》ではあっても速度が充分に乗っていたため、二人して越智の背中側から地面に倒れ込む。

「痛《て》っ！　……え、急にどうしたの、衣織？　っていうか今、普通に喋《しゃべ》って――」

「ハルくんが馬鹿なことしようとするからじゃん！」

地面に仰向《あおむ》けになった状態で混乱と共に質問を繰り出す越智と、そんな彼の胸元に馬乗りになって襟首を掴《つか》んでいる衣織。完全にマウントを取った体勢のまま、彼女は――こんなにも喋れたのかと驚いてしまうくらいの勢いで――続ける。

「何してるの、ハルくん!?　それ……そんなことしたら、ハルくんが学園島《アカデミー》にいられなくなっちゃうじゃん。ハルくんともう会えなくなっちゃうじゃん!!」

「…………」

「黙ってるのズルいよ、馬鹿！　……わたし、ずっと不安だったんだよ？　ハルくんがわたしを助けようとしてくれてるのは嬉《うれ》しいけど、そのためなら他の全部を犠牲にしてもいいとか、自分がいなくなってもいいとか言うから……そんなわけ、ないのに。ハルくんがいない学園島《アカデミー》なんて、そんなの全然意味ないんだからぁっ！」

涙交じりの声音で訴えかける衣織。

彼女にとって、越智《おち》の行動に対する感情は複雑だったことだろう――自身の全てを懸けて、他の何よりも優先して衣織《いおり》を救おうとしていた越智。そこには贖罪《しょくざい》の意味合いもあったのだろうが、とはいえ衣織からすれば〝自分のために何もかもを犠牲にしようとしている危なっかしい男〟だ。冥星という禁忌に手を出している辺りなんて尚更《なおさら》である。

ぎゅ、っと両手に力を入れながら衣織が全力で叫ぶ。

「聞いてるの、ハルくん!?」

「うん、聞いてるよ衣織。分かった、ちゃんと分かったから」

「ふーん……？　それじゃあ、もうやめてくれる？　ちゃんと約束してくれる？」

「……いや、それとこれとは」

「もう！　全然分かってないじゃん、ハルくんの馬鹿！」

衣織に対しては強く出られないようで強引に跳ね除《の》けたり適当な嘘《うそ》で切り抜けたりはしない越智だが、しかし頑固なのは一向に変わらない。完全な平行線になってしまっているやり取りを見るとはなしに見ていると、不意に俺の背後から声が掛けられた。

「――お待たせしました、篠原《しのはら》さん」

「！」

鈴を転がしたような可憐《かれん》な声音。

振り返ってみれば、そこにいたのは予想通りの相手だった。今日まで衣織を預かってくれていたというか、友達《ともだち》として一緒にいてくれた少女。人形みたいに綺麗《きれい》な金糸をふわりと広げた、悪戯《いたずら》っぽい笑顔が魅力の天真爛漫《てんしんらんまん》な〝本物〟のお嬢様――羽衣紫音《はごろもしおん》。

彼女は上品な仕草で俺の近くへ歩み寄ってくると、楽しげな表情と共に口を開く。

「衣織さんがどうしてもというので、篠原さんの勝利を確認してから二人して乗り込んでみました。……もしかして、熱いシーンをお邪魔してしまったでしょうか？」

「いや、完璧なタイミングだ。俺の考えが読まれてるんじゃないかってくらいだよ」

「なんと、そうだったのですね。ふふっ……わたし、こう見えて篠原さんのことを心の底からお慕いしていますから。そんな想《おも》いが見事に実を結んだのかもしれません」

「だとしたら立派な特殊能力だけどな……ったく」

小さく肩を竦《すく》めてそう告げる。……まあ、何というか。特殊能力云々《うんぬん》は置いておくとして、衣織と羽衣の乱入タイミングが完璧だったというのは嘘じゃない。

だって、衣織だけだったんだ。

あの場で越智の動きを止めることができたのは、この世界に彼女しかいなかった。

だからこそ。

「――なあ、越智。それに、衣織も」

俺は未《いま》だに馬乗りの体勢で口論（のような何か）を続けている越智と衣織の二人に近付いて、彼らに負けないよう普段よりも少しだけ声を張ることにする。

「全力で痴話喧嘩《ちわげんか》してるとこ悪いけど、ちょっと俺の話を聞いてくれ」

「！　そ、それって、わたしとハルくんがただならぬ関係に見えるってこと……!?」

「見えないでしょ、ただの皮肉に決まってるよ。……それで、どうしたの緋呂斗《ひろと》？」

「別に皮肉のつもりはなかったけど……まあいいか」

微《かす》かに口元を緩めながらそう言って、越智《おち》の近くに片膝を突く俺。目線の高さはおおよそ衣織《いおり》と同じくらいだ。何の気なしにそんな体勢を取った直後にいつかの《シナリオライター》による〝予言〟を思い出し、まじまじと自分の膝を見てしまう。曰《いわ》く**【貴方《あなた》は《アルビオン》の前に膝を突くことになるだろう】**——もしもこの場面が予言されていたのだとしたら、やはりあのアビリティは本物だと思わざるを得ないが。

とにもかくにも、俺はゆっくりと言葉を紡ぎ出すことにする。

「越智。お前は聞いてくれなかったけど、さっき俺はお前にこう言ったよな？　安心して俺に勝ちを譲っとけ、って……で、実際お前は俺に負けた」

「……まあ、そうだけど。それが何？　今さら煽《あお》りの続きでもしようってこと？」

「そうじゃない。何しろあれは〝煽り〟じゃなくて、本当に言葉通りの意味でしかないからな。だってお前は、衣織さえ救えるなら過程はどうでもいいんだろ？　だったら、そもそもこの《決闘《ゲーム》》に勝つことはお前にとって必須でも何でもないはずだ」

「……？　何を言ってるのかな、君は」

意味が分からない、とでも言いたげに眉を顰《ひそ》める越智。

そんな反応が来ることを当然予想していた俺は、さらに口角を吊《つ》り上《あ》げつつ続ける。

「焦《あせ》んなって。……なあ、越智。お前さ、先週の陣営選択会議の時、俺が8ツ星になったら何を叶《かな》えたいのか——みたいなことを訊《き》いてきたよな？　越智《おまえ》には何でもやり通す覚悟があって、俺には目的も信念も足りてないって」

「……やっぱり煽ってるじゃないか」

「だから違うっての。これでも反省したんだよ、俺は。それで、お前に言われた通りしっかり考えてみた。8ツ星を目指す理由……俺が8ツ星になったら、何を願うのか」

「「……？」」

話の着地点を探るように首を捻《ひね》る越智と、空気を読んで同じく小首を傾《かし》げる衣織。

そんな二人に対して、俺は。


「————————」

……今まで誰にも話していなかった、8ツ星昇格後の展望とやらを明かすことにする。

（俺は、この一手で冥星を騙す——）

詳細を説明しながら内心でポツリと呟《つぶや》く。……8ツ星に到達したプレイヤーへ与えられる〝《決闘《ゲーム》》の基礎ルール変更〟という権限を逆手に取った強引な方法《アイデア》。俺の認識が正しければ、この変更によって学園島《アカデミー》の崩壊が防がれるだけでなく、全ての冥星が消滅することで衣織も正しく救われる。もちろん最初から発想にあったわけじゃない。越智春虎《おちはるとら》と本気でぶつかり合ったからこそ、期末総力戦《パラドックス》を戦い抜いたからこそ生まれた策だ。

——そして、

「「――！！」」

俺の話を最後まで聞いた二人の反応は非常に分かりやすいものだった。衣織《いおり》は呆然《ぼうぜん》と目を見開いて、越智の襟を掴《つか》んでいる両手をくいくいと（おそらく）無意識に揺らす。越智は越智で、信じられないものを見るかのような表情でじっと俺を見つめて、真意を測るように漆黒の瞳をしばし揺らして——やがて、ごくりと唾を呑《の》む。

「それ、は……本気で言ってるんだよね、緋呂斗《ひろと》？」

「もちろん、この期《ご》に及んで嘘《うそ》なんかつかねえよ。……で、どうだ越智？　今の話を聞いてもまだ、お前は【モードE】になろうなんて言うのかよ。衣織を置いて、学園島《アカデミー》を滅茶苦茶《めちゃくちゃ》にしてどこかへ消えちまおうっていうのかよ。お前がそこまで度を越した頑固野郎なら、俺にはもう止めようがないんだけどな」

わずかに冗談めかした口調でそう言って、俺は漆黒の瞳を見つめ返す。……これで、俺が出せる手札は一枚残らず開示した。ここまでやっても越智が形態変化《レベルアップ》を強行するつもりなら、それはもう俺の負けだ。初めから勝てる《決闘《ゲーム》》なんかじゃなかった。

「…………」

そして。実際には数分が、俺の体感では莫大《ばくだい》な時間が経過した頃。

「そっか……なるほど、そんなやり方があったんだ」

相変わらず衣織の下敷きになった越智春虎は、右手の甲を額に押し当てながらポツリとそんな言葉を呟《つぶや》いた。まるで憑《つ》き物《もの》が落ちたような、静かで穏やかな声音。手の影に隠れて表情の全ては窺《うかが》えないが、その口元はどこか緩んでいるように見えて。

そうして彼は、全ての幕引きを意味する決定的で満足げな一言を口にする――。

「僕の負けだ、緋呂斗。……本当に、いい〝最終決戦〟だった」

【期末総力戦サドンデスルール《リミテッド》――最終日連結ラウンド】
【零番区《ゼロ》《Liar's Rule《ライアーズ ルール》》：開始から4時間2分38秒経過時点で終幕】
【勝者――〝怪盗〟陣営】
【これに伴って《リミテッド》内の全《区域大捕物《エリアレイド》》が終了しました】
【期末総力戦《パラドックス》の最終結果を判定中です……】

#

「「「…………」」」

――歴史と風格を感じさせる上品な部屋。

学園島《アカデミー》の中ではやや珍しく、全面に畳が敷き詰められた広い和室。

そんな場所で俺たちは、具体的に言えば俺と姫路《ひめじ》と彩園寺《さいおんじ》の三人は、肌触りの良《い》い座布団の上に正座をさせられていた。右隣の姫路はメイドとして当然とでも言わんばかりに澄ました顔をしており、左隣の彩園寺も慣れているのか余裕の態度だが、真ん中の俺は正座をする機会そのものが圧倒的に少ないため既に強烈な足の痺《しび》れを感じている。

そして、室内にいるのは俺たちだけじゃなかった。

「…………」

俺の真正面で、こちらに背を向けて胡坐《あぐら》を掻《か》いている男性。部屋の雰囲気にぴったりの和装束に身を包んでおり、短めの髪は少しばかり白髪交じりだ。初老の男性といった風情だが体格はがっしりとしていて、背後からでも分かる〝威厳〟が漂っている。

その人物は、俺からすれば初対面……ではあるのだが、知らない人かと言われればそんなこともなかった。何故《なぜ》なら彼の姿は、島内SNS《STOC》や各種雑誌なんかでもそれなりに目にする機会がある。この島の現責任者にして、創始者の直系にあたる男性。

——彩園寺政宗、その人だ。

（ふぅ……）

学園島《アカデミー》における最高権力者の背中を見ながら、俺は音を立てないように息を吐く。

現在は期末総力戦《パラドックス》の終了直後、日付で言うなら二月十九日の日曜日だ。昨日の朝から行われていた最後の《区域大捕物《エリアレイド》》こと《LR》は既に幕引きを迎えているが、サドンデスルールという特殊仕様が導入されていたため、現在《ライブラ》が総動員で順位やら何やらを整理している真っ最中。つまり、まだ閉会式すら行われていない段階である。

そんなタイミングで俺たちがこの場所、彩園寺邸に呼び出されたのは……他でもない。

「——まずは、問おう」

凛《りん》、と空気を震わせるように。

こちらへ背中を向けたままの彩園寺政宗《まさむね》が、ゆっくりと声を投げ掛けてきた。

「我が孫、彩園寺更紗《さらさ》と朱羽《あかばね》莉奈《りな》の替え玉の件……中でも、朱羽莉奈が彩園寺更紗を〝誘拐〟と称して密《ひそ》かに本土の高校へ通わせていた件。当事者である朱羽莉奈はもちろん、隣の二人も知っていたという認識で相違ないか？」

「「はい」」

「では次に、篠原緋呂斗《しのはらひろと》。其方《そなた》は彩園寺更紗《さいおんじさらさ》もとい朱羽莉奈《あかばねりな》から奪った色付き星《ユニークスター》を用いて自らの等級を偽り、一年間を通して学園島《アカデミー》最強としてこの島に君臨していた。その事実を他二人は黙認し、彩園寺家にさえ隠していた。この事実に相違はないか？」

「「「はい」」」

　余計な装飾を一切省いた端的な質問に対し、俺たち三人はまるで処刑台にでも上らされているかのような心地で肯定を返す。

　まあ、何というか……要するに、そういうことだった。俺たちが越智《おち》を倒すために開示した嘘《うそ》。その中には俺や彩園寺の〝根幹〟に関わる致命的なモノもあった。たとえば《唯我独尊》で色付き星が無効になっていた瞬間の履歴を拾えば俺が〝7ツ星〟でなかったことは明らかだし、零番区《ゼロ》《LR》の映像を一通り見れば英明《えいめい》学園の転校生こと朱羽莉奈が桜花《おうか》の《女帝》であることもバレバレ。島内SNS《STOC》はなかなかの騒ぎになっていて、何より本物の彩園寺更紗――羽衣紫音《はごろもしおん》は昨夜、普通に彩園寺家へ帰宅している。

　彩園寺政宗《まさむね》からすれば、約二年ぶりの再会だ。

　愛する孫がずっと消息不明だったのだから、逆鱗《げきりん》に触れるどころの話じゃないだろう。

「……それに関しては、謝ります」

　だからこそ俺は、充分に思考を整理してからそんな言葉を紡ぐことにした。口の中が乾いてやけに喋《しゃべ》りづらいが、そんなものは無視して謝罪を続行する。

「確かに俺は、四月の時点で羽衣――本物の彩園寺更紗が誘拐なんかされてないことを知ってました。その上で、自分の目的を果たすために……〝偽りの７ツ星〟って嘘を押し通すために、朱羽と共犯関係《こいつ》になった。自覚的に彩園寺家を、学園島《アカデミー》を騙《だま》してた。だから羽衣がいつまで経《た》っても見つからなかったことは、俺にも責任があります」

「ん……そうは言っても、篠原はあたしに〝巻き込まれた〟だけだけどね」

　そこで口を挟んできたのは彩園寺だ。

　眼前に座る人物の厳格さを俺よりも実感として知っているからだろう。彼女は微《かす》かに下唇を噛《か》みながら、それでも意思の強い紅玉《ルビー》の瞳を持ち上げる。

「状況を考えれば分かるでしょう、政宗お爺様《じいさま》？　紫音を――更紗を誘拐したのはあたしだし、それを隠そうとしたのもあたし。というか、篠原の嘘は色付き星の赤《ユニークスター・レッド》の仕様……不正なんかしてないわ。なら、悪いのはあたしだけってことじゃない」

「どうでしょうか？　転校を望んだのは紫音様ですので、今回の件は言ってしまえば〝長めの家出〟に過ぎません。わたしには、リナが悪いとすら思えませんが」

「ちょ、ちょっと、ユキ……そういうのは、思ってても言わなくていいんだから」

　涼しげな表情のまま俺たちのフォローに回ってくれる姫路《ひめじ》と、赤の髪を揺らしながら慌ててそれを制する彩園寺。……おそらく姫路は、この場で唯一〝色々と黙秘していただけで特に嘘はついていない〟という立場を利用して俺と彩園寺を守ろうとしてくれているんだろう。彩園寺政宗《さいおんじまさむね》は非常に厳格な人間だと聞いているが、冥星周りのエピソードを聞く限り合理的な側面も窺《うかが》える。故に、俺が謝ったのも〝羽衣《はごろも》の所在を知っていたのに隠していた〟ことだけだ。それ以外は謝るべき所業だとも思っていない。

「ふん……」

とにもかくにも、俺たちの謝罪やら弁解を黙って聞いていた彩園寺政宗は、やがて相槌《あいづち》のような、あるいは吐息のような声を零《こぼ》してみせた。相変わらず背中をこちらへ向けている彼は、それでも決して衰えない迫力を醸し出しながら再び口を開く。

「続けて問おう。——篠原緋呂斗《しのはらひろと》」

「はい」

「其方《そなた》の所属する陣営が期末総力戦に勝利したそうだな。正式に処理が完了すれば、其方は名実ともに七色持ち《オールカラー》の7ツ星……すなわち、ついに8ツ星に手を掛けたわけだ。この私が居る学園島《アカデミー》の頂点の座を脅かす、そんな存在に成ったというわけだ」

（——……来たか）

そんな言葉を聞いて、俺は相槌の代わりにごくりと一つ唾を呑《の》む。

明言されたわけではないが、彩園寺政宗が俺たちを呼び出したのには二つの理由があったのだろう——一つは、羽衣紫音《しおん》の誘拐に関する真意を確認するため。どんな所感を与えたのかはともかく、こちらは先ほどのやり取りで既に目的が果たされている。

そしてもう一つが、俺に対してプレッシャーを掛けるため。

期末総力戦《パラドックス》の最中にも何度か会話に出てきた内容だが……俺は、この《決闘《ゲーム》》に勝つことで色付き星の青《ユニークスター・ブルー》を手にし、七色持ち《オールカラー》の7ツ星に到達する。そして七色持ち《オールカラー》の7ツ星というのは、前人未到の最高等級——すなわち〝8ツ星〟への挑戦権を得られる唯一の前提条件だ。8ツ星に至ったプレイヤーには《決闘《ゲーム》》の基本ルールを一つ変更する権利と、他でもない学園島《アカデミー》の頂点に立つ資格が与えられるとされている。

（つまり、8ツ星誕生で一番被害を受けるのは彩園寺家ってわけだ。まあ、そりゃそうだよな……だから泉《いずみ》たちが〝影の守護者〟なんてのをやってたわけだし）

密《ひそ》かに記憶を辿《たど》りながらそっと息を吐き出す俺。

そんな俺に対し、武道の達人の如《ごと》く背中から何らかの覇気を揺らめかせている彩園寺政宗が、空気を張り詰めさせるほどに厳かな声音で問い掛けてくる。

「覚悟はできているのだろうな、篠原緋呂斗……？」

「…………」

「其方は我が孫の誘拐を黙秘しただけに飽き足らず、一年に渡って学園島《アカデミー》を騙《だま》し続け彩園寺家を愚弄した。そのような者が頂点に立つ、など……一体いつまで甘い妄想に浸っているつもりだ？　この私が号令を下せば、其方が積み上げてきた全ての功績は一瞬で白紙になる。幸い、期末総力戦の閉幕はまだ宣言されていないのでな」

「！　な、何を言ってるのよ政宗《まさむね》お爺様《じいさま》、そんな話が通っていいわけ――」

「黙れ。……私は、篠原緋呂斗《しのはらひろと》に訊《き》いている」

彩園寺《さいおんじ》、もとい朱羽《あかばね》の反論を一単語で捻《ね》じ伏せて、それから初めて上半身をこちらへ向ける彩園寺政宗。確かな威厳を感じる鋭い眼光が真《ま》っ直《す》ぐに俺を射抜く。

「もう一度問うぞ。其方には、覚悟があるのか？　8ツ星に相応しい願いがあるのか？」

「…………」

ストレートに投げ掛けられた問いに対し、俺は「ふぅ……」と静かに吐息を零《こぼ》す。

以前なら動揺していたかもしれない場面だが……こうして落ち着いて構えることができているのは、もしかしなくても全く同じ質問をぶつけてくれた越智《おち》のおかげだろう。8ツ星になって何を願うのか。その答えなら、俺の中ではっきりと決まっている。

「――ありますよ、もちろん」

だからこそ俺は。

値踏みするような視線を正面から受け止めつつ、不敵な声音で切り返すことにした。

「覚悟ならある。手段もある。で……それは、もう俺だけの問題じゃない。学園島《アカデミー》にとっても彩園寺家にとっても、誰にとっても〝最善〟の手だと思ってます」

「ほう……？　我々にとっても、か」

「はい。だから、譲る気はありません。そのために勝ったんだ――俺は、誰に何と言われようが最後までハッピーエンドを目指します」

……最初から自信があったわけじゃない。

それでも覚悟を決めなきゃいけないから、責任を果たさなきゃいけないから、奮い立たせるように生み出した虚勢。そんな代物《モノ》を精一杯に張って、俺は堂々と言い放つ。

「…………」

それを受けた彩園寺政宗の方はと言えば、片時も身動《みじろ》ぎすることなく、じっと何かを確かめるような視線をこちらへ向け続けていた。十秒、二十秒、どれだけの時間が経《た》ったかは分からない。とにかく彼はひたすらに俺を見つめ続けて――そして、

「……ふん」

静かに鼻を鳴らしながら再び背中を向けた学園島《アカデミー》の主《あるじ》は、何かの合図を発するようにすっと片手を持ち上げた。すると刹那、俺たちから見て右手側の襖《ふすま》がゆっくり開く。

そこから顔を覗《のぞ》かせたのは、

「なんと、わたしです」

――羽衣紫音《はごろもしおん》。もとい、本物の彩園寺更紗《さらさ》。

この家の住人である彼女は、くすっと上品な笑みを浮かべながら優しげに続ける。

「良かったですね、篠原さん。今のハンドサインが出たということは、つまり〝合格〟ということです。お爺様のハンドサインを見続けて三百年のわたしが言うのですから、きっ

と間違いありません。もう楽にしても大丈夫ですよ？」

「いや、二年間も家出してた時点で説得力ゼロなんだけど……〝合格〟ってのは？」

「ふふっ、どうして惚《とぼ》けるんですか篠原《しのはら》さん？　ここはわたしのお家《うち》で、お爺様《じいさま》は家長です。そんなお爺様から合格が出たのですから、もちろん大切なお婿さんとして――」

「認めとらんわ。孫が欲しいなら改めて出直してこい、話はそれからだ」

「冗談ですよ、お爺様。それからありがとうございます。わたし、ずっと家出をしていた筋金入りの悪い子なので、もしかしたらとっくに見放されているのではと思っていたのですが……お爺様の溢《あふ》れる愛情がいただけて、とってもとっても嬉《うれ》しいです」

「………………」

いつもながら掴《つか》みどころのない羽衣《はごろも》の言動に惑わされ、微妙な顔をしていた彩園寺政宗《さいおんじまさむね》が小さな溜《た》め息《いき》と共に立ち上がる。傍目《はため》には孫に手玉に取られた形になるが、わずかに口元が綻んでいるように見えるのは錯覚の類《たぐい》じゃないだろう。何故《なぜ》なら本物の彩園寺更紗《さらさ》である羽衣紫音《しおん》の帰還は、彼にとって心から待ち望んでいたことだから。

「ん……」

そうして彼は、やはり実際の年齢よりも随分と若々しく見える所作で、開け放たれた襖《ふすま》の方へと歩いていった。……羽衣の言う〝合格〟の意味は分からず仕舞《じま》いだが、とにかく今日の話はこれで終わりということだろう。威厳ある背中が俺たちの視界から消えようとして、その直前にピタリと止まる。続けてゆっくりと振り返る。

「「…………」」

……そうして、再び目が合った。

襖に手を掛けた状態で俺を見下ろしていた彩園寺政宗は、しばらく何か言い淀《よど》んでいたようだったが……やがて、静かに肩を竦《すく》めながら端的に一言。

「彩園寺家としての公式見解は出しておいてやろう。上手《うま》くやれよ——7、ツ星？」

「！　……了解です」

短い台詞《せりふ》の中に仕込まれた粋なメッセージに気付いた俺は、思わずほんの少しだけ口元を緩めながら、痺《しび》れる足で立ち上がってしっかりと頭を下げることにした。

こうして。

俺たちの期末総力戦は、本当の意味で幕引きを迎えたわけだ。

LNN -Librarian Net News特別号-

みんな、こんにちにゃ〜！　《ライブラ》の風見鈴蘭にゃ！　1月の頭から2月後半まで1ヵ月半以上の激闘が繰り広げられた期末総力戦！今年度ラストの大規模《決闘》がどんな風に締め括られたのか、ドドンと振り返ってみるにゃ！！

サドンデスルール《リミテッド》は終始【探偵】優勢！？

森羅高等学校の越智春虎くんによって前倒しで適用された《リミテッド》！　ラウンド制で進行する〝エリア減少型〟の特殊ルールは、序盤からずっと【探偵】陣営の優勢で進んでいたにゃ。ポイントは、やっぱり越智くんの凶悪アビリティ！　英明学園を筆頭とする【怪盗】陣営は、どの《区域大捕物》でも苦しい戦いを強いられる羽目になったのにゃ……！

起死回生の4日目

そんな《リミテッド》に転機が訪れたのは4日目、第16ラウンド！1番区《タスクスイッチ》と4番区《バックドラフト》で相次いで勝利を収めた【怪盗】陣営は、そのまま第17ラウンドでも大きく生存者数を盛り返しているにゃ。4日目終了時点での人数差はほとんど誤差レベル……！　《決闘》の勝敗は最終日に託されたのにゃ！

最終決戦！零番区《Liar's Rule》

そしてそして、零番区《LR》の盛り上がりはみんなの記憶にも新しいはずにゃ……！　暴かれた嘘、掴んだ真実、動かぬ勝利！！　とてもダイジェストでは語り尽くせないにゃ！　気になるみんなは、記事の全文を要チェックにゃ☆

学校ランキング《年度末最終確定タイミング上位3校》

第1位　四番区・英明学園
第2位　三番区・桜花学園
第3位　七番区・森羅高等学校

最終章　前人未到の延長戦

＃＃

それから、しばしの時が流れた。

具体的にはおよそ一ヶ《か》月といったところか。彩園寺政宗《さいおんじまさむね》から下された謎の〝合格〟判定のおかげもあって、期末総力戦は英明《えいめい》学園の勝利（生存者多数）で終了。《ライブラ》主導で行われた閉会式がとんでもない盛り上がりを見せていたのもまだ記憶に新しい。

この時、二つの嘘が白日の下に晒《さら》された。

一つは篠原緋呂斗《おれ》が本当は7ツ星なんかじゃなかったこと。

もう一つは、彩園寺更紗《さらさ》が本当は彩園寺更紗じゃなく朱羽莉奈《あかばねりな》だったこと。

これらの〝真実〟は英明学園および彩園寺家からの共同声明という形で公式に発表された。当然ながら大きな騒ぎになったが、俺の方は色付き星《ユニークスター・レッド》の赤の効果を使っていただけで現在では充分な数の星を集めていること、そして彩園寺の方は既に羽衣紫音《ほんもの》が帰還していることもあり、少しばかりの時間をかけて徐々に受け入れられていった。

ちなみに——最初から実力者だった彩園寺はともかく7ツ星でも何でもなかった俺がどうやって《決闘《ゲーム》》に勝っていたんだ、という疑問はもちろん上がっていて、八百長説やら陰謀説やら双子説やら、無数の都市伝説が囁《ささや》かれているらしい。ただあまりにも衝撃的な事実が立て続けに開示されたせいで、何となく有耶無耶《うやむや》になってくれている。

ともかくこの際、優勝学園のMVPに選ばれた俺には色付き星の青《ユニークスター・ブルー》が授与されて。

プレイヤー・篠原緋呂斗《しのはらひろと》が正式に七色持ち《オールカラー》の7ツ星になって。

今となっては、もうとっくに8ツ星昇格済み——かと言えば、実はそんなこともない。

「ふぁ……」

三月二十三日木曜日、早朝。

今日も今日とて健康的な時間に目覚めた俺は、ベッドの上で軽く伸びをしていた。

あの期末総力戦の激闘から一ヶ《か》月と少し——現在は、いわゆる〝春休み期間〟というやつだ。もはや遥《はる》か昔の《決闘《ゲーム》》のように思えてしまうが、サドンデスルールの導入がなければ今もまだ開催期間中。そう考えると、意外に最近の出来事なのかもしれない。

期末総力戦《パラドックス》を終えた俺は、ひとまず普通の学園生活に戻っていた。学校ランキングが確定してからも個別の《決闘《ゲーム》》申請を受ける機会は全く減らなかったが、大規模《決闘《ゲーム》》に関しては《パラドックス》が年度内最後の一戦だ。……いやまあ、そうでなくともアレより波乱万丈な瞬間なんてそうそう迎えるものじゃないだろうが。

一方の学園生活的な意味では、とびきり大きなイベントが一つだけあった。それは言わずもがな、卒業式だ。我らが英明《えいめい》学園からも秋月乃愛《あきづきのあ》、榎本進司《えのもとしんじ》、浅宮七瀬《あさみやななせ》を始めとする数多《あまた》の先輩プレイヤーが旅立ちの日を迎えている。

（ただ、まあ……）

手元の端末に届いているメッセージ通知を確認しつつ苦笑交じりに首を振る俺。

英明に限らず学園島《アカデミー》内の学校はいずれも非常に特殊な性質を持っているため、運営方針やら戦略やら、次年度に引き継ぐべき事項というものが大量にある。そのため春休みに入ってからも毎日のように打ち合わせを重ねており、今のところ秋月たちが英明学園から卒業したという実感は全く湧いていないと言っても過言じゃなかった。

（新学期になったら寂しくなるかもしれないけど、家だってみんな四番区内だし、連休で遊びにいく予定なんかもあるし……意外と、そこまで変わらないのかもな）

寝起きの頭でメッセージアプリの確認と諸々《もろもろ》の返信を行って、もう一度大きく伸びをする俺。何を隠そう、今日も九時過ぎから英明の生徒会室で打ち合わせの予定だ。時間の余裕は多少あることだし、それまでは姫路《ひめじ》と一緒に掃除でも——と、

「……ん？」

俺がそこまで思考を巡らせた辺りで、不意に手に持っていた端末が小さく振動した。流れるのはメッセージの通知音とは異なる、ある程度の長さを持つメロディ。つまりは電話着信だ。画面を覗《のぞ》き込んでみれば、そこにはとある少女の名前が表示されている。

「もしもし？」

『おはようございます、篠原《しのはら》さん。ふふっ……起こしてしまいましたか？』

くすっと可憐《かれん》な吐息と共に零《こぼ》される鈴の音のように可憐な声音。

そう——端末を介して悪戯《いたずら》っぽいモーニングコールを送り付けてきたのは、他でもない羽衣紫音《はごろもしおん》だった。ついに本物の彩園寺更紗《さいおんじさらさ》であることを隠す必要がなくなった自由奔放なお嬢様。来年度からの処遇については絶賛協議中、と聞いている。

「ああいや、ついさっき起きたところだけど……どうした羽衣？　こんな朝早くから」

『良い質問ですね、篠原さん。ただ、少し推理してみれば分かるはずですよ？　今は学生にとって自由の象徴こと春休み。そしてわたしは、こう見えて思春期真っ盛りの女の子です。そんなわたしが勇気を振り絞って殿方に連絡しているのですから……』

「え……そ、それって、まさか」

『そのまさかです。——8ツ星昇格戦のお知らせ、ですよ』

「…………」

前振りからはどう頑張っても繋《つな》がらない単語を口にして、おどけるように笑みを零す羽衣。明らかに〝理解《わか》った〟上で俺をからかっているのだろうが、まあいい。

「8ツ星昇格戦のお知らせ、ね。……もう少し詳しく教えてくれよ、羽衣。期末総力戦《パラドックス》が終わってもう一ヶ《か》月も経《た》ってるし、さすがに気になってたところなんだ」

『ふふっ、そうですよね。篠原さんが困っていると思ったので、こうして朝早くからご連絡を差し上げることにしたんです。一ヶ月以上もお待たせしてしまったのは申し訳ありませんが……何しろ、とっても特殊な状況でしたので』

苦笑と共に紡がれる羽衣の言葉に対し、俺は「……確かに」と同意を返しておく。

学園島《アカデミー》における前人未到にして前代未聞の領域である〝8ツ星〟――これは、色付き星《ユニークスター》を七つ所持した〝七色持ち《オールカラー》の7ツ星〟になった上で、さらに8ツ星昇格戦という特殊《決闘《ゲーム》》に勝利することで初めて到達できる等級だ。

そして、篠原緋呂斗《おれ》は期末総力戦を通して〝七色持ち《オールカラー》の7ツ星〟になっている……のだが、その過程で泉夜空《いずみよぞら》を、すなわち8ツ星昇格戦の〝ラスボス〟にあたる泉家の当主を間接的に倒してしまっている。具体的には、特殊アビリティ《征服》の効果で彼女からラスボスの仕様を乗っ取った越智春虎《おちはるとら》を、零番区《ゼロ》《LR》で撃破してしまっている。

『本来なら、です』

端末の向こうの羽衣は相変わらず息を呑《の》むほど可憐な声音で続ける。

『第三者視点というか、RPG的な見方をするなら、篠原さんは〝もう8ツ星になっている〟と考えた方が自然なくらいかもしれません。四天王との決戦の最後にラスボスの魔王自身が割り込んできて、何やかんやあって魔王ごと撃破した……というような展開ですから、今さらラスボス戦をやり直せと言われても困ってしまいます』

「ん……まあ、そうかもな。戦えって言われたら頑張るけど」

『いえ、困ってしまうのはラスボス側――つまり、夜空の方です。あの子、期末総力戦《パラドックス》が全部終わった後、震えながらわたしに訊《き》いてきたんですよ？　もしかしてわたし、これからあの人と戦わなきゃいけないんですか、って……ラスボスにそんなことを言わせるなんて、さすが〝英明《えいめい》の女泣かせ〟と呼ばれるだけのことはありますね』

「何だその不名誉なあだ名。……え、どっかでそう呼ばれてるのか俺？」

『ご安心ください、篠原《しのはら》さん。使っているのは小夜《さよ》とわたしの二人だけです』

「だとしても嫌なんだけど……？」

この場にいない泉《いずみ》姉妹の顔を思い浮かべながら微《かす》かに頬《ほお》を引《ひ》き攣《つ》らせる俺。

そうやって普段通り華麗に俺を翻弄しつつ、羽衣紫音《はごろもしおん》はなおも上品に言葉を紡ぐ。

『そのような状況ですから、世間的にはもう篠原さんが勝者です。何なら、島内SNS《STOC》などでは既に〝史上初の8ツ星〟と呼んでいる方さえいらっしゃいます。ただ……』

「……俺は、まだ8ツ星になんかなってない。端末表示も7ツ星のままだ」

そう――俺の端末に表示されているプレイヤーデータは、一ケ《か》月前から何も変わらないままだった。赤、藍、翠《みどり》、紫、橙《だいだい》、黄、そして青。虹色がコンプリートされた〝七色持ち《オールカラー》の7ツ星〟になっていることは確かだが、その先に進めたわけじゃない。

『簡単に言えば、システムの問題なんです』

スピーカーモードに切り替えた端末からは羽衣の声が漏れ聞こえてくる。

『わたし個人としても篠原さんが8ツ星到達の資格を持っていることは間違いないと思いますが、とはいえ〝8ツ星昇格戦に勝利〟することが昇格の条件であることも事実。しっかり体裁を整えないとシステム側に納得してもらえないんです』

「そりゃ融通の利かないシステムだな……まあ、彩園寺《さいおんじ》家を守るために冥星を暴走させるような管理システムだから、当然って言えば当然な気もするけど」

『ご理解いただけて嬉《うれ》しいです。……と、いうわけで』

そこで一旦言葉を切る羽衣。

続けて彼女は、端末の向こうで嫋《たお》やかな笑みを零《こぼ》しながら〝本題〟を切り出した。

『今回は、わたしが――晴れて学園島《アカデミー》に復帰し、お爺様《じいさま》の孫の座に返り咲いたわたしが8、ツ星昇格戦の代わりとなる疑似《決闘》を準備させていただきました』

「！　……へえ？　8ツ星昇格戦の代わり、か」

『はい。イメージ的にはエキシビションマッチ、でしょうか？　篠原さんの勝ちが最初からほとんど決まり切っている、とってもとっても簡単な《決闘《ゲーム》》です』

羽衣の説明を聞いて「なるほど……」と右手を口元へ遣《や》る俺。

とりあえず、彼女の提案自体は普通に理解できた。いわゆる大人の事情、8ツ星昇格戦のシステムを突破するために仕方ない儀式というやつだろう。ただ一つ、強いて不安な点を挙げるとすれば、その通達が泉《いずみ》姉妹ではなく羽衣紫音から届いているという部分《コト》だ。天下の彩園寺《さいおんじ》政宗《まさむね》さえ意のままに振り回してしまう彼女は、前世がハリケーンだったんじゃないかと思うくらい滅茶苦茶《めちゃくちゃ》なことを（決して低くもない確率で）言ってくる。

　だからこそ俺は、やや警戒交じりの声音で尋ねることにした。

「エキシビションマッチってのは、具体的に何をするんだ？」

『はい。今からお話させていただきますが……その前に、です。覚えていますか、篠原《しのはら》さん？　篠原さんが7ツ星になった時、管理部にあることを依頼しましたよね？』

「え？　——……あ、ああ」

　羽衣《はごろも》の言葉に一瞬固まってから頷《うなず》く俺。……学園島《アカデミー》管理部への依頼。それは、他でもない俺の幼馴染みに関する調査依頼だ。俺が学園島《アカデミー》へ転校してきた直後から、本物の7ツ星になればその情報閲覧権限で見つけることができるとされていた探し人。期末総力戦の報酬で色付き星の青《ユニークスター・ブルー》を手に入れた瞬間、俺はすぐさま捜索の要望を出していた。

「やけに時間がかかるなとは思ってたけど……もしかして、見つかったのか⁉」

『その通りです、篠原さん。柚葉《ゆずは》から状況を聞いたわたしが主に調査を担当していたのですが、かつての篠原さんと出会った可能性がある同年代の女の子を一人残らず辿《たど》って、容姿データを確認して、入島履歴と照らし合わせて、最後に柚葉にこっそり答えを教えてもらって見事に発見いたしました。これからは名探偵と呼んでください』

「……最後のダメ押しだけで充分だったんじゃないか、それ？」

『そうなのですが、わたしもＦＢＩになってみたかったので。とにかく……篠原《しのはら》さんの幼《おさな》馴染《なじ》みがどなただったのか、その答えははっきりと分かりました』

「っ……そうか。それは、一体――」

『――誰でしょう？　というのが、８ツ星昇格戦ＥＸの内容です』

「…………へ？」

　何を言われたのかよく分からず、思わず呆《ほう》けた声を零《こぼ》してしまう。

　そんな俺に対し、端末の向こうの羽衣《はごろも》は『ふふっ……』と楽しげな様子で続ける。

『今お話しした通りですよ？　篠原さんに課される８ツ星昇格戦の内容……それは、篠原さんの幼馴染みである女の子とは一体誰なのか特定せよ、というものです。ちなみに〝ＥＸ〟はエキシビション《EXhibition》とエクストラ《EXtra》、どちらで捉えていただいても構いません』

「い、いや……名前《EX》の由来はともかく、何で《決闘《ゲーム》》にされてるんだよ？　俺の幼馴染みが誰なのかっていうのは普通に教えてもらえるはずの情報じゃ――」

『ふふっ。今日は何だか鈍いですね、篠原さん。思春期の女の子なんですから、ちゃんと男の子本人に思い出してもらった方が嬉《うれ》しいに決まっているじゃないですか』

「うっ……」

　当然のように断言され、強引に反論を封じられる俺。……そういえば、かつて柚姉《ゆずねえ》にも似たようなことを言われた記憶がある。基本的には無茶苦茶《むちゃくちゃ》な暴論なのだが、一応ある程度の妥当性があるようにも聞こえてしまうのが困ったところだ。

『ただ、ご安心ください篠原さん。先ほどもご説明した通り今回は〝エキシビションマッチ〟ですから、普段の《決闘《ゲーム》》と比べてルールはとても簡単です』

端末の向こうの羽衣は心の底から楽しげな声音で続ける。

『まず一点――こちらは繰り返しになりますが、メインの内容は〝幼馴染み探し〟になります。篠原さんが探し求めているたった一人の女の子。海を渡ってこの島まで追い掛けてきた探し人が一体誰なのか、ピタリと言い当ててください』

「……どうやって当てるんだよ、それ。まさか直感だけで誰か一人を選べってのか？」

『！　なんと、直感だけ……ですか。確かに、それで的中したらとてもロマンチックかもしれません。今からでもルールを変更しますか、篠原さん？』

「お願いだからやめてください」

『分かりました。では、続けて二つ目のルールです』

くすくすと悪戯《いたずら》っぽく笑いながら告げる羽衣。端末の向こうの表情が透けて見えるような声音で、天真爛漫《てんしんらんまん》なお嬢様は抑揚たっぷりに言葉を継ぐ。

『今日の正午――お昼の十二時ちょうど。篠原さんが８ツ星昇格戦ＥＸに挑み始めたことを全島へ告知すると同時に、大事な〝ヒント〟を所持してもらう方を抽選します』

「ヒント……？　それは、俺の幼馴染み《おさななじ》を特定するための情報ってことか？」

『その通りです。たとえば篠原《しのはら》さんの幼馴染みは何年生なのか？　どの学園に所属しているのか？　これまでどんな《決闘《ゲーム》》に参加していたのか？　……などなど、こういったヒントを学園島《アカデミー》内の誰かにランダムで割り振ります。ふふっ、想《おも》い焦がれた探し人の情報が徐々に絞り込まれていくドキドキ感を存分に味わってくださいね？』

「エンタメ性抜群だな、おい。ちなみに、ランダムってのは——」

『言葉通りの完全ランダムです。……ということにしたかったのですが、柚葉《ゆずは》から反対されてしまったので少しだけ条件を絞っています。ヒントが渡されるのは篠原さんと一定以上に親交のある方だけで、各学園につき最大一つまで……それから、学園無所属の方にも合計で一つ。全てのヒントを集め切れば必ず答えは一人に定まりますが、確信を持てれば途中でお答えいただいてももちろん大丈夫です』

「なるほどな。……でもそれ、下手したら一瞬で片が付くんじゃないか？　俺の知り合いにだけヒントが渡るなら、島内ＳＮＳ《STOC》か何かで共有してもらえば……」

『発想としてはとても素敵ですが、残念ながらそれは不可能です。何しろ、抽選で選ばれた方がヒントを手にするのは、８ツ星昇格戦の期間中に篠原さんがその方と遭遇した瞬間ですから……それまでは、ヒントが割り振られていることすら自覚できません』

「！　ああ、そういう仕様《ルール》なのか……じゃあ、誰かからの連絡を待ってるわけにはいかないんだな。ヒントが欲しいならこっちから出向かなきゃいけない」

『はい。色々な方にお話を聞いて、最終的に誰が幼馴染みなのか特定するゲーム——というわけですね。制限時間は約一週間。来週木曜日の夜、二十三時五十九分までに、直接でも端末越しでも構いませんからわたしに〝俺の探し人は○○だ！〟と力強く宣言してください。回答権はたった一つなので、うっかりミスには気を付けてくださいね』

羽衣《はごろも》によるルール説明を一通り聞き終えて、俺は「ん……」と右手を口元へ遣《や》る。

制限時間一週間で幼馴染みを特定するという内容の疑似《決闘《ゲーム》》——羽衣と柚姉《ゆずねえ》の采配で俺の知り合いにヒントが割り振られていて、それを拾い集める形で〝幼馴染み候補〟を絞り込んでいく。当のヒントが誰に渡るかはまだ分からないが、人狼《じんろう》系のゲームとは違うんだ。調査の過程で偽《にせ》の情報を掴《つか》まされる可能性はまずないと言っていいだろう。

「っていうか……これ、ヒントとは別に質問したり確認したりしてもいいんだよな？」

『？　あ……ダメですよ、篠原さん？　この機会に乗じて気になる女の子のスリーサイズをまとめて調査してしまおうなんて、そんな邪《よこしま》な考えは全部お見通しです』

「本当に見通してるんだとしたらその考えは俺じゃない誰かのだ。……えっと、そうじゃなくてさ。たとえばだけど、可能性があるやつ全員に片っ端から〝小さい頃に俺と会ったことないか？〟みたいなことを訊《き》いても特にルール違反にはならないんだよな？」

『もちろんです。皆さんから〝ナンパ……？〟と誤解される可能性は高いですが、ルール上は何の問題もありません。篠原《しのはら》さんの口説き文句に期待大、ですね』

「だから……いやまあ、別にいいんだけどさ」

くすっと意地悪な笑みを浮かべる羽衣《はごろも》に小さく溜《た》め息《いき》を零《こぼ》す俺。

ともかく、だ。回答権が一つだけというのは少しだけ厳しいポイントだが、無限に質問ができるなら正誤判定だって充分に行える。各学区のプレイヤーに話を聞いて、ヒントを集めて、幼馴染《おさななじ》みをピタリと当てるだけの簡単な内容——と言ってもいいだろう。

(まあ……でも、エキシビションマッチっていうならそんなもんか)

そこまで考えた辺りで、俺は静かに首を横に振った。羽衣が持ってきた《決闘《ゲーム》》ということで少し身構えてしまったが、これなら心穏やかに攻略できそうだ。

「ルールはそれだけか、羽衣?」

『はい。この《決闘《ゲーム》》をクリアすることができれば、篠原さんは晴れて〝8ツ星〟です』

俺を応援するかのようにそんな言葉を口にする羽衣。

端末の向こうの彼女は、相変わらず鈴の音の如《ごと》く可憐《かれん》な声音で囁《ささや》くようにこう言った。

『それでは——心から健闘を祈っていますね、篠原さん?』

#

（さて……）

羽衣紫音《しおん》との通話を終えてしばし。

俺は、ベッドの縁に腰掛けたままゆっくりと思考を巡らせていた。

8ツ星昇格戦ＥＸ——エキシビションマッチ、と銘打たれた疑似《決闘《ゲーム》》の概要は本当にシンプルだ。期限である一週間後の夜までひたすら情報収集を繰り返し、最終的に俺の幼馴染みを特定すること。言ってしまえばルールはそれしかない。

もちろん、ランダムに割り振られているという〝ヒント〟も重要な役割を果たすのだろうが……実を言えば、現時点でも全くのノーヒントというわけじゃなかった。

「——俺は、五月の時点で〝幼馴染み〟と再会《ご》してる」

自分の思考を整理するべくポツリと独り言ちる俺。

それは、かつて行われた《ディアスクリプト》のクリア報酬として学園島管理部《アカデミー》に所属する我が姉・篠原柚葉《ゆずは》から教えてもらった情報だ。俺は当時、つまり転校してからさほど経《た》っていない五月の段階で、既に〝探し人〟との再会を果たしていたという。

イベント戦で時系列を追うなら、四月の後半に英明《えいめい》学園内での《区内選抜戦》が開催され、その後の五月期交流戦《アストラル》に参加した辺りまでが対象になるだろうか。可能性だけで言えば英明学園の所属プレイヤーはほぼ全員、次いで《アストラル》に参加していた各学区の選抜メンバーとも〝初接触〟は済ませている頃合いだ。逆に、ここに当てはまらない相手とは基本的に出会っていないと言っていい。

「まあ、どこかですれ違っただけとかだったらさすがに覚えてないけど……柚姉《ゆずねえ》がわざわざそれをカウントしてるとも思えないし」

そこまでは断定気味に考えてしまうことにする。学園島《アカデミー》に籍を持つ高校生がおよそ二十五万人、その中の半数が女子生徒だとして、これだけでも全体の九割近くは候補から外せただろう。幼馴染《おさななじ》みなんだから中学生以下や大学生以上ということも基本ない。

さらに、事前のヒントで言えばもう一つ特大のモノがある。件《くだん》の《ディアスクリプト》——五月に行われたゲームブック形式の《決闘《ゲーム》》にて、俺は姫路《ひめじ》と彩園寺《さいおんじ》のそれぞれとデート（のような何か）をしている。詳細は異様にくすぐったいので置いておくが、その際に〝彼女たちが二人とも幼い頃は本土にいた〟ことを聞いているんだ。もっと言えば、こちらは偶然なのかもしれないが、記憶の片隅にある俺の思い出と一部重なるような思い出を彼女たちも持っていることが分かっている。

「だから……正直言って、最有力候補はもう決まってるようなものなんだよな」

右手ばかりでなく両手を使って口の辺りを覆い隠しながら静かに呟《つぶや》く。

姫路白雪《しらゆき》、そして彩園寺更紗《さらさ》。学園島《アカデミー》内で俺が最も深く関わっていると断言できる彼女たち二人こそが、現状での〝最有力候補〟であることは明らかだった。二人とも四月の時点で、何なら俺が学園島《アカデミー》へ移り住んできたその日に出会っていて、幼い頃は間違いなく本土にいた。どちらが俺の幼馴染みだとしても全く違和感はないと言っていい。

「この二人からさらに絞り込むためには、どこかで〝所属学園〟のヒントを引けば……いや、そういえば彩園寺も今は〝朱羽莉奈《あかばねりな》〟扱いだから英明《えいめい》所属なのか。ってなると、結構クリティカルなヒントを手に入れるまで特定できないような………、いや」

ぐるぐると一頻《ひとしき》り無益なことを考えた辺りで、俺は小さく顔を持ち上げた。

つい先ほど、ゲームマスターである羽衣紫音《はごろもしおん》から言質《げんち》を取ったばかりだ――8ツ星昇格戦ＥＸでは、幼馴染み候補に対する〝質問〟も〝確認〟も何一つ制限されていない。要するに、分からないなら訊いてしまえばいいんだ。姫路と彩園寺の二人にストレートな問いをぶつけてしまえば、それだけで明確な答えが手に入る。

「ん……」

そう判断した俺は、早々に彩園寺へと連絡を取ってしまうことにした。さすがにメッセージで尋ねるには重大すぎる話題だったため、今日の夜に会えないかというお誘い。春休みということもあり、多忙な《女帝》と言えども夜なら時間は取れるだろう。

……つまり。

「あと数時間もしたら、俺の幼馴染みが誰だか分かっちまう……のか」

ごくり、と思わず喉が鳴ってしまう。

ずっと会いたいと思っていた初恋の幼馴染みだ。小さい頃に離れ離れになって、俺は彼女を追い掛けるために学園島《アカデミー》までやってきた。そこで思わぬ事態に巻き込まれて〝偽りの7ツ星〟なんて存在《モノ》になってしまったが……きっと、それがなければ俺が本物の7ツ星に到達することもなかっただろう。彼女を見つけ出すことなどできなかっただろう。そう考えれば、これまでの道筋は何もかも運命だったのかもしれない。

……ドキドキと心臓は高鳴っていて。

英明《えいめい》学園での打ち合わせも、今日ばかりは心ここにあらずのまま過ぎ去って。

昼過ぎに《ライブラ》の公式island tube《アイ・チューブ》チャンネルで風見《かざみ》が『篠原《しのはら》くんは8ツ星になれるかにゃ～!?』なんて盛大な煽《あお》りと共に8ツ星昇格戦EXの開幕宣言を行い、その直後に島内SNS《STOC》のホットワードが席巻《せっけん》されるのを他人事《ひとごと》のように眺めたりして――

「――……って、わけなんだけど」

その日の夜。

7ツ星仕様の広々としたリビングにて、俺は羽衣紫音《ゲームマスター》から聞いた8ツ星昇格戦EXの詳細と現時点での俺の推測を、一切包み隠すことなく二人の少女に伝えていた。

二人というのは、当然ながら姫路白雪《ひめじしらゆき》と彩園寺更紗《さいおんじさらさ》に他ならない。普段通りのメイド服姿で俺の右隣に控える姫路と、ラフで可愛《かわい》らしい黒のセーター姿で対面に座る彩園寺。現状、8ツ星昇格戦EXの〝答え〟として最有力候補である二人だ。

（き、緊張してきた……）

ドキ、ドキ、ドキと脈打つ鼓動を抑えながら彼女たちの反応を順に見遣《みや》る俺。……唐突な話になるのも嫌だったので改めて説明はしたが、８ツ星昇格戦ＥＸの概要自体は昼の時点で告知されている。詳しい状況を知っている姫路と彩園寺なら俺がこの質問をすることも概《おおむ》ね分かっていたはずで、つまり心の準備はできていた可能性が高い。

「「…………」」

そんな俺の内心を知ってか知らずか、姫路と彩園寺の二人はテーブル越しにそっと視線を合わせていた。どこか〝間〟を測るような、互いに相手の出方を窺《うかが》うような静寂。

そうして、刹那――涼しげな声音で口火を切ったのは、姫路白雪の方だった。

「なるほど……状況は把握いたしました。であれば、ご主人様の探し人というのはおそらく、リナのことですね」

「っ……!!」

さらりと白銀の髪を揺らしながら澄んだ碧《あお》の視線をテーブルの向こうへ投げる姫路に対し、俺はがたんと椅子を蹴飛ばすような勢いで立ち上がりつつ対面の彩園寺を見遣ることにする。……極論、姫路の推測が正しいか否《いな》かはさほど重要じゃなかった。ただ、最有力候補と呼べる相手が二人しかいなくて、そのうちの一人が〝違う〟のであれば、もう答えは決まったようなものだろう。確定だと言ってしまっていいだろう。

桜花《おうか》の《女帝》彩園寺《さいおんじ》更紗《さらさ》――。

豪奢《ごうしゃ》な赤の長髪をふわりと揺らして、意思の強い紅玉《ルビー》の瞳をテーブル越しの俺へ向けながら片方の手で頬杖《ほおづえ》を突いていた彼女は……しかし、そんな俺の思考を〝否定〟するかのようにポカンとした表情を浮かべていて。

「……へ？」

そうして紡がれたのはいかにも怪訝《けげん》な声だ。

「あたしじゃないんだけど……っていうか、あ、あ、あたしは、ず、ずっとユキのことだと思ってたわ」

「え？」

「……え？」

二人してきょとんと見つめ合い、揃《そろ》って首を傾《かし》げる姫路《ひめじ》と彩園寺。

「――――？？？？？？？」

その傍《かたわ》らで、俺は全くもって意味が分からず呆然《ぼうぜん》と立ち尽くすばかりだった。

♭

「ふふっ……」

学園島《アカデミー》三番区、彩園寺家の邸内。

久しぶりに戻ってきた自分の家の自分の部屋で、ふかふかなベッドの縁に腰掛けたわたしこと羽衣紫音《はごろもしおん》は、ニコニコと上機嫌な笑みを浮かべていました。

理由は他でもなく、待ちに待った8ツ星昇格戦EXが始まったからです。期末総力戦《パラドックス》のような派手さはありませんが、篠原《しのはら》さんの奮闘がまた近くで見られるからです。

「きっと、篠原さんは〝簡単だ〟と高を括《くく》っていると思いますが……いえ、実際に篠原さんがこれまで経験してきた逆境に比べれば些細《ささい》なものかもしれませんが」

既に公開されている8ツ星昇格戦EXのルールと、篠原さんの周囲の方にランダムで割り振られたヒントの一覧、そしてこの《決闘《ゲーム》》の解答《こたえ》にあたる幼馴染《おさななじ》みさんに関する重要な〝特記事項〟を眺めながら——わたしは、もう一度くすりと微笑《ほほえ》んで。

「ちょっとだけ、難しいかもしれませんよ？　何せ……〝正解〟の幼馴染みの方には、篠、原さんの運命の相手だという自覚がこれっぽっちもないみたいですから」

＃＃

（な、何が、どうなってるんだ……!?）

——三月二十三日木曜日、夜。8ツ星昇格戦EXの開始直後。

つい先ほど興奮気味に立ち上がったばかりの俺は、直後に意味不明な情報を与えられて完全に思考を停止させられていた。……姫路も彩園寺も、互いに相手が俺の幼馴染みだと思っていた？　表情を見る限り二人とも嘘《うそ》をついているようには思えないし、何よりこの期《ご》に及んでそんなことをするメリットが一つもない。

ということは、二人とも本気でそう考えているということだ。

ならば少なくとも、姫路と彩園寺は俺の幼馴染み候補から外れる――という話になる。

「……ねえ。ホントに違うの、ユキ？」

そこで、俺の疑問を代弁するように声を上げたのは彩園寺《さいおんじ》だった。少し前まで片手で頬杖《ほおづえ》を突いていた彼女だが、驚きに満ちた表情でそこから顔を持ち上げると、豪奢《ごうしゃ》な赤の髪を揺らして対面の姫路《ひめじ》に問いをぶつける。

「あたし、もう間違いないんじゃないかって思っていたのだけれど……篠原《しのはら》が何も言わないから黙っていただけで、あたしの中では完全に結論まで至ってたくらいだわ」

「結論まで……？　ちなみに、それはどういった理由でしょうか？」

「理由なんて、ちょっと見ればすぐに分かるじゃない」

びし、っと人差し指をこちらへ突き付ける彩園寺。微《かす》かに拗《す》ねたような表情で唇を尖《とが》らせた彼女は、紅玉《ルビー》の瞳で俺と姫路を順に見つめながら言い放つ。

「距離感がバグってるから。……ユキって、異性が苦手だったはずでしょう？　今はもう慣れたのかもしれないけれど、四月の頃から密着して身体《からだ》を支えたり、お風呂に入って介抱しようとしてたり……何だかんだ、篠原だけは平気そうだったわ。あれって、篠原が幼《おさな》馴染《なじ》みだから——昔から知ってるから大丈夫、ってことじゃなかったの？」

「いえ、そういうわけでは……初対面の際は、ご主人様のことも警戒していた覚えがあります。ただ紳士な方だと分かりましたので、徐々に警戒心も緩んでいきました」

「……本当にそうだとしたら、ユキの将来がちょっと心配なのだけど」

「ご安心ください、リナ。わたしが心を許している異性はご主人様だけですので」

　白銀の髪をふわりと揺らしながら彩園寺にそんな返答を告げ、次いで照れたような表情でちらりと碧《あお》の瞳を俺の方へ向けてくる姫路。話の内容も相まってあまりの可愛《かわい》さに悶《もだ》えてしまいそうになる——が、残念ながらそういうことじゃない。

　ともかく姫路は、誤魔化《ごまか》すように「……こほん」と咳払《せきばら》いをしてから言葉を継ぐ。

「むしろ、わたしはリナがご主人様の幼馴染みだとほとんど確信していました。出会った当初からあまりに息が合っていた、というのもありますが、わたしは昔からリナの〝幼馴染み〟の話を何度も聞かされていましたので……符合する部分が多すぎる、と」

「う……あたし、そんなに何度も話していたかしら？」

「はい。それはもう、数えきれないほどに」

　微かに頬を赤らめた彩園寺に対し、涼しげな表情でこくりと首を縦に振る姫路。それを受けて、対面の彩園寺は唇を尖らせながらふいっと視線を逸《そ》らして続ける。

「い、いいじゃない、そんな昔のこと……確かに、あたしには幼馴染みがいるわ。初恋の人って言い換えてもいい。でもそんなの、篠原《しのはら》には全然関係ない話でしょう？　だってあたしの幼馴染《おさななじ》みは、お伽噺《とぎばなし》に出てくる王子様みたいに物凄《すご》く格好良かったんだから」

「……？　今のところ、ご主人様が除外される要因が特にないように思いますが」

「ぜっっっったい違うから！　あたしの初恋を勝手に脚色しないでよ、もう！」

むっと頬《ほお》を膨らませながら明確な否定を口にする彩園寺《さいおんじ》。

これでいよいよはっきりしたが……今のやり取りがどれだけ的を射ていたのかはともかく、姫路《ひめじ》も彩園寺も〝自分は篠原緋呂斗《ひろと》の幼馴染みじゃない〟と断言しているわけだ。８ツ星昇格戦ＥＸ、もとい幼馴染み探し。俺の認識では姫路白雪《しらゆき》と彩園寺更紗《さらさ》の二人がぶっちぎりの最有力候補だったのだが、彼女たちはいずれも〝不正解〟なのだという。

（……なるほど、な）

数時間前に言葉を交わした羽衣《はごろも》がやけに楽しげだったのを今さら思い出し、ようやく得心する俺。ルールを聞いた時点では簡単だと思ったが……やはり、自由奔放なお嬢様がゲームマスターを務めているだけあって、そう甘い代物《モノ》ではないらしい。

「ってことは……明日《あした》から情報収集のターン、か」

そんなわけで俺は、右手の甲を額に当てながら静かに天を仰ぐのだった。

【８ツ星昇格戦ＥＸ：幼馴染み探し――開幕】

【期限：3月30日木曜日23時59分まで】
【回答権：残り1／入手済みヒント：なし】

＃＃

……結局。

姫路と彩園寺はあの後もしばらく〝幼馴染み論争〟を続けていたが、二人の主張は完全に平行線のままだった。最終的に貰《もら》ったのは二者二様の鼓舞、もとい意気込みだ。

『ご主人様の大切な幼馴染み、何としてでも見つけ出しましょう』

『そんなに気を張らなくても大丈夫でしょ。エキシビションなんていうくらいだし、負ける要素がないわ。……でも、危なくなったらちゃんと声を掛けなさいよね』

普段の《決闘《ゲーム》》と変わらず頼りになることは間違いない、のだが……もちろん、当てが外れた俺の内心がやや複雑だったことは言うまでもない。

が、まあとにもかくにも。

この瞬間をもって、俺の8ツ星昇格戦EX攻略が本格的に始まったわけだ――。


「――あ、篠原くん。それに姫路さんも、奇遇だね」

「え？　わ、ホントだ！　やほー、二人とも！」

一夜明けて、金曜日の朝。

連日の打ち合わせに参加するべく俺と姫路《ひめじ》が揃《そろ》って英明《えいめい》学園を訪れたところ、校庭で二人のクラスメイトと鉢合わせた。銀色のショートヘアをさらりと揺らす中性的な美少年こと辻友紀《つじゆうき》と、ポニーテールを背中で跳ねさせる元気で明るい委員長・多々良楓花《たたらふうか》。どちらも現2－Aに所属する生徒であり、俺にとっては珍しく純粋な友人だ。

遭遇場所としては英明学園内の一角、いくつかの校舎が密集している地帯。何をしているのかと思えば、二人とも段ボールに入った何かをせっせと運んでいるらしい。

「あはは……」

俺の視線に気付いたのか、汗一つ掻《か》いていない辻が苦笑のような表情で首を振った。

「色々訊《き》きたいことがあるんだろうなっていうのは分かるよ、篠原《しのはら》くん。何を運んでるんだとか、何で二人っきりなんだとかね。でもボクは、ただ部活をしに来ただけなんだ。そしたら見ての通り、多々良さんに捕まっちゃってさ」

「わ～、ごめんってば～！」

辻の主張を受け、申し訳なさそうに目を瞑《つぶ》る多々良。本当ならパチンと両手を打ち合わせているところなのだろうが、荷物を抱えているため少し控えめなジェスチャーだ。

彼女は俺と姫路と辻を順番に見つめながら取り繕うように言葉を紡ぐ。

「あのね？　私、今日も今日とていつもの委員長活動に精を出してたんだけど……」

「待ってください、楓花さん。委員長活動とは一体何のことでしょうか？」

「学校を良くするための行動を全部まとめてそう呼ぶんだよ、白雪《しらゆき》ちゃん！　私も今日は陸上部の活動があるんだけど、練習は午後からだから……それまでナナちゃん先生のお手伝いをしてたの。掃除とか、備品のチェックとか、あとは書類整理とか！」

「なるほど。では、こちらの荷物も？」

「あ、ううん！　これはナナちゃん先生じゃなくて、ふらっと通りすがった学長さんに頼まれた分だよ。なんか、ついつい引き受けちゃって……」

「……女狐様《めぎつね》には、楓花さんの良心に付け込まないよう厳しく言っておきますね」

一通りの説明を聞いて嘆息交じりに告げる姫路。要は学長に仕事を押し付けられた多々良とそんな彼女を成り行きで手伝っている辻、といった構図なのだろう。

「まあ、頼みを断れない辺りが多々良さんらしいけどね。……あ、そういえば」

完璧に手入れされた銀色の髪を揺らしながら穏やかに微笑《ほほえ》んでいた辻だったが、そこで不意に俺の方へと視線を向けてきた。相変わらずの〝美少女〟っぷりにドキッとさせられる俺の内心なんか（おそらくは）知る由《よし》もなく、彼は小首を傾《かし》げて尋ねてくる。

「篠原くん。昨日から……だったかな、ついに8ツ星昇格戦が始まったんでしょ？」

「ん？　……ああ、そうだな」

エキシビションマッチの開催自体は学園島《アカデミー》全体に告知されているんだったな、と《ライブラ》のisland tube《アイ・チューブ》配信を思い返しつつ、俺は静かに頷《うなず》くことにする。

「ヒントを集めて探し人を特定しろ、って内容《やつ》だ。ま、簡単に言えば情報収集ゲーだな」

「私も見たよ！　ね、篠原《しのはら》くん。その〝探し人〟って……」

「幼馴染《おさななじ》みなんだ、俺の。小さい頃にしょっちゅう遊んでた記憶はあるんだけど、顔も名前も何一つ覚えてない。だから、今のところ手掛かりがないっていうか……」

「へえ、そうなんだ。……そのことなんだけどさ。実はボクが本当は女の子で、篠原くんが探してた幼馴染みなんだ、って言ったら——」

「!?」「な……」「え、え、そうだったの辻《つじ》く——辻ちゃん!?」

「——どうする？　っていうちょっとした冗談だったんだけど。みんな、あっさり信じすぎじゃない？　一日二日ならともかく、一年も性別を偽れるわけないじゃんか」

「な、なぁんだ、嘘《うそ》なんだ……心臓が飛び出るかと思っちゃった」

はふぅ、と大袈裟《おおげさ》な溜《た》め息《いき》を吐《つ》く多々良《たたら》と、そんな彼女を見て「ごめんごめん」と笑う辻。……確かに明らかな嘘ではあるのだが、ギリギリ有り得なくもないと思えるラインだろう。特に〝一日二日ならともかく〟という部分の真実味《しんじつみ》が凄《すご》すぎる。

ともかく辻は、小さく肩を竦《すく》めて言葉を継いだ。

「残念だけどボクは女の子じゃないし、篠原くんの幼馴染みでもないよ」

「……知ってるけど、どうして急に嘘なんか」

「そりゃあ仕返しだよ、仕返し。ほら、篠原くんはずっと本物の7ツ星だって〝嘘〟をついてたんでしょ？　こうすればチャラになるかなって思ってさ」

やたらイケメンなことを言いながら、辻は上目遣いと共に可憐《かれん》な笑みを向けてくる。

「だからまあ、篠原くんとはこれからも良い友達《ともだち》でいられると嬉《うれ》しいな。何せボク、篠原くんが英明《えいめい》学園に編入してから出来た〝友達一号〟みたいなものでしょ？」

「ああ……確かに、そうだったな」

「それじゃあ私だって、幼馴染みじゃないけど〝友達二号〟だし〝委員長一号〟だし〝クラスメイトX号〟でもあるよ！　そ、れ、に……」

歌うように言いながらくるりとターンを決める多々良。制服の背中でポニーテールを跳ねさせながら、彼女は一切の邪気がない満面の笑みで続ける。

「良い友達でいられるに決まってるよ。だって英明学園は実力主義、毎年のクラス分けはランダムじゃなくて等級で割り振られるんだもん。だから私も辻くんも篠原くんも白雪《しらゆき》ちゃんも、みーんな同じクラスだよ！　そして私がクラス委員長！」

「……そっか、そういえば。良いこと言うね、多々良さん」

多々良の発言を受けて、辻が得心したように首を縦に振る。……実際、彼女の言う通りだった。現在の英明学園2‐Aの面子《メンツ》は、大部分がそのまま3‐Aへと持ち上がることになる。学校ランキング一位である英明学園の最上位クラス、ということでプレッシャーも相当なものではあるが、刺激的な学園生活になることだけは間違いない。

「ん……」

思えば辻《つじ》と多々良《たたら》にはこれまでも様々な場面で助けられてきた。英明《えいめい》の選抜メンバーでこそなかったものの《MTCG》や《修学旅行戦《フォルティッツシモ》》では勝因の一つを担ってくれたし、俺の〝嘘《うそ》〟を知らないながら日常生活での距離は非常に近かったと言える。

(何だかんだ、俺が英明学園に馴染《なじ》めたのは二人のおかげでもあるからな……)

そんな記憶を振り返りながら、俺は微《かす》かに口元を緩めて——一言、

「ま……来年度もよろしく頼むよ、委員長」

「ぶい！　って……わわわわわ!?」

素直な気持ちで放った俺の言葉に朗らかなVサインで返そうとして、胸元に抱えていた段ボールを引っ繰り返しそうになる多々良。それを姫路《ひめじ》と一緒にどうにか支えて、仕切り直しの挨拶も済ませて、今度こそ去っていく彼らの背中をしばし見送る。

「仲が良いですね、あの二人……相変わらずですが」

「だな。で、とりあえず多々良は俺の幼馴染《おさななじ》みじゃないみたいだ」

「ですね。そして、なんと辻様も違いました」

「そっちは〝なんと〟でもないけど……いやまあ、意外性で言ったら抜群だけどな」

苦笑交じりにそう言って。

それから俺たちは、改めて目的地へ向かうことにした。今年度の学校ランキング一位である英明学園が四月以降もその地位を維持するべく、連日のように熱い議論を戦わせている場所。より具体的には、我らが英明学園高等部の生徒会室である。

「――あ！」

特別棟の階段を上がって見慣れた廊下に二人分の足音を響かせ、いつもの扉に手を掛けた瞬間、中にいたメンバーが揃《そろ》ってこちらを振り向いた。栗色《くりいろ》のツインテールを揺らしながら立ち上がる秋月乃愛《あきづきのあ》と、ひらひら手を振ってくる浅宮七瀬《あさみやななせ》、ぺこりと丁寧に頭を下げる水上摩理《みなかみまり》に、胸元で腕を組んだまま微かに視線を持ち上げる榎本進司《えのもとしんじ》。

そう、つまり。

「ふむ……遅かったな、二人とも」

当代の英明学園選抜メンバーが、そこに勢揃《せいぞろ》いしていた。

「……以上、学年別交流戦の特徴と主な対策事項に関してはこんなところか」

俺と姫路が生徒会室に到着してからおよそ二時間後――。

話に一旦の区切りが付いたところで、講師役の榎本進司が音もなく席に着いた。

今日のメイントピックは二学期学年別交流戦の対策だ。特に《習熟戦《リフレイン》》は危うく負けかけていたため、来年度以降の弱みになってしまわないよう重点的に詰めている。

「はい……なるほど、ふむむ……」

基本的には榎本《えのもと》が説明し、秋月《あきづき》や浅宮《あさみや》が必要に応じて補足を行う……という形式の引き継ぎ会だが、それを誰よりも真剣に聞いているのは一年生の水上摩理《みなかみまり》だ。傍《かたわ》らの端末で会話内容を録音しつつ、手元のノートも綺麗《きれい》な文字でびっしりと埋めている。もちろん彼女が真面目《まじめ》な性格だから、というのもあるにはあるが、理由はそれだけじゃない。

思い返すこと約二週間前。

英明《えいめい》の大ホールで行われた盛大な卒業セレモニーにて、予定外の電撃指名が行われた。

『――僕は、後任の生徒会長に現一年生の水上摩理を、その補助として現二年生の篠原緋《しのはらひ》呂斗《ろと》および同じく現二年生の姫路白雪《ひめじしらゆき》を推薦する』

『生徒会長として最後の職務を全うするべく、僕はこの一年間、主に大規模《決闘《ゲーム》》を通して適性の高い者を探していた。水上摩理であれば能力的には充分だ。ただし、実戦経験という意味では若干の不安があるとも言える。故に、最強の補佐を用意したい』

『あとは本人の意思のみだが……頷《うなず》いてくれることを切に祈る』

言うだけ言って演説を終えた支持率99％の元生徒会長こと榎本進司《しんじ》。

そんな伝説的大先輩からの抜擢《ばってき》を受け、当の水上が感極まって号泣してしまったという話は――そしてそれを中継越しに見ていた彼女の姉こと水上真由《まゆ》がセレモニーに乱入して榎本に掴《つか》みかかり、英明学園が隠していた謎の美少女ランカーとして島内SNS《STOC》でバズり散らかしたという逸話は——まだまだ記憶に新しい。

と、まあそれはともかく。

「——っと、終わりました！　おかげさまで完璧……だと、思います！」

「摩理ちゃんお疲れ〜♡　えへへ、それじゃキリもいいしそろそろ休憩しよっか♪」

当の水上がこくりと頷きながらペンを置いたところで、俺の左隣に座る秋月乃愛《のあ》が大きく、もといあざとく伸びをしながらそんな言葉を口にした。今日の打ち合わせが始まってから二時間と少し、確かにじんわりとした疲労が溜《た》まってきている。

「マリー偉い、それに乃愛ちのアイデアも超天才！　うひゃ〜、疲れた〜！」

「……仕方ない。では十分ほど休息を取ることにしよう」

そんなわけで——早くもテーブルに突っ伏したギャルJKこと浅宮七瀬《ななせ》の一言と榎本の嘆息を皮切りに、俺たちは今日初めての休憩時間に突入した。誰かしらが持ち込んだジュースやお菓子をつまみつつ、適当な雑談に花を咲かせる。……極めて見慣れた日常で、けれどあと一週間もすれば同じ形で繰り返されることは二度とない。全員がそれを理解しているからこそ、春休みの打ち合わせは高頻度で行われているのだろう。

——と、そんな折。

「そういえば♡　会長さん会長さん、みゃーちゃんと住むお家《うち》ってもう決まったの？」

「「！」」

左隣の秋月《あきづき》が、不意に会話の繋《つな》がりを完全に無視してそんな質問を投げ掛けた。純粋な疑問というよりは、どちらかと言えば茶化《ちゃか》すような、あるいは囃《はや》し立《た》てるようなニュアンスの問い掛け。実際、それを聞いた浅宮《あさみや》は榎本《えのもと》の方へ、榎本は浅宮の方へちらりと視線を遣《や》って、至近距離で目が合っては「「……っ……」」と互いに赤くなっている。

そう——実を言えば。

英明《えいめい》内のド有名カップルである榎本進司《しんじ》と浅宮七瀬《ななせ》は、この春に四番区内の同じ大学へ進学することが決まっている。そしてなんと、それを機に同棲を始めるらしいのだ。少し前に浅宮がうっかり零《こぼ》してしまってから秋月に延々と弄《いじ》られている。

「えへへ……♡」

テーブルに身を乗り出さんばかりの格好でニコニコと対面の二人を見遣《みや》る秋月。

「幼馴染《おさななじ》みからカップルに進展して、そのまま大学生になってラブラブな同棲《どうせい》生活……乃《の》愛《あ》ちゃんも憧れちゃうな～♪　会長さん、意外に独占欲強いんだね♡」

「……別に、七瀬を独占するために同居するわけではない。単なる合理的な選択だ」

「そ、そうだよ乃愛ち！　ウチだって毎日毎日進司と一緒にいるとかフツーにしんどいけど、でもお父さんとお母さんが一人暮らしは絶対ダメっていうから……！」

「ふぅん？　ってことは、もう両親公認の関係なんだ♡」

「へぁっ!?　ま、まあそーだけど……それは、だって幼馴染みだし。ウチの親、進司とならいつ付き合うことになっても認める、ってずっと前から宣言してたし……」

「わぁ……そういう関係、何だかとっても素敵だと思いますっ！」

　秋月の質問攻勢を受けてタジタジになる浅宮（といつの間にか無言を決め込んでいる榎本）に対し、素直な憧れを示すようにキラキラと表情を輝かせる水上《みなかみ》。確かに、彼らの関係は一種の〝理想〟に近いだろう。幼馴染みからそのままゴールインを迎えるカップルなんて、世の中にどれだけいるか分からない。

（まあ、これだけ相性ピッタリなら当然の結果って感じだけど……）

　今もまた目の前で言い合いを始めている二人を眺めながら内心でポツリと零す俺。約一年前に《アストラル》の選抜メンバーとして出会った当初は〝犬猿の仲〟というイメージが強かったが、今となってはその印象も真逆のモノへと変わっている。

「……えへへ♪」

　そんなことを考えていると、隣の秋月があざとい仕草でぴとっと身体《からだ》を近付けてきた。

「それじゃあ乃愛も、大学生になったらやっぱり緋呂斗《ひろと》くんの家に同棲させてもらおっかな～♡　そうすれば夜遅くまでいっぱいぎゅーってできるよ、緋呂斗くん？」

「っ！　い、いや、だからそれは……」

「――秋月様。何度も言っていますが、ダメです」

　秋月の蠱惑的《こわくてき》な囁《ささや》きにドクンと心臓を跳ねさせる俺――それを押《お》し退《の》けるような形で右

隣からむすっとした顔を突き出してきたのは、他でもない姫路白雪《ひめじしらゆき》だった。白銀の髪をさらりと揺らした彼女は、澄んだ碧《あお》の瞳をジトっと秋月《あきづき》に向けている。

「ご存知《ぞんじ》の通り、あの館は7ツ星であるご主人様のために用意されたもの。加えてご主人様と秋月様の同棲《どうせい》生活はおそらく、いえ十中八九、もとい確実にふしだらです」

「ひど～い♡　乃愛《のあ》、ただ大好きな緋呂斗《ひろと》くんと一緒にいたいだけなのに……それに、白雪ちゃんは前からずっと同棲してるでしょ？」

「同棲ではなく住み込みです。わたしは、ご主人様の専属メイドですので」

「むぅ～。じゃあしょうがないから、週5か週6で遊びに行くだけにしてあげる♪」

「週6……まあ、遊びに来る分にはいくらでも構いませんが。……いえ、というより」

「というより？」

「心から歓迎いたしますが」

「えへへ、やっぱり白雪ちゃんも大好き♡」

俺の膝の上に身を乗り出すような体勢で思いきり姫路に抱き着く秋月。姫路の方は一瞬だけ驚いたような表情をしていたものの、やがて優しい顔つきになってゆるふわなツインテールをポンポンと撫《な》でている。何だかんだで、この二人もやはり仲が良い。

ちなみに当の秋月だが、彼女もまた学園《アカデミー》島内の大学へ進学することが決まっている。英明《えいめい》学園と提携関係にある学校（いわゆる超名門だ）らしく、寮も引き続き四番区内。榎本《えのもと》たちと同様に、今後もかなりの頻度で顔を合わせることになりそうだ。……それを喜ぶことになるなんて、区内選抜戦で敵対していた頃は予想だにしていなかったが。

――と。

「あ！　そういえば……」

しばらく姫路の胸元に顔を埋《うず》めていた秋月だったが、そこでふと思い出したように声を上げた。そうして彼女は、あざとい上目遣いを俺に向けながら口を開く。

「緋呂斗くんの8ツ星昇格戦、やっと始まったんだよね？　さっき端末に通知が来てたんだけど……乃愛、ヒント貰《もら》っちゃった♪」

「！　おお……そいつは助かる、まだ一つも見つかってなかったんだ」

「ほんと？　えへへ、乃愛ちゃんってばナイスアシスト♡」

俺の返答に嬉《うれ》しそうな表情で口元を緩めてみせる秋月。彼女はテーブルの上に置いていた端末を手繰《たぐ》り寄せると、小さな画面に視線を落として言葉を紡ぐ。

「それじゃあ、読み上げちゃうね。えっと――**【篠原《しのはら》緋呂斗の探し人は彼と同じイベント戦に4回以上出場している】**って書いてあるよ、緋呂斗くん♪」

「俺と同じイベントに四回以上……なるほど、そういう感じの情報なのか」

右手を口元へ遣《や》りながら静かに呟《つぶや》く。ヒントの形式にも色々な種類があるのかもしれないが、このように〝正解（＝幼馴染《おさななじ》み）である条件を絞り込んでくれる〟というのが標準的な仕様なのだろう。であれば、確かにいつかは相手を特定できることになる。

「ただまあ、条件一つじゃそこまで候補は減らないな……」

「ん～、そうだよね。学園島《アカデミー》のイベント戦って色々あるけど、全員参加の《決闘《ゲーム》》だけでも《SFIA《スフィア》》と《流星祭》と《パラドックス》が入っちゃうから、サボってなければ三回は誰でも届くはず……で、二年生なら《修学旅行戦《フォルティッシモ》》でもう四回目になるし、緋呂斗《ひろと》くんは《習熟戦《リフレイン》》にも出てくれたもんね♪　だから二年生と三年生はほとんど候補に残ったままで、一年生の一部が除外されたくらい……かな？」

「そうですね。私は、もしかしたらその三回だけかもしれません。……あと、あまり重要なことではないかもしれませんが、私のお姉ちゃんは《流星祭》も《パラドックス》もサボっているので、残念ながら篠原《しのはら》先輩の幼馴染《おさなじ》みではなさそうです」

「ああ、言われてみれば確かに……」

卒業式でのダイナミック乱入を思い返しながら苦笑する俺。

ともかく――秋月《あきづき》がヒントを持っていた時点で、英明《えいめい》学園内の誰かにこれ以上のヒントが渡っていないことは確定した。第一のヒントだけなら秋月も浅宮《あさみや》も〝幼馴染み候補〟にはなるが、やはり二人ともそんな自覚はないようだ。

俺がそんなことを考えていると、秋月が「えへへ♪」とあざとい笑みを向けてきた。

「まだまだ始まったばっかりだと思うけど……頑張ってね、緋呂斗くん♡　緋呂斗くんが大事な幼馴染みさんと再会できるように、乃愛《のあ》ちゃんも応援してるから♪」

「？　……良いのですか、秋月様？　知っての通り、ご主人様の幼馴染みは女性です。秋月様なら妨害工作——もとい、ライバル視されるかと思っていたのですが」

「えへへ、そんなことしないもん♪　だってもう何十年も会ってない昔の女の子、なんでしょ？　今の彼女候補である乃愛ちゃんには全然関係ないっていうか♡」

「……突っ込みたい部分は何点かありますが、納得してくれているなら構いません」

俺の腕に抱き着きながらあざと可愛《かわい》い声音で好戦的な見解を口にする秋月に対し、姫路《ひめじ》は白銀の髪をさらりと揺らして溜《た》め息《いき》を零《こぼ》す。俺は俺で、左腕を襲う柔らかな感触から無理やり意識を剥《は》がすべく、対面に座る三人の方へと視線を向け直した。

と、そこで目が合ったのは水上《みなかみ》だ。

「！　あ、えと、えと……」

気付かれるとは思っていなかったのか、彼女は慌てたように言葉を詰まらせる。……誰よりも真面目《まじめ》な少女こと水上摩理《まり》。一ヶ《か》月前に俺の嘘《うそ》を明かした際は糾弾されて距離を置かれることも覚悟していたが、果たしてそうはならなかった。

『私は、篠原先輩のおかげで素敵な〝嘘〟の使い方を覚えてしまいましたから——』

……とのことで。

そんな水上はしばらく目を泳がせていたが、やがて意を決したようにぎゅっと両の拳を胸の前で握ると、微《かす》かに顔を赤らめながらこんなことを言う。

「その……私も、乃愛《のあ》先輩と同じで篠原《しのはら》先輩の８ツ星昇格を応援しています。残念ながらヒントは持っていませんが、謎解きに詰まったらいつでもご助力いたしますので！」

「お、さっすがマリー超いい子！　じゃあウチも――や、ウチはまあ、その辺の戦力にはならないかもだけど。でもま、進司《しんじ》なら無料《タダ》で貸したげるし！」

「僕は七瀬《ななせ》の所有物になった覚えなどないが……」

隣の浅宮《あさみや》にジト目を向けながらやれやれと溜《た》め息《いき》を吐《つ》く榎本《えのもと》。

そうして彼は改めてこちらへ身体《からだ》を向け直すと、静かに口を開いてみせた。

「だが、秋月《あきづき》や水上《みなかみ》の言う通り、僕もまた篠原の８ツ星昇格を心待ちにしている。何しろ例のルール改訂……篠原が企てているとんでもない策略《ペテン》が正式に採用されれば、英明学園を卒業する僕たちも引き続き《決闘》に参加できるかもしれないからな。数ヶ《か》月間僕たちを騙《だま》し抜いた篠原なら、その程度の〝嘘《うそ》〟で今さら躓《つまず》くはずもないだろう」

淡々とした口調で榎本進司は〝未来〟を語る。……水上同様、いやそれ以上にすんなりと俺たちの事情を受け入れてくれた榎本。騙し抜いた、と言ってはいるが、もしかしたら俺や彩園寺《さいおんじ》がついていた〝嘘〟の断片くらいは掴《つか》まれていたのかもしれない。

「ふむ……」

ともかく、相変わらず胸元で腕を組んだ彼はいつも通りの仏頂面《ぶっちょうづら》――ではなく、珍しく微かに口角を持ち上げながら挑発的に一言。

「その時は、現7ツ星と言えども容赦しない。首を洗って待っていろよ、後輩？」

「ハッ……上等だよ、先輩」

そんな捻《ひね》くれた激励に対し、俺は同じく不敵に笑って言葉を返すのだった。

＃

翌日、土曜日。

英明《えいめい》の会議も土日休業《おやすみ》ということで、俺は遠出をするべく朝から電車に揺られていた。

「〜〜〜♪」

一緒にいるのは珍しく姫路《ひめじ》じゃない。電車の長い座席《シート》で俺の左隣に腰掛けて、ご機嫌な鼻歌と共に外の景色を眺めているのは羽衣紫音《はごろもしおん》その人だ。上品な雰囲気のお嬢様。身体が左右に揺れる度、透き通るような金糸がふわりと俺の肩やら頬《ほお》を撫《な》でていく。

彼女は8ツ星昇格戦EXのゲームマスターだが、だからと言って俺が早くも〝回答〟をかまそうとしているのかと言えばそんなことはなかった。単純に、今日の目的地を知った羽衣が自分から『わたしも行きたいです』と言い出しただけ。あまり大人数で押し掛けても仕方ないので、代わりに姫路が留守番をしている……という経緯である。

「ん……」

普段は使わない路線に乗っているため、端末でもう一度ルートを確認しておく。

「次の駅で乗り換えたら目的地《ゴール》まで一直線だな。待ち合わせには余裕で間に合いそうだ」

「さすがです、篠原《しのはら》さん。ですが、端末の経路検索を使うとはまだまだですね？　わたしくらい熟練の学園島《アカデミー》マスターになると、零番区《ゼロ》から二十番区まで全ての路線を覚えています。ふふっ、今後は敬意を込めて〝電車女〟とお呼びください」

「それだと微妙に意味が変わってくるような……っていうかお前、自由に外出させてもらえなかったんじゃないのか？」

「わたし、月に七回は家出していましたから」

「……最近、彩園寺《さいおんじ》家の爺《じい》さんが可哀想《かわいそう》に思えてきたんだよな」

くすくすと悪戯《いたずら》っぽい笑みを浮かべながら右手と左手をそれぞれパーとチョキの形にしてみせる羽衣《はごろも》に対し、呆《あき》れたような声を返しつつ小さく首を横に振る俺。

そうして端末をポケットに突っ込もうとした——刹那、画面上部に一つの通知が入っているのに気が付いた。LNNなるお洒落《しゃれ》なロゴで飾られたそれは、学園島《アカデミー》公認組織《ライブラ》が発行しているネットニュースの着信を示すモノだ。

【——《我流聖騎士団》が来年度の活動継続を発表！】

【リーダー・久我崎晴嵐《くがさきせいらん》は〝主に三番区内の治安維持に力を注ぐ〟と高らかに宣言した】

（あいつ……）

意図が分かりやすすぎる宣言とやらを流し読みしながら微《かす》かに頰《ほお》を引《ひ》き攣《つ》らせる。

すると隣の羽衣が、どうしたのですかとばかりに俺の顔を覗《のぞ》き込んできた。好奇心旺盛な瞳に見つめられた俺は、背景となる情報も含めて簡単に説明してやることにする。

「《我流聖騎士団》ってのはさ、音羽《おとわ》の久我崎晴嵐って6ツ星ランカーが運営してる非公認組織なんだ。で、その久我崎は彩園寺のやつに思いっきり心酔してて……だからこの宣言は、要するに〝高校を卒業してからも追っかけを続ける〟って意味だと思う」

「なるほど……ふふっ、素敵なお話ですね。そこまで真剣に想《おも》われる機会というのはなかなか得られないものですから。少しだけ莉奈《りな》が羨ましいかもしれません」

「それなら代わってくれ、って言われると思うけどな」

彩園寺の苦い顔を想像しながらポツリと呟《つぶや》く俺。……ただまあ、久我崎《あいつ》が何だかんだで悪いヤツじゃないことは俺も彼女もとっくに分かっている。彩園寺がやめろと言えばやめるだろうし、三番区の治安を守ってくれるというなら別に悪い話でもない。

「にしても……」

そんなことを考えながら、俺は少しだけ視線を持ち上げた。

「久我崎も卒業だもんな。当たり前だけど、他学区の顔触れも色々と変わるわけだ」

「そうですね。桜花《おうか》でも毎年恒例の世代交代セレモニーが行われたと聞いていますし、あとは……そういえば、茨《いばら》学園の方《かた》がまた盛り上がっていましたね？」

「……まあ、アレはもう風物詩みたいなものだから」

可憐《かれん》な声音で囁《ささや》いてくる羽衣《はごろも》に対し、俺は苦笑と共に小さく首を横に振る。

茨《いばら》学園の方《かた》というのは、もちろん《茨のゾンビ》こと結川奏《ゆいかわかなで》だ。彼は十五番区の伝統として、卒業式の際に後輩たちから送辞と共に贈り物《プレゼント》を貰《もら》ったらしい。ここまでは良《い》いのだが、直後に結川は〝答辞〟と称して自身の三年間を自慢げに綴《つづ》った長編ポエムをドヤ顔で披露。さらにはそれを自ら島内SNS《STOC》へ投稿し、大層な〝注目〟を浴びていた。

「っていっても……今年の茨学園が好調だったのは結川のおかげ、って意見も普通にあるからな。例のポエムもめちゃくちゃ事細かに作り込まれてたし、あれが結川なりの〝引き継ぎ〟だった可能性はなくもない。……〝ない〟寄りだけど、一応な」

「ふふっ。篠原《しのはら》さんは、結川さんのことを高く評価しているんですね？」

「高いかどうかは知らないけど、ほとんどの大規模《決闘《ゲーム》》で最終局面まで生き残ってた人間《ヤツ》を噛《か》ませ犬とは呼べないだろ。来年の茨は割と苦戦するかもしれないぞ」

「確かに。逆に、十六番区――栗花落《つゆり》女子学園は、今年度よりも強くなりそうです」

「栗花落？　ああ、そりゃ枢木千梨《くるるぎせんり》が三年生になるからな。あいつは後輩育成にも力を入れるタイプだし、後輩の方もやる気があるし……多分、めちゃくちゃ厄介だ」

羽衣の言葉に同意しながら、俺は手元の端末を操作してメッセージアプリを開くことにする。実を言えば、当の枢木からは数日前にちょっとした報告を貰っていた。

『――本日学区内での引き継ぎがあり、私が栗花落の次期生徒会長に選出された』

『次年度はお互い最上位学年の高ランカーとして切磋琢磨《せっさたくま》していこう、少年』

（とことん真面目《まじめ》なやつだな、あいつも……）

　硬い文章に思わず口元を緩めながら端末画面をオフにする。……十六番区栗花落女子はさほど《決闘《ゲーム》》に力を入れている学校じゃないが、枢木が入学してからトントン拍子で学校ランキングを駆け上がっている急先鋒《きゅうせんぽう》だ。現三年生に主力がいないため、来年度になっても戦力の減退が全くない――という意味で、かなりの警戒対象になるだろう。

「……嬉《うれ》しそうですね、篠原さん？」

　と、その通りで、不意に隣の羽衣からそんな声を掛けられた。彼女が首を傾《かし》げるのと同時にふわりと揺れる金糸。人形のような瞳は悪戯《いたずら》っぽい笑みの形をしている。

「わたし、とっても不思議です。音羽《おとわ》学園や茨学園から主力が抜ける、というお話の際には何だか寂しそうだったのに、栗花落女子学園が強敵になるという話題になったら途端に頬《ほお》を緩めて……もしかして、篠原さんは生粋《きっすい》の女子校贔屓《びいき》だったのでしょうか？」

「そんなんじゃないって。何ていうか……単純に、楽しみなんだよ。今年は〝勝たなきゃいけない《決闘《ゲーム》》〟だらけだったけど、来年は〝勝ちたい《決闘《ゲーム》》〟ばっかりだ。そうなると、やっぱり敵は強ければ強いほど楽しいだろ？」

「なんと……つまり、篠原さんは女子校贔屓ではなく、単なるドMだったのですね」

こくこく、と頷《うなず》く羽衣《はごろも》。そういう話でもないが、一旦は無視しておこう。

ともかく——それから端末の経路《ルート》検索に従って電車を乗り継いで、俺たちはようやく目的地まで辿《たど》り着《つ》いた。学園島《アカデミー》四番区からはそれなりに距離がある外周区画の一つ、十七番区。今まで数回しか来たことのない学区だが、数字の方には割と馴染《なじ》みがある。

というのも、だ。

「お……、お？」

俺と羽衣が改札を抜けて駅の出口を目指していたところ、向かう先に三人の男女の姿を発見した。それは、他でもない十七番区天音坂学園の主力メンバー……奈切来火《なきりらいか》、夢野美《ゆめのみ》咲《さき》、竜胆戒《りんどうかい》の三人だ。春先らしいカジュアルな服装。他学区のプレイヤーとは基本的に大規模《決闘《ゲーム》》でしか顔を合わせないため、制服以外の格好は全て新鮮に感じる。

中でも奈切が、百獣の王に似たオレンジの髪を揺らしながら怪訝《けげん》な声を掛けてきた。

「7ツ星が来るっつーのは聞いてたけどよ……誰だ、そっちの美少女サマは？　まさかアンタ、あの破滅級に可愛《かわい》いメイドからそっちの天然ふわふわ系お嬢様に乗り換えやがったのかよ。あーあー、さすが天下の嘘《うそ》つき7ツ星はやることが違うぜ。無敵のハーレム帝国を築くつもりならアタシにも何人か分けてもらいたいもんだな」

「何から何まで違うっての。……っていうか、実は初対面じゃなくてお前ら三人とも面識があるはずだぞ？　だって、こいつは——」

「あ、ダメです篠原《しのはら》さん。そこから先はわたしが」

俺が紹介に移ろうとした瞬間、割って入るように歩を進めながら可憐《かれん》に囁《ささや》く羽衣。

「……ん？」

と──その〝声〟を聞いた竜胆戒が、何かに気付いたように帽子の下の視線を静かに持ち上げた。彼は不思議そうな表情で俺を見て、隣の羽衣を見て、次いでゆっくりと目を瞑《つぶ》っては記憶を辿り……やがて、カタカタと小刻みに身体《からだ》を震わせ始める。クールで冷静な彼からはあまり想像できない過敏な反応。おろおろと慌て始める夢野にそっと背中を支えられながら、竜胆は──もとい【ファントム】は、青褪《あおざ》めた顔で思いきり叫ぶ。

「ば、ば……【バ、イ、オ、レ、ッ、ト、】！？！？」

「はい、大正解です」

竜胆の名指しを受けて、金糸をふわりと揺らしながら上品に頷く羽衣。彼女は片手を目元に添えて〝仮面〟を再現しつつ、わずかに申し訳なさそうな声音でこう言った。

「実は──今日は、その件で皆さんに謝りにきたんです」

十七番区は観光に力を入れている。

学園島《アカデミー》の外周区画ということで海に面しており、海水浴場なんかが整備されているのも特徴だが、駅の周りに多数のお洒落《しゃれ》空間が点在しているのも魅力的だ。夢野が案内してくれた喫茶店も、四番区ではなかなか見ないくらいの〝映《ば》え〟スポットだった。

「はぁ～……なるほどな」

そんな喫茶店内のとあるテーブルにて。

羽衣《はごろも》から一通りの謝罪と説明――どうして顔を隠して中等部のイベントに参加していたのかやら彩園寺《さいおんじ》との〝替え玉〟の話やら色々だ――を聞いた天音坂《あまねざか》の面々は、三人とも思い思いの驚愕《きょうがく》を露《あら》わにしていた。特に《灼熱《しゃくねつ》の猛獣》こと奈切来火《なきりらいか》は、特大のパフェに銀のスプーンを突っ込みながら呆《あき》れたように片手で頬杖《ほおづえ》を突いている。

「気配からして普通じゃねえとは思ってたけど……そんなとんでもねえことやってたんだな、アンタ。驚きの域を超えて素直に感心しちまうレベルだ」

「すみません。本当はもっと早く事情を説明できれば良かったんですが……」

「けっ、お家《いえ》の都合ってやつだろ？　分からないでもねえ話だ。あたしはともかく、戒《かい》んの実家《とこ》だって天音坂の学長家だからな。似たようなしがらみは抱えてやがる」

「？　いいえ。彩園寺家の事情というより、わたしがもう少し普通の女子高生ライフを味わっていたかったので」

「…………そうかよ。まあ、変に言い訳されるよりはいくらかマシだけどな」

一切の脚色を挟むことなくストレートに真実を告げた羽衣に対し、対面の奈切は溜《た》め息《いき》交じりに首を振る。そうして彼女は、獰猛《どうもう》に口角を持ち上げて言葉を継いだ。

「ルナ島の【バイオレット】――彩園寺家のお嬢様。あたしの戒くんを勝手に凹《へこ》ましやがった件はともかく、大規模《決闘《ゲーム》》なんざ敵が強くなきゃ面白くも何ともねえ。……おいアンタ、来年度は英明《えいめい》所属になるのか？　つーか《決闘《ゲーム》》には参加するのか？」

「所属がどうなるかはお爺様《じいさま》次第ですが、状況が許せば参加するつもりです。皆さんに混乱されても困ってしまいますから、莉奈《りな》には引き続き〝彩園寺更紗《さらさ》〟の名前を使ってもらって、わたしは〝羽衣紫音《しおん》〟としてどこかの学区へお邪魔することになるかと。……ちなみに許されなかった場合は、また仮面を被《かぶ》ってこっそり出るかもしれません」

「いいねえ、好戦的なお嬢様は嫌いじゃねえ。その調子で学園島《アカデミー》の《決闘《ゲーム》》を荒らしまくって、ついでに今度は正面から戒くんを扱《しご》き上げてくれよ」

「ええ……何でそんなこと頼むのさ、来火。俺に恨みか何かあったっけ……？」

「んだよ、分からねえか？　【バイオレット】にまた凹《へこ》まされりゃ、身も心も弱り切った戒くんは間違いなくあたしを頼ってくる。そしてあたしに慰められた戒くんは、挫折を経てさらに強い〝漢《おとこ》〟になる……な、誰も損してねえだろ？」

「おお、なるほど……！　つまり【バイオレット】さんは、ラスボスさんと同じく主人公たちの前に立ちはだかる強大な壁というわけですね！　天が与えた試練……燃えます、熱いです！　一緒に乗り越えていきましょう、竜胆《りんどう》先輩!!」

「え？　ああ、うん、まあ……頑張るけどさ」

完全な私利私欲で羽衣紫音《バイオレット》を利用しようと企《たくら》む奈切来火《なきりらいか》と薄桃色のショートヘアを揺らしながら熱く語る主人公こと夢野美咲《ゆめのみさき》に挟まれて、気圧《けお》されたように頷《うなず》く竜胆《りんどう》。ちらりと視線を向けられたので、ご愁傷様の意味を込めて首を振っておくことにした。

「で、それと……ちょっと確認したいことがあるんだけどさ」

そして——羽衣《はごろも》の話が一段落したところで、俺はもう一つの〝本題〟を切り出すことにした。８ツ星昇格戦ＥＸ、幼馴染《おさななじ》み探し。関係性の深さから考えて、天音坂《あまねざか》にヒントが渡っているとしたら間違いなくこの三人の中の誰かになるだろう。

「ん？　ああ」

俺の態度から用件を汲《く》み取ってくれたのか、パフェと格闘していた奈切が顔を上げる。

「８ツ星昇格戦のヒントってやつだろ。見た感じ、あたしには割り振られてなさそうだな」

「残念ながら俺もないみたいだ。美咲は、どう？」

「あります!!」

竜胆の問い掛けを受けてガタンと椅子から立ち上がったのは、彼の隣に座っていた夢野美咲だ。薄桃色のショートヘアを彩る髪飾りをキラリと輝かせながら、テーブルの上に身を乗り出した彼女は小さな手のひらを真《ま》っ直《す》ぐこちらへ突き付ける。

「嘘《うそ》つきは泥棒の始まりなのでラスボスさんが〝悪〟だったことはとっくに証明されていますが、そんなラスボスさんも思春期真っ盛りの男の子……純粋な恋路を邪魔するわけにはいきません。何しろわたしは正義の主人公なので！　ドドンッ!!」

「別に恋路とは言ってないけど……まあ、せっかく主人公が加担してくれるならありがたく受け取っておくよ。それで、どんなヒントだったんだ？」

「はい！　心して聞いてくださいね、ラスボスさん！　どぅるるる……じゃん！　**【篠**《しの》**原緋呂斗**《はらひろと》**の探し人は彼と同学年の現高校2年生である】**——みたいです！　なので、残念ながらわたしはラスボスさんの想《おも》い人ではありませんでした！　ぶぶー、です！」

「……残念なのか、それ？　主人公とラスボスが幼馴染みじゃ困るだろ」

「いいえ、困りません！　むしろ激熱ですよ、そんな展開！　どうして二人は道を違《たが》えてしまったのか、激しく刃《やいば》を交わす二人の胸中とは……!!　さ、最高のクライマックスです！　今からでも幼馴染みだったことにならないですか、ラスボスさん!?」

「絶対にならないけど、言いたいことはめちゃくちゃ分かる」

テイル○オブシリーズなんかで稀《まれ》によくあるアレだ。

と、まあ恒例のＲＰＧ談義はともかく——第二のヒントはそれなりに重大だった。俺の幼馴染みは同い年の二年生。つまり〝先輩〟も〝後輩〟も候補から外れることになる。

「ん……」

「……えっと、どうでしょう？　お役に立てましたか、ラスボスさん？」

「え？　……ああ、悪い。つい頭を整理したくなるくらいには貴重な情報だったよ」

わずかに不安そうな表情で尋ねてきた夢野《ゆめの》に対し、俺は小さく一つ頷《うなず》いてから「ありがとな」と付け加えることにした。それを聞いた彼女はほんの一瞬でぱぁっと嬉《うれ》しそうな顔になって、テーブルの向こうで仁王立ちしたままビシッと指を突き付けてくる。

「ふふん！　それでは、良い機会なのでラスボスさんに宣戦布告しておきましょう！　先代の最強主人公こと奈切《なきり》先輩が卒業してからも、天音坂《あまねざか》学園は安泰です。何故《なぜ》ならこのわたし、新主人公の夢野美咲《みさき》がいるから――です！　ゴゴゴゴゴゴ!!」

「……あのさ、一応俺もいるんだけど？」

「新主人公の夢野美咲と見習い冒険者の竜胆《りんどう》先輩がいるから、です!!」

むん、と控えめな胸を精一杯に張って言い切る夢野。唐突に見習い冒険者呼ばわりされた竜胆も「それならまあ」みたいな顔で頷いている。……十七番区天音坂学園。少数精鋭を掲げる強豪は、来年度も非常に厄介なライバルであり続けることだろう。

そして――奈切来火《らいか》はと言えば、そんな後輩たちを横から眺めていた。学園島《アカデミー》を卒業していく現三年生。彼女が《決闘《ゲーム》》に参加することは、本来なら二度と有り得ない。

「……あぁ？　何ジロジロ見てんだよ、７ツ星。今さらあたしに惚《ほ》れやがったのか？」

「そんなんじゃないっての。ただ……お前は、もういいのかと思ってさ」

「けっ……学園島《アカデミー》最強《アンタ》ともうヤれねぇのはちょっとばかし物足りねぇけど、そりゃ仕方ねぇだろ。学園島《アカデミー》の《決闘《ゲーム》》に参加できるのはどこかしらの学園に籍を持ってる高校生だけだ。どっかの馬鹿が8ツ星の権限を使ってルールでも書き換えてくれない限り、な」

冗談交じりに告げられた壮大な夢物語。

獰猛《どうもう》かつ愉《たの》しげな視線を正面から受け止めた俺は、ニヤリと笑って返すことにした。

「ま、そうだな。それじゃ……せいぜい、驚く準備でもしといてくれよ」

＃

――その日の午後。

羽衣《はごろも》を彩園寺《さいおんじ》邸（のすぐ近く）まで送り届けてから、俺は自宅へ戻っていた。昼というにはやや遅く、夜と呼ぶにはさすがに早すぎるくらいの時間帯。姫路《ひめじ》が用意してくれた熱い紅茶とお茶請けのクッキーにまったりと舌鼓を打っている。

ちなみに今日は、俺と姫路以外に二人ほどの来客がおやつのテーブルに同席していた。

「んん～！　さっすが白雪《しらゆき》ちゃん、お菓子作りも天才的な手腕だねん。ここが天国……」

「はむ、はむ、はむ……（こくこく）」

「にひひ、ツムツムほっぺにクッキー付いてるよん？　魔界の偉い王様なのに」

「はむ……ええ!?　お、お姉ちゃん取って、取って！」

ぎゅっと目を瞑《つぶ》ってほっぺたを突き出す椎名《しいな》と、そんな彼女の頬《ほお》に「えいや」と指先を押し当てて鮮やかに任務を完了する加賀谷《かがや》さん。

上下フルセットのゴスロリドレスに漆黒と真紅のカラコンまで入れた女子中学生とジャージ姿にボサボサの髪を適当に伸ばした妙齢の女性、という絶妙にちぐはぐな組み合わせだが、彼女たちはいずれも補佐組織《カンパニー》の構成員《メンバー》だ。こうして遊びに来ることも珍しくなく、今日も俺が帰ってくる頃には隣の部屋で仲良くゲームをしていた。

「というか……少し疑問だったのですが」

そこで、隣の姫路《ひめじ》がふわりと白銀の髪を揺らして口を開く。

「春休み期間中の紬《つむぎ》さんはともかく、加賀谷《かがや》さんが毎日のようにこの家へ来るのはおかしいような気がします。もしかして、ついに解雇に……？」

「ちょおっ!? つ、ついにってどういうこと、白雪《しらゆき》ちゃん!? 加賀谷のおねーさんはとびっきり優秀なんだから、クビになんかなるわけないじゃんか！」

「それは理解しているのですが、普段の加賀谷さんを見ているとどうにも信じられなくなってしまいます。……そのジャージ、昨日も同じものを着ていませんでしたか？」

「ぎくっ!? あ、あはは、下着はちゃんと着替えてるからセーフ……」

たら、と冷や汗を掻《か》きながら言い訳をかます残念美人こと加賀谷さん。

彼女は姫路お手製のクッキーをひょいっと一枚口へ運んで、指先を舐《な》めてから続ける。

「ま、まあ冗談はさておき……おねーさんたち《カンパニー》は一ノ瀬《いちのせ》学長が選抜した秘密組織で、去年の四月からヒロきゅんの補佐《サポート》に入ってたわけだよねん」

「？　はい、そうですね」

「そこで八面六臂《はちめんろっぴ》の活躍を見せたおねーさん！　学園島《アカデミー》男子のハートを軒並み射止めた白雪ちゃん！　途中参戦にも関わらず無双してくれた驚異の新人ツムツム！」

「えっへん！　だってわたし、最強だもん！」

「うむ、そんなおねーさんたちが組めば向かうところ敵なし！　……なんだけどさ、先月の期末総力戦でヒロきゅんが本物の７ツ星になったでしょ？　つまりヒロきゅんの嘘《うそ》は完全終了。だから、今となってはおねーさんたちが補佐する理由も特にないんだよねん。ヒロきゅんはもう普通に勝てるし、何ていうか……過剰戦力《やりすぎ》？」

「……確かに。今のご主人様に《カンパニー》が不正《イカサマ》サポートを行うというのは、本来の役割とは少し違うのかもしれませんね」

　加賀谷さんの説明を受けてこくりと頷《うなず》く姫路。……まあ、分からないではない。そもそも《カンパニー》が俺に手を貸してくれていたのは、負けたら破滅という絶体絶命の状況にも関わらず俺が実力に見合わない等級を騙《かた》っていたからだ。本物の７ツ星になった以上はイカサマをする理由なんかないし、何なら良心が痛むまである。

「だから、解雇じゃなくて有給休暇みたいなものなんだよぅ～」

　だらーっと椅子に背を預けながら、対面の加賀谷さんは至福の表情を浮かべている。

「午後四時起きでもＯＫだし、サボりまくっても怒られないし……ふへへへ」

「今後のためにも生活リズムだけは整えた方が良いと思いますが……と、そういえば」

ダメ人間まっしぐらな台詞《せりふ》を放つ加賀谷《かがや》さんにしばし呆《あき》れた視線を向けていた姫路《ひめじ》だったが、そこでふと思い出したように白銀の髪をさらりと揺らす。

「先ほどシアタールームでゲーム大会が行われていた際、加賀谷さんの端末が何度か震えていました。何かの通知だと思うのですが、もう確認なさいましたか？」

「ほえ？　なんだろ、宝くじ当選のご連絡とかかな。おねーさん、豪運！」

「だとしたら普通に詐欺だと思いますけど……」

「にひひ。じょーだん、じょーだん」

俺の突っ込みを軽やかに受け流した加賀谷さんは、立ち上がるのが億劫《おっくう》なのかうーんと両手を伸ばして自身の端末を手繰《たぐ》り寄せた。ジャージの胸元が強調されて、もとい押し潰されて凄《すご》いことになっているため、対面に座る俺はすっと自然に目を逸《そ》らす。

「わ、ほんとだ。着信履歴にメッセージまで……んっと、なになに？」

はむ、っとクッキーを咥《くわ》えながらのんびり読み進めていく加賀谷さん。

その表情がやがて真顔になり、徐々に青褪《あおざ》めていくまでさほど時間は掛からなかった。

「篠原緋呂斗《しのはらひろと》が７ツ星に到達したため、姫路白雪《しらゆき》を除く《カンパニー》メンバーの任を解き、代わりに新たな任務を通達する。次年度四月一日より《カ、カンパ、ニ、ー》は学園島管理部直下の組織として《決闘》の運営サポ、ー、トを——って、なにこれホントに!?」

「……えっと、つまり？」

「あ、うーんとね、要は《カンパニー》に新しいお仕事が回ってきたって話かな。学園島《アカデミー》のイベント戦は各運営委員会と《ライブラ》が共同運営してるんだけど、それを指揮する側っていうか何ていうか……まあ、平たく言えば〝管理部のお膝元〟だねん」

「管理部……って、それ、めちゃくちゃ大抜擢《だいばってき》なんじゃないですか？」

前に彩園寺《さいおんじ》から聞いた話だが、学園島《アカデミー》管理部と言えば全ての《決闘《ゲーム》》運営を取り仕切る中央組織のようなものだ。その権力は島内最大級。一ノ瀬《いちのせ》学長の下で俺の専属サポーターをやっているのとは比べ物にならないくらい大きな仕事と言える。

が、

「おねーさんは富とか名声とか権力よりお休みの方が欲しいんだよん……うにゃ～」

バタリ、と力尽きたようなジェスチャーと共に両手を投げ出してテーブルの上に倒れ込む加賀谷《かがや》さん。優秀過ぎるが故に、学長もそう簡単に手放してはくれないようだ。

「ん～……まあ、でも考えてみれば悪くはないかな」

しばらくうだうだとメッセージを読み返していた加賀谷さんだったが、やがてむくりと身体《からだ》を起こして嘆息交じりにそんな言葉を口にする。

「大規模《決闘《ゲーム》》の運営サポートってことなら基本はリモートで作業できるはずだし、それならヒロきゅん家に入り浸《ち》れることは変わらないもんね」

「や、なんでウチに入り浸る前提なんですか？」

「だってだって、ヒロきゅんばっかり白雪《しらゆき》ちゃんの手料理を食べられるなんてズルいじゃんか～！　あ、もちろんアレだよん？　ヒロきゅんと白雪ちゃんがそういう仲になるならお邪魔するのは控えるよん？　でも、ちょっとくらいいいじゃんか～」

「……はい。もちろんです、加賀谷さん。食事は大勢で囲んだ方が楽しいので」

子供のように駄々《だだ》を捏《こ》ねる加賀谷さんの要望を受けて微《かす》かに口元を緩める姫路《ひめじ》。続けて彼女は、未《いま》だにその隣でクッキーを頬張《ほおば》っているオッドアイの中学生――否《いな》、つい数週間前に籍だけ置いていた中学校を卒業した椎名紬《しいなつむぎ》に視線を向ける。

「ちなみに……紬さんは、どうするのですか？」

「わたし？」

姫路の抽象的な問いを受け、対面の椎名はさらりと黒髪を揺らしながら小さく顔を持ち上げた。そうして彼女は胸元のロイドをぎゅっと抱き締めながら言葉を紡ぐ。

「わたしは、春休みに一回だけ飛行機――じゃなかった！　【黒の帰還術式《ダークホール》】で魔界に帰るけど、その後はまた学園島《アカデミー》に戻ってくるよ？」

「そーそー。来年度のツムツムは、一応英明《えいめい》学園に籍を置く予定だからねん。《カンパニー》所属だからお仕事したければおねーさんのお手伝い要員になるし、学校に行きたければそれでもＯＫって感じ！　びっくりするぐらい融通が利いちゃうよん」

「あの女狐《めぎつね》様は紬《つむぎ》さんのことを溺愛していますからね。おそらく、学校へ通うことになった場合も考え得る限り最大限の配慮をしてくれることでしょう」

「……うん。学校は、まだちょっと怖いけど………でも」

「安心しろよ、椎名《しいな》」

躊躇《ためら》うように髪を揺らした椎名を見かねて、俺はそっと言葉を挟むことにする。

「学校は行きたくなったら行けばいい。行きたくなければそれでもいい。俺が8ツ星になったら、学園島のルールが少しだけ変わる……お前が〝高校生〟じゃなくても、嫌な思いして学校に通ってなくても、好きな時に《決闘《ゲーム》》ができるようになるはずだ」

「！　……うん！」

俺の言葉を最後まで聞いて、安堵《あんど》したように頰《ほお》を緩める椎名。彼女は漆黒と真紅のオッドアイで真《ま》っ直《す》ぐ俺を見つめながら、無邪気な笑みを浮かべて告げる。

「ありがとう、お兄ちゃん——わたし、わたしね？　高校生活がこんなに楽しみになるなんて、お兄ちゃんに会うまでちっとも思ってなかった！」

幸せそうな表情でそう言って、それから「えへへ」とロイドに抱き着く椎名紬。

そんな彼女に精神を浄化されながら、俺は隣の姫路《ひめじ》と目を見合わせて笑うのだった。

……それと、ちなみに。

この後すぐに椎名がゲームをせがんできたため確認するのが夜になってしまったが、実は学園無所属の枠として彼女にも８ツ星昇格戦ＥＸのヒントが渡っていた。

曰《いわ》く――【篠原緋呂斗《しのはらひろと》の探し人は夏期交流戦《ＳＦＩＡ《スフィア》》で第４段階《セミファイナル》に残っている】。

夏期交流戦《ＳＦＩＡ》とは、七月から八月にかけて行われていた大規模《決闘《ゲーム》》の一つだ。各段階《ステージ》で突破できる人数が決まっている勝ち抜き戦で、第４段階《セミファイナル》にあたる使い魔バトルこと《Drop Out Tamers《ドロップアウトティマーズ》》には総計百人のプレイヤーが進出していた。まだ絞り切れるほどではないが、なかなかに有力なヒントだと言えるだろう。

【８ツ星昇格戦ＥＸ：幼馴染《おさななじ》み探し――３日目終了時点／途中経過】
【ヒント①　篠原緋呂斗の探し人は彼と同じイベント戦に４回以上出場している】
【ヒント②　篠原緋呂斗の探し人は彼と同学年の現高校２年生である】
【ヒント③　篠原緋呂斗の探し人は夏期交流戦《ＳＦＩＡ》で第４段階《セミファイナル》に残っている】

＃

――翌朝。

自室のベッドに腰掛けた俺は、端末に記録したヒントの一覧を眺めていた。

８ツ星昇格戦ＥＸの開始から早くも数日。これまで手に入れた中で最もインパクトが大きい、もとい絞り込み能力が高いヒントは椎名《しいな》に貰《もら》ったモノだろう。何せ夏期交流戦《S《ス》F《フ》I《ィ》A《ア》》の第4段階《セミファイナル》に進出したプレイヤーなんてたったの百人しかいない。

(そこに〝二年生〟のヒントを重ねれば、候補なんてもう数人レベル……姫路《ひめじ》か彩園寺《さいおんじ》か皆実《みなみ》か枢木《くるるぎ》か、あとは五月以前に不破《ふわ》すみれとすれ違ってる説があるくらいか)

現状の探し人候補はそれくらいだが、姫路と彩園寺に関しては既に〝違う〟という言質《げんち》を本人から受け取っている。だとすれば、その他の候補者が俺の幼馴染《おさななじ》みである可能性は相対的に高くなった、と考えても間違ってはいないはずだ。

(正直、すみれってことはないと思うんだけど……ま、確かめるのは自由《タダ》だからな)

心の中でポツリと呟《つぶや》いて、俺は静かに立ち上がることにする。端末のカレンダーに記した予定。今日は姫路にも断りを入れて、たった一人で出掛けるつもりだった。

その目的地は、他でもない学園島《アカデミー》七番区。

つい先月までバチバチにやり合っていた宿敵、すなわち森羅高等学校——だ。


「……ここか」

三月特有の寒いんだか暖かいんだかよく分からない気候の中。

七番区中心部にある駅から地図アプリを片手に歩いていた俺は——途中で何度か迷子になりながらも——どうにか目的の場所まで辿《たど》り着《つ》いていた。森羅《しんら》高等学校の校門前。幼稚舎から大学部まで併設されているため、敷地面積は英明《えいめい》よりも遥《はる》かに広大だ。
（とりあえずここに来てくれ、としか言われてないけど……）
8ツ星昇格戦攻略のために森羅の代表者、つまり越智《おち》と連絡を取った際の履歴《ログ》を辿って
みるが、大まかな時間と〝校門前で〟という場所の指定しか為《な》されていない。
さてどうしたものか、ときょろきょろ辺りを見渡してみると――
「ん？　……あ」
――校門の影に、一人の見知った女子生徒が立っていた。
それは、紛《まぎ》れもなく七番区森羅高等学校の制服を纏《まと》った森羅のメンバーだ。ただし正確
には最初から七番区の所属だったわけじゃなく、年度の途中で二番区彗星《すいせい》から七番区森羅
へ移ったという異色の経歴を持つ高ランカー。灰銀色の長い髪を風に揺らす、氷の如《ごと》く冷
たい雰囲気の少女――元《ヘキサグラム》幹部・阿久津《あくつ》雅《みやび》。
「……何を呆《ほう》けた顔で突っ立っているのかしら、愚鈍」
当の彼女は俺の存在にはとっくに気付いていたらしく、瞑《つぶ》っていた両目を薄く開きなが
ら凍《い》てつく声音でそう言った。次いで、長い髪を翻《ひるがえ》して敷地内へと歩いていく。
（こっわ……）
強制的にそんな感情を抱かされる俺だが、しかし彼女が〝案内役〟であることは間違い
なさそうだ。小走りにその背中を追い掛けて、数歩分だけ後ろに付くことにする。

「えっと……お前が案内してくれるのか、阿久津《あくつ》」

「何を言っているのかしら、この三下《さんした》は。私が愚図《ぐず》を案内するためにわざわざ出向くわけがないでしょう？　外へ買い物に行っていて、帰りにたまたま貴方《あなた》を見かけたの」

「なるほど、まさに神の采配だったたってわけだ。……にしても」

ふと気になったことがあって、俺は前を行く阿久津雅《みやび》の全身に視線を向ける——と、

「……ねえ。背中からおぞましい気配を感じるのだけど……視姦《しかん》って言葉を知っている？」

「そ、そんなつもりはないって！　単純に、まだ制服なんだなって思っただけだ」

振り返ってギロリと冷たい視線を向けてきた阿久津に両手を振って弁明の意を示しながら、俺は慌てて本来の疑問を口にする。……阿久津雅は現三年生、つまり卒業式は既に終えている。越智《おち》や霧谷《きりがや》と違って森羅《しんら》に尽くす理由も特にないはずだが。

「……そうね。もしかしたら、これが最後の機会になるかもしれないけど」

そんな俺の内心を見透かしたかのように、阿久津は溜《た》め息《いき》交じりに言葉を継いだ。

「今日制服でいるのは、貴方程度の人間と会うのに服装を考えるのが面倒だったから。あとは一応、感傷みたいなものも多少はあるのかしら。求めていた〝頂点〟には届かなかったけれど……学園島《ここ》での生活は、思っていたほど悪いものではなかったから」

「……へえ？　それじゃ、阿久津は学園島《アカデミー》から出るつもりなんだな」

「三下の顔を見なくて済むのだから当然の判断ね。……まあ、貴方の試みが面白そうだと

感じたら、転校でも何でもして無理やり戻ってくるかもしれないけれど」

灰銀色の長髪をふわりと片手で掬《すく》い上《あ》げながら穏やかな笑みと共に告げる阿久津雅。

不意打ちめいた微笑の後に再び前を向いてしまった彼女に連れられて、俺はそのまま複数ある校舎の一つに足を踏み入れた。目的地が何階なのか、そもそも教室なのか否《いな》かもよく分かっていないが、この建物の中にあるなら間もなく到着することだろう。

「…………」

約一ヶ《か》月ぶりの再会を目前にして、俺は足を動かしながらも無言で思考を巡らせる。

七番区森羅高等学校——学園島《アカデミー》非公認組織《アルビオン》。

それは、７ツ星を騙《かた》る俺こと篠原緋呂斗《しのはらひろと》が長らく敵対していた組織の名だ。古くは五月期交流戦《アストラル》から……いや、英明《えいめい》の《区内選抜戦》に首を突っ込んできた倉橋《くらはし》御門《みかど》が《アルビオン》所属だったのだから、転入直後の四月から思いっきりやり合ってきたことになる。冥星という存在に苦しめられていた衣織《いおり》と、そんな彼女を救うために〝何でもやる〟覚悟を決めた越智春虎《はるとら》に霧谷凍夜《とうや》。そこに不破兄妹《ふわきょうだい》や阿久津雅という高ランカーまで加わった《アルビオン》は本物の強敵で、最後の最後まで俺を苦しめた。

（というか……俺が爆弾級の〝嘘《うそ》〟を抱えてたのと同じように、越智は越智で絶対に負けられない《決闘《ゲーム》》を続けてたわけだからな。お互いに違う理由で〝７ツ星〟にならなきゃいけなかったんだから、そりゃぶつかるに決まってる）

階段を上りながら静かにそんなことを考える。

……もしかしたら。

もしかしたら──互いに互いの事情を全て打ち明けた上で最初から手を組むことができていたら、もっと早く効率的にハッピーエンドまで辿《たど》り着《つ》けていたかもしれない。だがまあ、そんなのは結果論だ。俺と越智《おち》は正面からぶつかり合わなきゃいけなくて、我を通さなきゃいけなくて。きっと、そのおかげでこんな結末を手に入れられたのだろう。

「──ここね」

俺がそこまで思考を巡らせた辺りで、不意に足を止めた阿久津《あくつ》がこちらを振り返りながら案内の終了を宣言した。いわゆる普通の教室だ。阿久津の方はと言えば、腕を組んだまま澄ました表情で目を瞑《つぶ》っている。……自分で開けろ、と言いたいのだろう。

「ふぅ……」

だからこそ俺は、静かに呼吸を整えて。

スライド式の扉に手を掛けようとした──瞬間、だった。

『──ダメだよ、衣織《いおり》。絶対にダメだ』

『な、何で⁉　何でそういうこと言うの⁉　ハルくんの馬鹿、分からず屋っ‼』

「………………？」

扉の向こうから聞こえてきた二つの声に、俺は思わずピタリと動きを止めた。どちらも聞き覚えのある声だが、会話の内容と雰囲気があまりにも記憶と合致しない。

「えっと……もしかして、何か揉《も》めてるのか？」

「いちいち訊《き》かないでくれるかしら？　開けてみれば分かることでしょう」

「……まあ、開けていいなら開けるけど」

一応は許可も得たということで、今度こそ思い切って扉を開け放つ俺。

と――そこには、見慣れた森羅《しんら》高等学校の制服を着た男女が数人集っていた。中でも目を引くのは教卓の前の席に座った越智春虎《はるとら》と、そんな彼の正面に立って何かのチラシ（見たところコンビニのバイト募集がどうのという内容らしい）をバシッと机に叩《たた》き付けている少女・衣織だ。大人しいイメージが強かった彼女だが、そんな俺の印象を塗り替えるように、ぷくっと頰《ほお》を膨らませながら思いっきり越智に顔を近付けている。

そうして一言、

「わたし、春からバイトしたい！　あの人が8ツ星になってくれたらわたしも学校に通えるはずだけど、でも1ツ星だから全然お金使えないんだもん！　もし友達《ともだち》がいっぱいできて、遊びに行こ～とかお茶しに行こ～とか、そういう時にお金がなかったらどうするのハルくん！　わたしだけ！　わたしだけ、お水で我慢だよ!?」

「言いたいことは分かるけど、でもコンビニなんて絶対にダメだ。夕方から深夜二十三時までのシフト……？　そんな時間まで衣織が外にいたら誘拐されちゃうよ。それに、衣織なら等級くらいすぐ――……には、上がらないかもしれないけどさ」

「あー！　いけないんだ！　ハルくん、今わたしのこと馬鹿にしたでしょ⁉　すぐそうやってからかうんだから……ね、すみれちゃん⁉」

そう言って衣織《いおり》が身体《からだ》ごと視線を向けたのは、越智《おち》の斜め後ろに座っていた不破《ふわ》すみれだ。異様に高い共感性を持つため〝嘘《うそ》を見抜く〟のが得意な彼女は、しかし衣織の期待に反してベージュの髪をふわりと左右に揺らしている。

「いいえ、いいえ、いいえ！　それは勘違いだわ、イオリ！　だってハルトラは嘘なんかついていないもの。本気で〝イオリが等級を上げるのは難しい〟って思っているの！」

「！　むぅう、本気で思ってるならもっと悪いよ！　ハルくんの馬鹿！」

「あら……いけないわ、いけないわ。喧嘩《けんか》をしてはいけないわ。もし遅い時間になるのが心配なら、ハルトラが迎えに行ってあげたらどうかしら？」

「僕が？　うーん……そうだね。まあ、バイト先のコンビニに同年代の男子が一人もいないっていうなら考えてもいいけど」

「へ？　……え、もしかしてハルくん、からかってるんじゃなくて嫉妬してるの？」

「………………」

「へー、ふーん、そうなんだ？　えへへ、そうなんだ～？」

片手で頬杖《ほおづえ》を突いて沈黙する越智に対し、鬼の首を取ったような勢いで調子に乗り始める衣織。彼女は全身で喜怒哀楽の〝喜〟を表現しながら、両手を腰に押し当てる。

「やー、わたし可愛《かわい》いもんね～。ハルくんが心配したくなる気持ちも分かる！　分かるけど、でも大丈夫だよ？　わたしはハルくんを……あとトーヤくんのことも長年見てきてるから、ばっちり目が肥えてるもん。その辺のアイドルじゃ揺らがないから！」

「……あぁ？　ついでみたいな言い草でオレ様を巻き込んでんじゃねーよ、衣織」

そこで越智と衣織の会話に口を挟んだのは、窓際の机に腰掛けていたオールバックの青年こと霧谷凍夜《きりがやとうや》だ。退屈そうに腕を組んだ彼は、微《かす》かに口元を緩めながら続ける。

「つか、アイドルだか何だか知らねーがどこの誰が衣織なんかに惚《ほ》れ込《こ》むんだよ。てめーにご執心なのは世界中どこを探しても春虎《はるとら》くらいのもんだろうが」

「な、なんてことを！　わたしはトーヤくんをイケメンだって褒めたのに！」

「ひゃはっ、そいつはお世辞じゃなくて単なる事実だからなぁ」

「うう、トーヤくんだってずっとカノジョいないくせに！　ばーかばーか！」

「――あはは。まあまあ衣織ちゃん、そんなに怒らなくても大丈夫だよ？」

その時、頬を膨らませながら霧谷に詰め寄ろうとする衣織を人好きのする悪戯《いたずら》っぽい笑顔で押《お》し留《とど》めたのは、霧谷のすぐ近くに座っていた年上の女性だった。先月の零番区《ゼロ》《LR》で俺とも刃《やいば》を交えた相手。元《アルビオン》リーダーこと張替奈々子《はりがえななこ》。

彼女はニマニマとした笑みを口元に浮かべながら、からかうように言葉を継ぐ。

「トーヤに彼女《カノジョ》がいないのはずっと私に片想《かたおも》いしてるからだけど、衣織《いおり》ちゃんのことだってちゃんと大切に思ってるんだから。悪口言われたら〝照れ隠ししてる〜！〟って思っておくくらいがちょうどいいんだよ。ね、トーヤ？」

「あぁ？　何とんでもねー決め付けかましてくれてんだ、てめー」

「あ、照れ隠ししてる〜！　だってトーヤ、私が卒業して学園島《アカデミー》からいなくなった後、一人で泣いてたんでしょ？　ごめんごめん、もうどこにも行かないからね〜」

「……おい、今からオレ様と疑似《決闘《ゲーム》》で勝負しろ。どっちが上か思い知らせてやる」

「疑似《決闘《ゲーム》》ぅ？　いいけど、ボコボコにされても泣かないで我慢できる？」

「ひゃはっ。てめーの方こそ、今から無様な言い訳でも考えておくんだな」

　片や椅子に座った状態で不敵に相手を見上げ、片やテーブルに手を突いて威圧するように相手を見下す二人。一触即発の空気の中、いつ疑似《決闘《ゲーム》》が始まるのかと俺が大人しく眺めていると、不意に「あの……」と手を上げた人物がいた。

　ベージュの髪をさらりと揺らした少年──不破深弦《ふわみつる》は、どこか遠慮がちな口調で一言。

「ちなみにだけど……もうとっくに来てるよ、し、し、し、篠原くん？」

「「「「!!」」」」

　深弦が開示した衝撃的な（？）情報を受け、室内にいた森羅《しんら》のメンバーは揃《そろ》ってこちらを振り向いた。越智《おち》、霧谷《きりがや》、不破兄妹《きょうだい》、張替奈々子《はりがえななこ》、それから衣織。彼らの瞳に思い思いの感情が宿っているのを見て取りながら、俺は俺で素直な感想を告げることにする。

「……よう、仲いいな」

俺の来訪を認識してすぐに席を立ったのは衣織とすみれの二人だった。

「まあ！　気付かなかったわ、気付かなかったわ！　わたくし、すっかり夢中になってしまっていたわ……！　気を悪くしないでくださいね、ヒロト？　わたくし、ヒロトにまたお会いできるのをとっても楽しみにしていたの！」

「すみれちゃんの言う通りだよ！　こっち、こっち来て7ツ星さん！　ほら、この席だけふっかふっかの座布団が敷いてあるんだから！　7ツ星さんの特等席！」

「あ、ああ……そりゃどうも」

「うん！　そうだ、美味《おい》しいお茶とお菓子もあったんだ！　わたし、持ってくる！」

「いけないわ、いけないわ！　わたくしも手伝うわ！」

嵐のような勢いで教室を飛び出していく衣織と、それを追って同じく席を立つすみれ。

そんな二人の背を見送りながら、特等席とやらに座った俺はポツリと声を零《こぼ》す。

「テンション高いな、あいつら……いや、すみれの方はいつも通りだけど」

「？　ああ、そうか。確かに、緋呂斗《ひろと》にとっては新鮮かもしれないね」

それに頷《うなず》きを返してきたのは、間に一つ机を挟んで俺の左側に座る越智春虎《はるとら》だ。彼は黒い髪を微《かす》かに揺らしながら、優しげな表情を浮かべてゆっくりと言葉を紡ぐ。

「衣織《いおり》は、昔からあんな感じだったんだ。森羅《しんら》のみんなから〝太陽みたいな子〟って言われてて、誰よりも明るくて元気で友達《ともだち》が多かった。君の知ってる大人しい衣織は、冥星であらゆる人格を否定され尽くした後の〝別人〟だよ」

「……なるほどな。じゃあ、今のあいつが――」

「そうだね。僕ら《アルビオン》が何年もかけて、どうしても取り戻したかった衣織だ」

本人がこの場にいないからか、先ほどのような照れ隠しを挟むことなく素直に感情を吐露する越智《おち》。彼は漆黒の瞳で俺の顔を覗《のぞ》き込むと、微かに口元を緩めて続ける。

「だからね緋呂斗《ひろと》。僕は確かに君に負けたけど、だからこそ君にお礼を言いたいと思ってたんだ。衣織が〝太陽〟に戻れたのは、きっと君のおかげだから」

「……そっか」

ストレートな感謝を告げられて、今度は俺が照れ隠しのためにそっと首を横に振る。

越智が言っているのは、期末総力戦サドンデスルール《リミテッド》の最終決戦、零番《ゼロ》区《LR》の最後に俺が明かした〝理想〟のことだろう――8ツ星到達の報酬として俺が想定している《決闘《ゲーム》》の根幹ルール変更。それが彼の目的とも合致していることが明らかになったため、越智はあの時【モードE】にならない選択をしてくれたんだ。

（ってことは……要するに、これが本来の森羅ってわけだよな）

すみれと一緒に教室へ駆け戻ってきて、俺を含む全員の前にお茶やらお菓子やらをわちゃわちゃ並べてくれる衣織の姿を眺めながら、俺はぼんやりとそんなことを考える。森羅高等学校と言えば越智や阿久津《あくつ》、霧谷《きりがや》のイメージが先行して〝悪の組織〟みたいな印象すらあったくらいだが、こちらの方が随分と平和でとっつきやすい。

「ひゃはっ……」

と――そこで相変わらず獰猛《どうもう》かつ好戦的な笑みを零《こぼ》したのは件《くだん》の霧谷凍夜《とうや》だった。彼は愉《たの》しげな視線を俺に向けると、そのまま煽《あお》り立てるように口を開く。

「けどな篠原《しのはら》、分かってんのかてめー？　春虎《はるとら》の感謝は、全部てめーが〝有言実行〟した場合の話……8ツ星昇格戦とやらに勝利する前提の皮算用だ。もしてめーが8ツ星になれず無様にくたばるなら、この日常も仮初《かりそめ》になってお終《しま》いだからな」

「そうだね。そうなったら僕は、今度こそ末代まで緋呂斗を呪わなきゃいけなくなる」

「怖いこと言うなよ、おい……分かってるって。まだ終わったわけじゃない」

霧谷と越智の二人から冗談めかした――ただしおそらく本気の――脅迫を受け、苦笑交じりに肩を竦《すく》めてみせる俺。もちろん、言われなくても分かっている。今日だって何もぶらりと遊びにきたわけじゃなく、メインの目的は〝探し人〟の情報収集だ。

「多分、森羅にヒントが渡ってるならこの中の誰かだと思うんだけど……」

「僕だね、さっき通知があったところだよ。焦《じ》らす理由もないから言っちゃうけど、内容としては【篠原緋呂斗《しのはらひろと》の探し人は《LOC》で彼をターゲットに設定している】っていうものだ。多分、かなり候補を絞れるヒントなんじゃないかな？」

「……ん」

越智《おち》がもたらしてくれた四つ目のヒントを端末にメモしながら、俺は静かに思考を巡らせる。《クリスマスの恋占い《Legend Of Christmas》》——それは、名前の通りクリスマス当日に行われたデート形式の疑似《決闘《ゲーム》》であり、俺をターゲットに選んでくれた相手は六人だ。この時点で枢《くる》木《ぎ》千梨《せんり》と不破《ふわ》すみれの二人も〝幼馴染《おさななじ》み〟の候補から外れたことになる。

こくり、と一つ頷《うなず》いてから顔を持ち上げた。

「助かった。おかげで順調に攻略を進められそうだよ、越智」

「それなら良かった。僕だって、無闇に君を呪いたいわけじゃないからね」

「本当にな。……そういえば、越智は来年も学園島《アカデミー》に残るのか？」

「うん。おかげさまで致命的な手《モードE》は使わずに済んだし、今のところはそのつもりだよ」

感謝ついでに繰り出した俺の質問に対し、越智はさらりと黒髪を揺らしながら小さく頷《うなず》いた。一瞬だけ傍《かたわ》らの衣織《いおり》をわざとらしく見遣《みや》った彼は、肩を竦《すく》めて続ける。

「衣織を残していくにはあまりにも心配だから、っていうのもあるけど……」

「なにおう!?」

「……衣織の成長を見届けられないのが寂しいから、っていうのもあるけど、緋呂斗がせっかく楽しいルールを制定してくれるみたいだからね。凍夜《とうや》も残るって言ってるし、わざわざ島を出る理由の方が一つもないよ。もちろん《アルビオン》自体は目標達成で解散になるけど……まあ、これからは自由にやろうかなって思ってる」

「ひゃはっ。てめーとオレ様の直接対決はまだ数えるくらいしかやってねぇからな、7ツ星。このまま勝ち逃げできると思ってんじゃねーぞ？」

「凍夜のこれ、実は最大級の誉《ほ》め言葉だから」

獰猛《どうもう》に威嚇してくる霧谷《きりがや》を指して茶化《ちゃか》すように口を挟む越智。

そうして彼は、改めて俺に身体《からだ》を向けると少しだけ真面目《まじめ》な表情になって続ける。

「だから、まあ――何かあったら頼ってよ、緋呂斗。僕は、いや僕らは……緋呂斗に恩を返さないと気が済まない。旧《アルビオン》が、いつでも君の力になろう」

「……はいはい。ま、そんな機会があったらな」

真《ま》っ直《す》ぐな本音と視線を交わし合って――。

篠原緋呂斗と越智春虎《はるとら》の長い戦いに、ようやく正式な終止符が打たれたのだった。

森羅《しんら》メンバー総出で（阿久津《あくつ》はいなかったが）校門の辺りまで見送られた後。

「ん……」

駅の近くに戻ってきた俺は、右手を口元へ遣りながら端末に書き留めたヒントを眺めていた。昨夜の時点で相当に絞られていた幼馴染《おさななじ》み候補。ここに《LOC》絡みの条件が加わったわけだから、全てに当てはまる人間なんてこの世にたった三人しかいない。

姫路白雪《ひめじしらゆき》、彩園寺更紗《さいおんじさらさ》、そして皆実雫《みなみしずく》だ。

「で、姫路と彩園寺には〝違う〟って断言されてる……なら、もう決まりなのか？」

ポツリとそんな言葉を口走ってしまう。

皆実雫――それは、十四番区聖ロザリア女学院に所属する6ツ星ランカーだ。《凪《なぎ》の蒼炎《そうえん》》なる二つ名を持つ、青のショートヘアと眠たげな瞳が特徴的な少女。初対面は五月期交流戦《アストラル》であり、その後もほとんどのイベントで何かしらの接点があると言っていい。最も多く俺の前に立ち塞がってきた強敵《ライバル》の一人だろう。

（皆実が幼馴染みだって言われても、別に信じられない話じゃない。ただ――っ!?）

そこまで考えた辺りで、不意に手元の端末が小刻みに振動した。ジャストタイミングの着信。驚きと共に画面を覗《のぞ》いてみれば、そこには一つの名前が刻まれている。

――皆実雫。

それは、現状の〝幼馴染み〟筆頭候補からの逆コンタクトだった。

＃

「『……………』」

学園島《アカデミー》十四番区。

場所は、今ひとたびの聖ロザリア女学院――ではなく、学区郊外のとある公園。

広さはそれほどでもないが、ただし〝ごく普通の〟と形容するには少し派手すぎる特徴があった。それは、少し奥まったエリアに一本の桜の木が生えている点だ。なかなかの存在感を放つその桜は、三月下旬という時期も手伝って満開に咲き誇っている。

そんな、映画のパッケージにでもなっていそうな絶好のシチュエーションにて。

「……ストーカーさん」

俺の目の前に立っているのは、一人の可愛《かわい》らしい少女だった。高校生女子の平均身長よりわずかに低いくらいの背丈。聖ロザリア女学院の上品な制服に身を包み、青のショートヘアの上から真っ白な帽子をちょこんと被《かぶ》っている。

少し長めの前髪から覗く眠たげな青の瞳。

けれどそれは、いつもよりはっきりと正面の俺を捉えている。

「ん……」

そんな彼女――皆実雫は、じっと俺を見つめながら淡々とした声音で切り出した。

「ストーカーさんが初恋の幼馴染みを探してるのは、知ってる……前人未到の、８ツ星昇格戦。実は、今までに判明してるヒントの内容も調査済《リサーチ》み……」

「……いや。リサーチっていうか、ついさっき俺がお前に教えたんだけどな」

「？　それも、立派な調査……違う？」

怪訝《けげん》な顔で首を捻《ひね》る皆実《みなみ》に対し、俺は小さく肩を竦《すく》めながら「はいはい」とだけ返しておく。それを受けた皆実は満足げにこくりと頷《うなず》いてから主張を続けた。

「ストーカーさんは、ちゃんと気付いてるはず……わたしは、今のところ全部の条件《ヒント》に当てはまってる。なかなかの、確率……SSR《えすえすあーる》。偶然で片付けるには、不可解……」

「不可解ってほどでもないけど、確かに激レアだってのは間違いないな」

「ん。……先に、訊《き》くけど。ストーカーさんは、わたしが幼馴染《おさななじ》みだったら……いや、さらり、と青のショートヘアを揺らすようにして真《ま》っ直《す》ぐ尋ねてくる皆実。同時に軽やかな風が桜の花びらをひらひらと舞わせ、彼女が被《かぶ》る白い帽子をピンクに彩る。

「っ……別に、嫌ってことはないけど……」

対する俺の方はと言えば、彼女の放つ独特な雰囲気に呑《の》まれないようそっと指先で頬《ほお》を掻《か》くことにした。皆実雫《しずく》が俺の幼馴染みだったら——いや、もちろん誰が〝正解〟だとしても嫌《イヤ》なんて感情にはならないだろうが、中でも皆実はかなり気が合う、というか息が合う部類だ。慣れ親しんだ空気感、といったものを覚えないこともない。

そんなことを考えていると、一歩前に踏み出した皆実がこてりと首を傾《かし》げてみせた。

「ん。それはつまり、わたしがストーカーさんの初恋相手でいいってこと……？」

「……そこまでは言ってない」

「言ってなくても、自明の理。ストーカーさんの幼馴染みは、初恋相手……つまり、わたしが幼馴染みなら自動で初恋の女の子になる。三段論法……きゅーいーでぃー」

「ま、まあ、そうかもしれないけど……」

距離を詰められたことで整った顔立ちや瞳が至近距離から見えるようになり、ついでにふわりと甘い匂いが鼻腔《びこう》をくすぐったりもして、俺は思わず後ずさりしそうになりながら動揺交じりの声を返す。……自他共に認める美少女フリークこと皆実雫。可愛《かわい》い女の子に造詣が深い彼女だが、その過程で集まった叡智《えいち》は彼女自身にも集約されているのかもしれない。そう思わされてしまうほどに、皆実雫という少女は可愛らしい。

「……ストーカーさん」

俺が頭の中でぐるぐるとそんな思考を巡らせていると、目の前に迫っていた彼女が囁《ささや》くようにそんな言葉を口にした。最初のうちは単なる蔑称だったはずだが、今やすっかり馴《な》染《じ》んでしまった二人称。いつも通りの気怠《けだる》げな口調で、皆実雫は淡々と続ける。

「今さっき、わたしもヒントを貰《もら》った……しかも、決定的なやつ。内容は、こう……【篠《しの》原緋呂斗《はらひろと》は後述のゲームにおいて彼の探し人に勝利したことが一度もない】」

「……へえ？　そりゃまた、随分と毛色が違うな」

皆実が提示してくれた第五のヒントを頭に叩《たた》き込みながら、俺は小さく眉を顰《ひそ》める。ここに来てやけに感覚的な、あるいは実践的なヒントが飛び出してきた。何でそんなことが分かるんだという感じだが、おそらく当時の俺が柚姉《ゆずねえ》に喋《しゃべ》っていたのだろう。

（確かに、小さい頃の俺は幼馴染み《あいつ》とめちゃくちゃ遊んでて、その時にゲームみたいなこともやった気がする。そのゲームってので、俺が一回も勝ってない……そんなに弱かったのか、俺？　もしくは、そいつがとんでもなく強かった……？）

右手を口元へ遣《や》ってどうにか朧《おぼろ》げな記憶を辿《たど》ろうとする俺。

そんな俺を眠たげな青の瞳で見つめながら、皆実《みなみ》は再び「ん……」と口を開いた。

「このヒントがあれば、きっと確証が持てるはず。もしわたしが勝ったら、ストーカーさんの幼馴染《おさななじ》みはわたしで決定……恋人にしたら、いいと思う」

「……決定じゃないし、それとこれとは話が違うだろ」

「む。ストーカーさんは、嘘《うそ》つきで強情……そのうえ、かなりの意気地なし」

「いや、だから……」

微《かす》かに不満げな表情で唇を尖《とが》らせる皆実を前にして、俺は顔が熱くなるのを誤魔化《ごまか》すように首を振る。……自分が何を言っているのか分かっているのだろうか、こいつは？　皆実雫《しずく》が本物の幼馴染みか否《いな》かはまだ不明だが、どちらにしても遠回しな〝告白〟に聞こえてしまいかねない発言だ。故に、自然と心臓の鼓動が早くなってしまう。

「とにかく……ルールは、こう」

そんな俺の動揺をまるで気に留めることなく、皆実雫は淡々と言葉を継いだ。

「簡単に言えば、心理戦ありのジャンケンみたいなもの……攻撃側と防御側があって、ストーカーさんは防御側で固定。で、攻撃側の人がまず目を瞑る」

「目を瞑《つぶ》る？」

「そう。だから、防御側の人がいなくなっても気付けないという……闇のゲーム」

「……本当のルールを教えてくれよ、皆実」

「む、気付かれた……じゃあ、闇のゲームのところは嘘」

しれっと青の髪を揺らしながら前言を撤回する皆実。

そうして彼女は、右手を順番にグーチョキパーの形に変えながら続ける。

「攻撃側の人……つまりわたしが目を瞑ったら、防御側のストーカーさんは普通にグーかチョキかパーを出す。一回決めたら、もう変えられない……運命の、選択」

「ほう」

「ストーカーさんの手が決まったら、次にわたしが目を瞑ったまま後出しでグーかチョキかパーのどれかを選ぶ……これで、勝負が決まる。……でも、それだけだとただの運。普通のジャンケンと、何も変わらない……愚の、骨頂」

「愚の骨頂かどうかは知らないけど、まあわざわざ目を瞑った意味はなさそうだな」

ルールがそれだけだとしたら、俺は普通のジャンケンで一度も幼馴染みに勝ったことがない不運すぎる人間ということになってしまう。心理戦でも何でもない。

「そう……だから、攻撃側《わたし》は目を瞑ったまま〝質問〟ができる」

俺の疑問に答えるように、皆実《みなみ》は相変わらず起伏の少ない声音で説明を続ける。

「〝どの手を出した？〟とか〝グーで勝てる？〟とか〝気分《はうあーゆー》はどう？〟とか、あとは〝7ツ星の年収は？〟とか〝学年は？〟とか〝彼女はいるの？〟……とか」

「どうでもいいまとめサイトみたいな質問のオンパレードだな」

「ん。とにかく、攻撃側は相手に勝つための質問を何でもしていい……でも、ストーカーさんは別に本当のことを言わなくてもいい。グーを出してるのに『パー』って言って、純情な乙女心を弄んでもいい……あくまでもルール上は、やってもいい」

「……めちゃくちゃ印象操作してないか？」

「それは、ストーカーさんの言いがかり……とにかく、攻撃側《わたし》が目を瞑《つぶ》ったまま出す手を決めたらおーぷん。あとは、普通のジャンケンと一緒……勝ちか、負けか、あいこのどれか。でも、このヒントを見る限り、ストーカーさんは幼馴染《おさななじ》みに全戦全敗……勝ちもあいこもないはず。あまりにも、弱すぎ……じゃなくて、貴重な判断材料」

「うっ……ま、まあ、確かにそうなんだよな」

皆実の発言に小さく頬《ほお》を引き攣《つ》らせながら頷《うなず》く俺。

心理戦ジャンケン――片方（俺）が先に手を決めて、もう片方（相手）がそれを見ないまま質問をして後出しで手を選ぶ。これだけシンプルな内容《ルール》で〝全敗〟していたというの

だから、おそらく俺の癖か何かが幼馴染《おさななじ》みには完璧に見抜かれていたんだろう。皆実《みなみ》の言葉じゃないが、偶然で片付けるにはさすがに不可解な確率だ。

「せっかくだから、やってみる……目、瞑《つぶ》るから。変なことしたければ、するといい」

「……しないっての」

「ん……」

微《かす》かな吐息を零《こぼ》しながらそっと目を瞑る皆実。……普段から元気いっぱいにはしゃいでいるようなタイプではないが、それでも〝目を閉じている〟状態というのはやけに無防備に感じられる。念のため顔の前でひらひらと手を振ってみても反応はない。

「『へっ……こんな人気《ひとけ》のない場所で目を閉じるなんて無防備な女だ。今すぐ俺の毒牙に掛けてやるぜ、覚悟しな！』」

「ろくでもないアフレコしてんじゃねえよ、ったく……こっちの手は決まったぞ」

淡々とした声音で妄想の俺（外道）を演じる皆実に突っ込みを入れながら、俺は嘆息交じりに告げる。その手の形は『チョキ』だ。つまり、ここで皆実が『グー』を出すような幼馴染みの確率上昇、それ以外なら大きく減少……という判断になる。

「ん……」

当の皆実はと言えば、目を瞑るだけでなく口も噤《つぐ》んだまま何やらじっくり考え込んでいるようだった。それからややあって、青の髪を揺らした彼女は静かに切り出す。

「じゃあ……質問。ストーカーさんは、どの手を出してる？」

「『パー』だな。お前の目の前でひらひら手を振って、そのままの形で固定した」

「ふぅん？　確かに、ストーカーさんは男の子《え》……この機会に乗じてわたしの胸を触ろうと企《たくら》んでるなら、手の形は自然と『パー』。平手打ちの場合も、同様……」

「『同様』じゃねえわ。どっちも企んでないっての」

「でも、考えれば考えるほど、濃厚なのは『パー』……だって、さすがに『チョキ』で目潰しするのも『グー』でパンチするのも、やりすぎ。非難、轟々《ごうごう》……大炎上」

「やりすぎ以前に、そもそも攻撃が必要なゲームじゃないからな」

「確かに、それはそう。……ちなみに」

そこで皆実は、さらりと青のショートヘアを揺らしながら小さく首を傾《かし》げてみせた。

「ストーカーさんは……わたしに、勝とうと思ってる？」

「……え？　それは、えっと……どういう意味の質問だ？」

「簡単なこと……ここでストーカーさんが勝てば、わたしは幼馴染み候補から消える。つまり、わたしが幼馴染みだったらうれしいなって思ってるなら、今は素直に負けておくべき……でしょ？　これを聞いて主張を変えたいなら、変えてもいい……」

目を瞑ったままそう言って、微かに顎を持ち上げる皆実。

まあ、確かに彼女の言葉は正しい部分もあるのだろう——おそらく、このまま俺が何も言わなければ皆実《みなみ》の手は『チョキ』になる。それは俺の『チョキ』とあいこになる選択であり、すなわち皆実雫《しずく》が〝幼馴染《おさななじ》み候補〟から消えるという意味だ。そうなれば、現状で可能性のある人間は全滅。どこかで推理を間違えていることが確定してしまう。

（……でも）

けれど俺は、内心で小さく呟《つぶや》くことにした。……俺の目的は8ツ星昇格戦に勝利すること、つまりは幼馴染みを正確に特定することだ。皆実の好意を嬉《うれ》しく思う気持ちはあるものの、それは〝幼馴染み判定〟に影響を及ぼしていい感情じゃない。

だからこそ、

「いや、特に変える必要はないな。他に質問はしなくていいのか、皆実？」

「……そう。なら、別にいい。わたしの手は、もう決まってる……」

ぎゅ、っと左手で包み隠すような形で右手を覆う皆実。桜の花びらが幻想的に降り注ぐ中、彼女は最後に微《かす》かな吐息を零《こぼ》して――覚悟を決めたように顔を持ち上げる。

「じゃーん、けーん……」

「っ……」

「――ぽん」

一息でそこまで言い切って。

隠していた右手をオープンすると共に、皆実は数分ぶりに青の瞳を開示した――息を呑《の》むほど儚《はかな》げな美少女。もしも、この瞬間に彼女が俺の幼馴染みだと判明していたなら、確かにそれはこの上なく印象的で感動的な場面《シーン》になっていたことだろう。

「…………」

けれど、彼女が出していたのは『チョキ』であり。

俺の『チョキ』には決して勝つことができない、あいこの手だった。

「え、えぇえぇえぇえぇえぇえぇ！！？！？」

（おわっ!?）

刹那——俺と皆実の頭上に薄桃色の花びらを散らしていた桜の木陰から驚きの声と共にひょこっと姿を現したのは、聖ロザリア女学院三年生。皆実の先輩にあたる元冥星所持者こと梓沢翼《あずさわつばさ》だった。先輩ながらほわほわとしていて柔らかな雰囲気を持つ彼女は、たたたっと俺たちの眼前まで走り寄ってきては大袈裟《おおげさ》な身振りで口を開く。

「な、何で負けてくれないんだよぅ篠原《しのはら》くん！　今、本当にすっごく良《い》い雰囲気だったんだよ!?　雫が勝ったらそのまま映画化決定くらいの勢いだったのに……ボク、頑張って枝とか幹とか揺らして花びらが舞う演出までしてたのに！」

「……人工シチュエーションだったのかよ」

「ふっ……実は、そう。桜の木の下と言えば、告白シーンの定番……でも、この木には何の伝説もなさそうだったから、ちょっと盛った。翼ちゃんには、大感謝……」

「あ、えへへ……ま、まぁ、ボクはこう見えてとっても頼れる先輩だからね！　後輩のために桜吹雪を用意するくらい朝飯前だよ、うん！」

群青色《ぐんじょう》の髪を揺らしながら得意げな表情でえっへんと胸を張る梓沢《あずさわ》。

けれど彼女は、すぐに「けど……」と不安そうに眉を曇らせて俺たちの顔を順に見る。

「ホントは、これで雫《しずく》が勝てると思ってたんだけど……ボク、水を差しちゃったかな？」

「ん……」

梓沢の言葉を受けて、俺はそっと右手を口元へ遣《や》る。……桜の木を揺らしていただけの梓沢が勝負に水を差したとは全く思わないが、とはいえ〝あいこ〟という結果になったのは事実だ。第五のヒントによれば、俺は幼馴染《おさなな》みに〝全敗〟していたのだという。つまり皆実《みなみ》が俺の幼馴染みだという線は現時点で限りなく薄くなってしまった。

けれど、それでも——。

梓沢の不安と懸念に反して、皆実雫はそっと青の髪を揺らしながら平然と言葉を継ぐ。

「確かに、これでわたしは〝幼馴染み〟の条件を満たせなくなった……残念、無念」

「……まあ、そうだな」

「ん。でも……そもそも、わたしは小さい頃の記憶《こと》も割と覚えてる方。ストーカーさんに会った覚えは、全くない……仲のいい男の子なんて、今のストーカーさんが初めて」

「へえ？　……そうだったのか。じゃあ、それはそれで光栄だって思っておくよ」

「そうして」

　肩を竦《すく》める俺に対し、皆実はいつも通り冗談とも本気ともつかない気怠《けだる》げな表情で一つ頷《うなず》く。そして傍《かたわ》らの梓沢がほっとしたように胸を撫《な》で下ろす中、彼女はほんの少し──見慣れていなければ決して分からないほど微《かす》かに口元を緩めて。

「でも……ちょっとだけ、安心した」

「……安心？」

「ん。さっき、ストーカーさんは間違いなくこう言った……〝幼馴染みと恋人はまた別の話だ〟って。これは、重要な情報……なら、別に幼馴染みじゃなくてもいい」

　そう言いながら、皆実は不意にとんっと距離を詰めてくると、俺の腕を取りながら耳元に唇を近付けてきた。続けて彼女は、囁《ささや》くような声音で俺の鼓膜を揺らす。

「だから……来年もよろしくね、ストーカーさん」

「っ……」

　なんてことない台詞《せりふ》にも関わらず、様々な感情に襲われて言葉を失ってしまう俺。

　そんな光景を、梓沢があわあわと真っ赤な顔で見つめていた──。

＃＃

『──ねえ。大丈夫なの、篠原《しのはら》？』

深夜、端末の向こうからは心配そうな声が聞こえてきている。

『8ツ星昇格戦の実施期間、確か明日《あした》の夜までだったはずだけど……一向にクリアの報告がないじゃない。もしかして、派手に躓《つまず》いてたりするのかしら？』

「ん……いや、ヒントは順調に集まってる。あとは最後の大詰めだけ、って感じだな」

『……ほんとに？ 何となく、今までで一番自信がなさそうな声に聞こえるわ』

顔を突き合わせているわけでもないのに鋭い指摘を飛ばしてくる《女帝》こと彩園寺《さいおんじ》。

俺が黙っていると、やがて『はぁ……』と微《かす》かな嘆息が耳朶《じだ》を打つ。

『まあ、篠原《しのはら》のことだから何か考えがあるんだとは思うけれど……自分だけで抱え込まないでよね。あんたに巻き込まれるのなんて、とっくに慣れっこなんだから』

「……ああ、ありがとな」

彩園寺らしい遠回しな気遣いの言葉に少しだけ口元を緩めながらそう言って、俺は彼女との通話を終える。同時に「……ふぅ」と重たい溜《た》め息《いき》が零《こぼ》れた。

場所は相変わらず自室のベッドだ——ただし、日付の方は大幅に進んでいる。今日は三月二十九日水曜日、8ツ星昇格戦EXの実施期間は確かに明日の夜までだ。

そして肝心の攻略度合いはと言えば、数日前から〝急ストップ〟が掛かっていた。

というのも、おそらくはヒントが尽きてしまったのだ。皆実《みなみ》から貰《もら》った第五のヒントを最後に、新たな情報は一つも獲得できていない。桜花《おうか》の藤代《ふじしろ》や風見《かざみ》、栗花落《つゆり》の枢木《くるるぎ》、茨《いばら》の結川《ゆいかわ》、それから元ラスボス側である泉夜空《いずみよぞら》と妹の小夜《さよ》にも会いに行ったが、いつも通り謝られたりからかわれたりするだけで、ヒントの気配は皆無《ゼロ》だった。

もう一度、端末に記した五つの条件を眼前に並べてみる。

【ヒント①　篠原緋呂斗《ひろと》の探し人は彼と同じイベント戦に4回以上出場している】

【ヒント②　篠原緋呂斗の探し人は彼と同学年の現高校2年生である】

【ヒント③　篠原緋呂斗の探し人は夏期交流戦《SFIA》《スフィア》で第4段階《セミファイナル》に残っている】

【ヒント④　篠原緋呂斗の探し人は《LOC》で彼をターゲットに設定している】

【ヒント⑤　篠原緋呂斗は心理戦ジャンケンにおいて探し人に勝利したことが一度もない】

……8ツ星昇格戦EXにおいて、俺の幼馴染《おさななじ》みを特定するためのヒント。

もしかしたら未発見の情報だってあるかもしれないが――ただし、どちらかと言えば。

「候補が多すぎて絞れないんじゃなくて、一人もいないから困ってるんだよな……」

もう何日も前から抱え続けている苦悩を改めて口にする俺。

そう――そうだ、そういうことだ。越智《おち》から貰った四つめのヒントの時点で、全ての条件を満たし得る相手は三人しかいなかった。そして姫路《ひめじ》と彩園寺に関してはいずれも〝違う〟と明言されていたため状況証拠的には皆実で確定だったのだが、しかし第五のヒントに伴う心理戦ジャンケンの結果は〝あいこ〟……柚姉《ゆずねえ》が今でも俺の全敗を確信できるほどの人物が正解だというのなら、彼女もやはり俺の幼馴染みではないのだろう。

「…………」

少なからず焦《あせ》りに似た感情があるのは間違いない。何しろ、ここで俺が負ければ今までの積み重ねは全て白紙《パー》……つまり8ツ星昇格戦EXというのは、篠原緋呂斗《おれ》にとって最後の〝絶対に負けちゃいけない《決闘《ゲーム》》〟に他ならない。

けれど、もちろん――というと妙な話に聞こえるかもしれないが。

察しが全く付いていない、というわけじゃなかった。

「最初の二択に戻っちまうけど……どっちか、なんだろうな」

ふう、と、もう一度静かに息を零《こぼ》しながらそんな言葉を口にする。

――姫路白雪《ひめじしらゆき》か、あるいは彩園寺更紗《さいおんじさらさ》。

一度は消していた選択肢だが、これまでの情報《ヒント》を精査する限り、俺の幼馴染《おさななじ》みとして考えられる相手はもう彼女たちしか残っていなかった。大体、8ツ星昇格戦が始まった時点での最有力候補は姫路と彩園寺の二人だったんだ。候補から外していたのは、言ってしまえば単なる〝自己申告〟でしかない。何らかのヒントで弾《はじ》かれたわけじゃない。

「エキシビションとはいえ8ツ星昇格戦なんだから、姫路にも彩園寺にも嘘《うそ》をつく理由はさすがにない……だから鵜《う》呑みにしてたけど、考えてみれば向こうが覚えてないって可能性もあるんだよな。それなら、簡単すぎるこのルールの意味も分かる」

悪戯《いたずら》好きなお嬢様の顔を思い浮かべながら、俺は引き続き思考を巡らせる。

そもそも、俺だって部分的にしか覚えていないくらい古い記憶なんだ。完全に忘れているか、あるいは何かしらの思い出と混同しているか、そんなことがあっても全く不思議じゃない。そしてその場合、姫路も彩園寺も実は候補から消えていないことになる。

「ん……」

迷っている時間はもうあまりなかった。客観的な情報から考えて、俺の幼馴染みは姫路白雪か彩園寺更紗のどちらかだ。それ以外の可能性はもはや有り得ない。そして――最後の二択を絞り込むためのヒントなら、俺はとっくに手に入れている。

「――やっぱり、確かめてみるしかないか」

だからこそ俺は、覚悟を決めるためにも小さく息を吐き出すことにした。

###

三月三十日木曜日、夕刻――。

広いリビングに、一週間前と全く同じメンバーが顔を揃《そろ》えていた。

「お待たせいたしました、ご主人様」

まず一人は、食後の紅茶を淹《い》れてくれていたメイド服姿の姫路白雪だ。丸いトレイに載せたティーカップを順番にテーブルの上に置き、それから丁寧に一礼してそっと俺の隣に座る。洗練された所作も整った横顔も含めて、もうすっかり見慣れた光景になった。

「……それで？　そろそろ詳しい状況を聞かせなさいよ、篠原《しのはら》」

そしてもう一人は、いつも通り対面の席に座ってぶっきらぼうながら心配そうな表情を浮かべている少女・彩園寺更紗《さいおんじさらさ》に他ならない。紅茶を一口飲んでから豪奢《ごうしゃ》な赤髪を微《かす》かに揺らした彼女は、意思の強い紅玉《ルビー》の瞳を真っ直《まっす》ぐこちらへ向けて続ける。

「もしかしてとっくに答えは分かってて、あたしやユキを焦《あせ》らせようとしてるわけ？」

「ん……いや、そうじゃない」

昨夜の電話に続く彩園寺からの妥当な問い掛けに対し、小さく首を横に振る俺。

「何ていうか、まだ一つだけ確定できてない部分があるんだよな」

「確定できてない、って……それ、ホントに大丈夫なの？　こんなところで余裕かましてる暇なんかないんじゃゃ――」

「いや。……むしろ、真面目に攻略する気があるからここにいるんだよ」

動揺交じりになった彩園寺の怪訝《けげん》な声を遮るようにそう言って。

俺は、手元の端末で例の〝ヒント〟を投影展開しながら本題に入ることにした。

「聞いてくれ、二人とも。知っての通り、俺はこの一週間で8ツ星昇格戦EX攻略のためのヒントを集めてきた。そこで手に入ったヒントってのがこの五つだ」

「かなり具体的なラインナップじゃない。これなら絞り込めそうに見えるけれど……？」

「そうなんだよ。第四のヒントが見つかった時点で、実はもう〝あと二人〟にまで絞れて

「む……やはり、どこか取り繕っているように聞こえてしまいます」

目を瞑ったまま指先を唇に添えて、困ったように眉を顰《ひそ》める姫路。……が、まあそれはそうだろう。俺の〝嘘〟がどこまで真に迫っているかは分からないが、攻撃側に与えられている情報は声だけなんだ。このルールで〝必勝〟になるとはやはり思えない。

「……ですが、決めました」

その後もしばらく悩んでいた姫路だったが、やがて決心したように小さく顔を持ち上げた。澄んだ碧《あお》の瞳こそ見えないが、それでも真《ま》っ直《す》ぐ俺に向けられる表情。白い手袋に覆われた右手を持ち上げて、姫路は涼やかな声音で〝合図〟を口にする。

「じゃん、けん……」

「ッ――」

それを聞きながら、俺の脳内には走馬灯の如《ごと》く記憶がフラッシュバックしていた。

この家の玄関で、学園島《アカデミー》に来たばかりの俺を出迎えてくれた姫路白雪《しらゆき》。最初は不審な目を向けられて、距離を置かれて、それでも様々な《決闘《ゲーム》》を通して徐々に打ち解けていった。今となっては完全に、どう考えてもなくてはならない存在だ。彼女が幼馴染《おさななじ》みだったらと思ったことも一度や二度じゃない。ただやはり、遡れる記憶としてはそこまでだ。幼い頃の彼女を知っている、という感覚は残念ながら俺の中のどこにもない。

「…………」

そんな俺の記憶を、あるいは認識を裏付けるかのように。

「ぽん」

姫路《ひめじ》が選択した手は――『グー』だった。

次いでぱちりと目を開けた彼女は、全ての指が開かれた俺の手を見て静かに息を呑《の》む。

「！　……なるほど、嘘《うそ》ではなかったのですね。大変失礼いたしました、ご主人様」

「いや、そういうゲームだからな」

丁寧に頭を下げてきた姫路に首を振ってみせながら、俺は密《ひそ》かに思考を巡らせる――これで、彼女もまた第五のヒントに当てはまらなくなった。今回は運で敗北したという可能性もなくはないが、その辺りは皆《みな》実戦で考察したのと同じことだ。これが条件として採用されている以上、一度でも〝負けた〟時点で候補から外さざるを得ない。

（つまり、姫路は俺の幼馴染みじゃなかった――ってことか）

改めてそんな結論を下す。……ショックかどうか、と訊《き》かれると難しいところだ。幼馴《おさなな》染《じ》みじゃないから大切じゃない、なんて話には繋《つな》がるはずもないし、今後の関係性が変わるわけでもない。ただ、少なくとも8ツ星昇格戦の〝正解〟ではなかった。

「じゃあ、次はあたしの番だけど……」

と――そこで声を上げたのは俺たちの対面に座る彩園寺更紗《さいおんじさらさ》だった。彼女は紅玉《ルビー》の瞳で俺と姫路を順に見つめながら、どこか怪訝《けげん》な表情で微《かす》かに唇を尖《とが》らせている。

「こんなの、本当に必勝法なんてあるのかしら？　学園島《アカデミー》の《決闘《ゲーム》》ならアビリティで勝率を上げられるかもしれないけれど」

「覚えてないけど、多分な。端末どころかスマホだって持ってなかったはずだ」

「それじゃ戦略も何も……いえ、まあ一度やってみましょうか」

不承不承《ふしょうぶしょう》、といった様子ながら、軽く腕組みをしたまま紅玉《ルビー》の瞳を瞼《まぶた》で覆う彩園寺。

「協力してくれてどうも。……とりあえず、こっちの手は決まったぞ」

対する俺の方はと言えば、少し迷いながらも右手を『グー』の形に固定する。

迷った理由は単純だ。俺が８ツ星昇格戦ＥＸで獲得した五つのヒントを全て信じ切るなら、現時点で〝正解〟になり得る相手は彩園寺更紗しかいない。今すぐ誰か一人を答えろと言われたら彩園寺だと即答しなければならない盤面だろう。

（けど……）

それでも困惑が勝ってしまうのは、姫路も彩園寺も言っている通り、このゲームで〝必勝〟を実現できる相手というのが全く想像できないからだ。このまま探し人の候補が一人もいなくなったらどうすればいい？　まさか、この学園島《アカデミー》に俺の幼馴染みなんて最初からいなかった――なんて、そんな救いのない答えが〝正解〟だとでもいうのか？

「ええと、それじゃあ……」

否応《いやおう》なく高まってくる緊張と心臓の鼓動。……けれど、おそらくはそんな俺の内心なんか知る由《よし》もなく、目を瞑《つぶ》った彩園寺《さいおんじ》がピンと二本の指を立てて尋ねてきた。

「篠原《しのはら》。あたしの直感なのだけど、あんたが選んだ手は『チョキ』じゃないかしら？」

「……いや、違うな。残念ながら大外れだよ」

「だったら『グー』ね。考えてみれば『チョキ』なんて形からして複雑だもの」

「『グー』じゃないし、形のシンプルさで手を選んでるわけでもない」

「ふぅん？　じゃあ『パー』ってことになるかしら。消去法だけで簡単に証明できるわ」

「普通ならそうだけど今回は違う。何せ、このゲームでは嘘《うそ》が許されてるからな」

「あら。全部の答えが〝違う《ノー》〟なんて、嘘発見器みたいなことしてくるじゃない。ま、嘘つきのあんたが正しい答えを教えてくれるなんて最初から思っていなかったけれど……で、も、今ので篠原の手は分かったわ。準備はいい？　じゃーん、けーん——」

「は？　……ちょ、ちょっと待った彩園寺！」

「？　何よ、どうしたの篠原？」

ローラー方式で一通り質問してからすぐに右手を突き出してきた彩園寺に対し、思わず待ったを掛けてしまう俺。それを受けた彼女は、目を瞑ったまま不思議そうな顔で首を捻《ひね》っている。……まあ確かに、ルール的に不合理な行動を取っているのは俺の方なのかもしれない。何しろ心理戦ジャンケンの主導権は基本的に〝攻撃側〟が持っている。

（でも……俺、まだ感傷に浸ってすらいなかったんだけど!?）

自分でもよく分からない感情が胸の中でぐるぐると渦巻く。

彩園寺更紗《さらさ》――俺にとっては奇妙な立ち位置の少女だ。三番区桜花《おうか》学園に所属する常勝無敗の《女帝》。表向きには敵なのに最大の嘘と秘密を共有していて、いつも裏で手を組んでいて、時には愚痴を言い合ったりする唯一無二の共犯者。彼女自身は全く覚えていないというが、幼馴染《おさななじ》みだと言われれば何の違和感もなく納得できるかもしれない。

だからこそ、ちょっとした苦言が口を衝《つ》いてしまう。

「さ、さすがに結論が早すぎるだろ。もっと真剣にやってくれてもいいような……」

「……む、何よその言い方。あたしが適当にやってる、とでも言いたげじゃない」

「は？　……じゃあ、もしかして本当に〝分かった〟ってのか？」

「多分ね。だって、あんたの手――『グー』でしょ？」

言いながら自身の右手を『パー』の形にして、それからゆっくり目を開ける彩園寺。彼女は紅玉《ルビー》の瞳で俺の手を確認すると、やっぱりねとばかりに口元を緩めてみせる。

「ほら言ったじゃない。ふふん……あたし、これでも桜花の《女帝》だもの。どんなに簡単なゲームだって、手なんか抜いてあげないんだから」

「――――」

あまりの衝撃で言葉が出ない。

とはいえ、たかがジャンケンだ。まだ〝偶然〟という可能性は大いにある。

「――……なあ彩園寺《さいおんじ》、もう一回やってもいいか？」

「へ？　ええ、もちろん構わないけれど……」

小首を傾《かし》げる彩園寺に付き合ってもらい、もう一度全く同じゲームを実施する。

けれど――おそらく彼女は、ゲームが始まった瞬間に《女帝》としてのプライドが前に出て、俺の幼馴染《おさななじ》みがどうこうという些細《ささい》な問題は気にならなくなっているのだろう。俺が二戦目で選択した『パー』と、三戦目でも（裏を掻《か》いて）出してみた『パー』を立て続けに読み切り、あっさり〝三連勝〟という記録を打ち立ててしまった。

そして、最後にもう一度だけ……という条件で執り行われることになった四戦目。

（――すみません。少しよろしいでしょうか、ご主人様）

防御側の俺が手を決める直前、隣の姫路《ひめじ》がそっと俺に耳打ちをしてきた。鼓膜を優しく撫《な》でられる感覚にゾクッと背筋を震わせながら、可能な限り冷静な口調で訊《き》き返す。

（ど、どうした、姫路？）

（個人的にはもう〝正解〟と言ってしまっていいような気もしますが……確証を得るためにも、最後に少しだけ意地悪をしてみましょう。内容は何でも構いませんので、グーチョキパー以外の手を出してみていただけませんか？）

（……なるほど）

グレー、というか通常の《決闘《ゲーム》》でやったら反則手《アウト》だが、確かにやってみる価値はあるかもしれない。そう判断した俺は、人差し指を一本だけ立てた状態で固定する。

再び緊張でごくりと唾を呑《の》んでから、なるべく普段通りに口を開いた。

「決まったぞ、彩園寺。さすがに豪運で当て続けるのも難しくなってくる頃だろ」

「運ってわけじゃないのだけれど……まあいいわ。それじゃ、あんたの手は『グー』？」

「おお！　大正解だ。やっぱり今日はツイてるな、彩園寺」

「演技にしたってわざとらしいわね。本当は『パー』を出してるんでしょう？」

「違う違う。だから、今回は『グー』が正解だって言ってるだろ」

「それを信じてないから訊いてるの。やっぱり、あんたの手は『チョキ』なんじゃない？」

「ああ、それは意外に有り得るかもしれないな」

「…………？」

これまでと同じく〝全ての手をローラーで潰して反応を見る〟戦法の彩園寺に対し、少しだけ捻《ひね》った回答をしてみる俺。それを受けた彩園寺は微《かす》かに眉を顰《ひそ》めて思考に耽《ふけ》っていたようだが――やがて、目を瞑《つぶ》ったまま呆《あき》れた表情で溜《た》め息《いき》を吐《つ》く。

「全くもう。……グーかパーかチョキを出す、っていうのが心理戦ジャンケンのルールでしょ？　それ以外を選んだらそもそも勝負にならないじゃない」

「「――！」」

その言葉を受けて、俺と姫路は思わず目を見合わせた。

心理戦ジャンケンの基本形《ベース》はあくまでジャンケンだ——たった数回勝つだけなら、それこそ運や読み次第で充分に有り得るだろう。ただ、俺が反則手を選んだことまで言い当てられるのであれば、それは〝必勝〟に値するだけの実力があると判断していいのではないか？　第五のヒントを満たしていると、そう思ってもいいのではないか？

「……目を開けてみてください、リナ」

微《かす》かな高揚感を滲《にじ》ませた声音でポツリと囁《ささや》く姫路《ひめじ》。

対する彩園寺《さいおんじ》は言われた通りに紅玉《ルビー》の瞳を開示して、俺の『一本指』を目撃する。

「！　……やっぱり、ね」

そうして彼女は、ふふんと鼻を鳴らしながら得意げな笑みを浮かべてみせた。

「質問した時の反応が何となく変だった気がしたのよ。これであたしの四連勝ね。反則手も当てられるんだから、こんなの何度やっても負ける気がしないわ」

「確かに、そうですね」

余裕の表情でそんなことを言う彩園寺に対し、姫路がこくりと首を縦に振る。次いで白銀の髪を微かに揺らした彼女は、口元を緩めつつ涼しげな声音で問い掛けた。

「ちなみに、リナ？　一つ伺いたいのですが……このゲームが一体どのような事実を検証するために行われているものだったか、リナは覚えていらっしゃいますか？」

「？　ええ、もちろん。あたしが篠原《しのはら》に勝ち続けられるかどうか、って話でしょう？」

「はい。では、その前提となっていた〝条件〟の方はいかがでしょうか？」

「そんなの、もしあたしが本物の幼馴染みなら、何度やっても篠原に——……って」

そこまで言った辺りで状況に気付いたのか、ふと妙な顔で言葉を止める彩園寺。

彼女は高速で思考を巡らせて、姫路を見て、俺を見て……やがて、

「……そういう、こと？」


——微かに紅潮した頬《ほお》を俺に向けながら、絞り出すような声音でそんなことを言う。

「っ……」

それを受けて、俺は思わず言葉を失った。衝撃的な事実に思い当たって顔を赤らめる彩園寺が可愛《かわい》すぎたから、というわけじゃない。どういう回路が繋《つな》がったのか、唐突に記憶が刺激されたんだ。この手の遊び《ゲーム》で俺に勝って、とびっきり嬉《うれ》しそうな笑顔を見せてくれた女の子。俺の記憶の奥底に眠っている彼女は……そういえば、いつも豪奢な赤の髪を揺らしていたかもしれない。紅玉《ルビー》の瞳で俺を見ていたかもしれない。

そんな俺の内心など当然ながら知る由《よし》もなく、対面の彩園寺は真っ赤な顔で続ける。

「ま、待って、待って……おかしいわ。何かがおかしいと思わないかしら、ユキ？」

「いえ。わたしには何もおかしいところなど見当たりませんよ、リナ。むしろ、妥当な結

末に落ち着いてくれて良かったと思っています」

「だ、妥当な結末なわけないじゃないっ！　どこかで勘違いしてるに決まってるわ！」

「そうでしょうか。では訊《き》きますが、リナは何故《なぜ》ご主人様の手が分かったのですか？」

「何故って……だって、声に出ていたもの。話の逸《そ》らし方とか、上擦ってる感じとか……」

「確かに、何度も似たようなゲームを重ねていけばそういった知見が得られるのかもしれません。ですが、リナが一戦目にして〝違和感〟を覚えることができた理由は――」

「……………記憶のどこかに、あったから？」

「わたしは、それが真実だと思います」

徐々に顔を赤くしていく彩園寺《さいおんじ》を隙のない論理で説き伏せてから、ふわりと優しげな表情で微笑《ほほえ》む姫路《ひめじ》。そうして彼女は白銀の髪を揺らしながら俺と彩園寺を順に見遣《みや》ると、指先を顎に当てる仕草と共にわざとらしく記憶を辿《たど》る。

「そういえば……学園島《アカデミー》へ移ってきた当時、ご主人様は言っていましたよね？　ご主人様が探している幼馴染《おさななじ》みは、非常に可愛《かわい》らしい方だったと。まるで天使か女神のようで、もう一瞬にして恋に落ちてしまったのだと」

「!?　い、いや、それは、まあ……」

「リナもです。リナの幼馴染みは、見惚れるほど格好良い王子様のような方だったのですよね？　その方より素敵な男性とは、未《いま》だかつて出会ったことがないと」

「言ったけど……！　で、でも、まだそれが篠原《しのはら》だって決まったわけじゃないわ！」

そう言って、びしっとテーブル越しの俺に人差し指を突き付けてくる彩園寺。

彼女はもはや見ていられないくらい照れ切った表情で、俺に向かって宣言してくる。

「タ、イ、ム、リミットよ、篠原――あたしは、絶対に違うけど。もしあたしがあんたの幼馴染みだって思うなら、回答してみればいいじゃない。それで全部はっきりするわ」

「……これ、一応8ツ星昇格戦EXのクライマックスなんだけどな」

「だからこそじゃない。時間切れ、なんて結末で終わるわけにはいかないでしょう？」

「まあ、そうだけど……」

真っ赤な剣幕《けんまく》に圧《お》されて頷《うなず》く。……確かに、彼女の言葉自体は何も間違っていない。重要な《決闘《ゲーム》》だからこそ、正解がほぼ確信できているからこそ、ここで回答権を使わない理由なんて一つもないんだ。それでも動けないのは〝勇気〟の欠如に他ならない。

と――その時だった。

「…………もう。そんなに悩むなら、あたしからも一つヒントをあげるわ」

焦《じ》れたように言いながらテーブルに片手を突き、大きく身を乗り出してきたのは他でもない彩園寺更紗《さらさ》だ。桜花《おうか》の《女帝》にして唯一無二の共犯者。姫路に聞こえないよう俺の耳元に手を添えた彼女は、そっと囁《ささや》くような声音で続ける。

「確かにあたしは、あんたと同じで幼馴染みの顔をほとんど覚えてない。でも……四月に初めて会った時から、あんたがそうだったらいいなってずっと思っていたわ」

「――――――」

極限まで照れ切って上擦ったその告白に、一瞬で耳まで赤くする俺。

……ああ、全く。

何というか、今の言葉は決定的だ。仮に幼馴染《おさななじ》みに繋《つな》がる情報が全く集まっていなかったとしても、あるいはその一言だけで足を踏み出すことができたかもしれない。

「本当に……ありがとな、彩園寺《さいおんじ》」

だから俺は、照れ隠しも兼ねた感謝を告げながら端末に指を触れさせて。

8ツ星昇格戦のゲームマスターである羽衣紫音《はごろもしおん》に〝回答〟を送信した瞬間、当の端末から壮大なファンファーレが鳴り響き、同時に複数の画面が投影展開された。

【8ツ星昇格戦EX：幼馴染み探し】

【回答――彩園寺更紗《さらさ》（朱羽莉奈《あかばねりな》）】

【判定：正解】

【プレイヤー・篠原緋呂斗《しのはらひろと》の8ツ星昇格を承認します――!】

「――……ふぅ」

途端に眼前を覆い尽くしたシステムメッセージを眺めながら、俺は小さく息を吐き出すことにする――ゲーム自体は単純だったはずだが、異様に長く感じた一週間だった。これまでに参加したどの大規模《決闘《ゲーム》》とも違う種類の達成感と疲労感。そして、それらの副産物として、俺は彩園寺更紗の顔が見られなくなっている。

……だって、ずっと探していた幼馴染みだ。

初恋の人だ。

もっと言えば、今さっき姫路《ひめじ》の質問攻めによって〝彼女にとってもそうだった〟ことが分かってしまったわけだから……そんなの、どう接していいか分からない。

「「…………」」

ちらりとテーブルの反対側に視線を向けてみた瞬間、全く同じタイミングでこちらを見《み》遣《や》った紅玉《ルビー》の瞳と目が合って、俺と彩園寺は同時にパッと真っ赤な顔を背ける。……さっきから心臓の鼓動が鳴り止《や》まなかった。人生で一度も経験したことのない、確かな高揚感を含む緊張。これはきっと、一つの明確な名前が付いた感情で。

だからこそ、俺は――

「……こほん」

と。

そこで、不意打ち気味に咳払《せきばら》いをしてみせたのは他でもない姫路白雪《しらゆき》だった。彼女はリビングの中に充満する甘酢っぱい空気を涼しげな表情で掻《か》い潜《くぐ》りながら――あるいは打ち払いながら、さらりと白銀の髪を揺らして身体《からだ》ごと俺に向き直る。

そうして一言、

「幼馴染《おさなじ》みとの再会、および8ツ星昇格おめでとうございます、ご主人様」

「へ？　あ、ああ……こちらこそ、色々と協力してくれてありがとな姫路《ひめじ》」

「いえ、わたしはご主人様の専属メイドですので。……ところで」

そこまで言った辺りで、姫路はそっと右手を頬《ほお》に押し当てながら澄んだ碧《あお》の瞳を彩園寺《さいおんじ》の方へと向け直した。微《かす》かに口元を緩めた彼女はそのまま言葉を継ぐ。

「ご主人様の幼馴染み、ひいては初恋の相手がリナだったとのことですが……ご存知《ぞんじ》でしょうか、ご主人様？　とある調査によると、初恋の人同士が結ばれて結婚に至る確率というのは1％にも満たないそうです。あくまで一般論、ですが」

「！　えっと、それは……どういう？」

「つまり、幼馴染みだからと言って恋愛の上では特に有利に働かないということですね」

にこりと笑顔のまま断言して。

白手袋に包まれた指先をピンと立てながら、姫路白雪《しらゆき》は涼しげな声音で続ける。

「ですので、この甘酸っぱい空気は今日限りにしておきましょう。ただ、ご主人様が今のリナを好きなら――もしくはリナが今のご主人様を好きなら、どうぞ告白なさっていただいて構いませんよ？　もちろん、誰がライバルになるかは分かりませんが」

「な、ちょ……ゆ、ユキ！　からかわないでってば、もう！」

ラブコメ色の増した空気をぶち壊すように、あるいは俺たちが変にギクシャクしないで済むように、あえて悪戯《いたずら》っぽい言い方をしてくる姫路。それを受けて真っ赤な顔で文句を言っていた彩園寺だが、その口元はいつの間にか緩んでいて。

「……ったく」

俺は、そんな二人を見ながら色々な意味で安堵《あんど》の息を零《こぼ》すことにする。

8ツ星昇格戦EX――幼馴染み探し。長年探し続けていた初恋の相手は、驚くべきことに学園島《アカデミー》へ渡ってきたばかりの俺が初めて遭遇した少女だった。それは、きっと運命というやつで。嘘《うそ》なんかじゃない現実で。ちょっとした奇跡みたいな出来事で。俺たちの物語《ウソ》が始まることになったきっかけみたいな代物《モノ》で。

ただ、それでも、だからこそ。

（やっぱり……まだ終わっちゃいないんだよな）

幼馴染みとの再会も、8ツ星への昇格も、言ってしまえば一つの区切りでしかない。

そう言えるだけの〝資格〟を、俺は間違いなくこの手に掴《つか》んだんだから――。

【8ツ星昇格戦EX：幼馴染み探し――終幕】

【プレイヤー・篠原緋呂斗《しのはらひろと》の8ツ星昇格を承認します】

【――学園島における《決闘》の基礎ルールについて、変更希望はありますか？】

エピローグ　最強の嘘つき

liar liar

##

――コツコツと使い古した革靴が音を立てる。

俺の一挙手一投足に数万の視線が集中しているのが振り返らなくても肌で分かる。

ここ四季島《しきしま》――通称〝学園島《アカデミー》〟の入学式典では、その年の入学成績トップの一年生が短いスピーチをするのが慣例になっている。実際そういったプログラムは今年もあって、つい先ほどまばらな拍手と共に終了したばかりなのだが……しかし現在、会場内の空気はそれとは比較にならないくらい大きな〝熱〟を帯びていた。

「…………」

そんな熱気を平然と切り裂きながら、静かな足取りでマイクの前に歩み出る俺。

小さく息を吸い込んで、壇上からぐるりと辺りを見渡してみる。……学園島《アカデミー》最大のイベントホールであるこの場所だが、どうやら席は全て埋まっているようだ。さらには揃《そろ》いのパーカーを着た学園島《アカデミー》公認組織《ライブラ》のメンバーが四方八方から俺にカメラを向けているのも見て取れる。この場にいる生徒も、そうでない連中も、学園島《アカデミー》に関わる大多数の人間が俺に注目を向けているのは疑いようもない事実だった。

だが、それも当然の話だろう。

　国内最難関と言われる学園島《アカデミー》の編入試験にて歴代トップの成績を叩《たた》き出し、かつ転校初日にとんでもないことをやらかしてほんの一瞬で〝学園島《アカデミー》最強〟に成り上がった——という〝嘘〟を抱えつつも、そこから一年の歳月を費やして史上初の８ツ星に到達した男。それが、たった今紹介された篠原緋呂斗《しのはらひろと》のプロフィールなんだから。

　……去年の同じ場所で繰り出された言葉は、何もかもが〝嘘《うそ》〟だった。

　けれど俺が８ツ星になったというのは、学園島《アカデミー》で繰り広げてきた激闘は全て〝本物〟だ。

（心臓が止まりそう——ってほど緊張もしてないんだよな）

　数万の観衆とスポットライトに見つめられ、俺は内心でそんな言葉を口にする。

　最初から最後までとんでもない〝嘘〟を貫いていた一年前の俺は、この時点でとっくに心拍数が頂点に達していた。もちろん場慣れというのも大いにあるだろうが、壇上から見える景色は心持ち次第で随分と様変わりするようだ。

　……そんなことを考えながら。

　俺は、少しばかり気取った口調でこう切り出すことにした。

『よう、お前ら——俺が、史上初の８ツ星になった篠原緋呂斗だ』

キィン、と一瞬だけマイクが大きくハウリングして。

ホール内の、いや学園島《アカデミー》内の誰も彼もが俺の話に耳を傾けるのを待ってから、俺は微《かす》かに口角を持ち上げて不遜な態度で言葉を継ぐ。

『入学したばっかりの一年生もいるだろうから軽く説明しておくと、8ツ星ってのは特別な等級だ。一人しかなれない7ツ星のさらに上。到達したプレイヤーには学園島《アカデミー》の全権を握る資格と、ついでに《決闘《ゲーム》》の基礎ルールを一つ変更する権利が与えられる』

認識を摺《す》り合わせるべく改めてそんな事実を口にして。

そこで俺が視線を向けたのは七番区・森羅《しんら》学園グループが集まる一角だ。この式典は訳あって現役の高校生以外にも開放されているため、越智《おち》や霧谷《きりがや》、衣織《いおり》に張替奈々子《はりがえななこ》の姿も見える。中でも越智春虎《はるとら》は、漆黒の瞳でじっと壇上の俺を見つめていた。

「…………」

——【8ツ星に到達したプレイヤーは学園島《アカデミー》の全権を握る資格を得る】。

実を言えば、学園島《アカデミー》における《決闘《ゲーム》》関連の制度の中で最大の問題点はこれだった。だってそうだろう。こんな仕様があったからこそ8ツ星プレイヤーの誕生がそのまま〝彩園《さいおん》寺《じ》家の転覆〟を意味することになり、それを防ぐべく冥星が凶悪なウイルスに自己進化したり、泉《いずみ》姉妹が彩園寺家の影の守護者《ラ ス ボ ス》を務めたりする羽目になったわけだ。

だからこそ俺は、ホール内の全員に向けて——さらには映像を通してこの式典を見ているであろう彩園寺政宗《まさむね》に向けて——不敵に笑って言い放つ。

『ただ……別に、俺たちはそんな代物《モノ》のために星を集めてるわけじゃないんだよ。学園島《アカデミー》の全権なんて要《い》らない。権力争いがしたいなら大人同士でやってくれ』

あえて強い言葉を使って断言する俺。英明《えいめい》学園のブースでは一ノ瀬《いちのせ》学長が苦笑と共に肩を竦《すく》めているが、もちろん事前に話は通してあった。

『ってわけで、俺が希望する《決闘《ゲーム》》の基礎ルール変更はこうだ——【8ツ星に到達したプレイヤーは学園島《アカデミー》の全権を握る資格を得る】の部分を廃止して、今後は【8ツ星に到達したプレイヤーは学園島《アカデミー》の現責任者から実行可能な願いを一つ叶《かな》えてもらえる】ってルールにする。この方が分かりやすいし、誰でも本気になれるだろ？』

ニヤリとした笑みを浮かべたまま一息で最後まで言い切ってしまう。

……そう、そうだ。

これは、言ってしまえば冥星を騙すためのルール変更だ——もしも8ツ星という存在が彩園寺家の命運を左右しないなら、冥星の存在意義自体が消滅する。彩園寺家を守るためだけに自己進化した冥星は、プレイヤーの8ツ星昇格を阻む〝ラスボス〟という無茶苦茶《むちゃくちゃ》なシステムは、この瞬間に役目を終えた……ということになる。

「っ……」

壇上からは、思わず泣き崩れそうになる衣織を越智が支えているのが見える。聖ロザリ

ア の区画では梓沢《あずさわ》が空気を読まずにパチパチと拍手をしているのも見える。……そう、これからは冥星に苦しめられるプレイヤーなんて一人も生まれない。

さらに、だ。

俺は再び四番区英明《えいめい》学園のブース——中でも榎本《えのもと》や浅宮《あさみや》、秋月《あきづき》が集っている辺りに視線を向けながら引き続きマイクに声を吹き込むことにする。

『で……もちろん、俺も初代〝8ツ星〟として願いを叶《かな》えてもらう権利がある』

ぐるりとホール内を見渡しながら。

そこに去年の三年生がいる意味を改めて思い出しながら、堂々と言葉を継ぐ。

『俺の願いは〝《決闘《ゲーム》》の参加に伴う前提条件の廃止〟だ——今年度から、学園島の《決闘》は誰でも参加できるものになる。最低限の所属手続きは要るけど、別に高校生じゃなくてもいい。卒業した先輩たちも、まだ中学生以下の連中も……誰だっていい』

それは、端的に言えば〝革命〟だ。

学園島《アカデミー》の《決闘《ゲーム》》参加に伴う前提条件の廃止——これ以降、学園という括《くく》りは単に〝所属チーム〟を指すものになる。学籍という代物《しろもの》には縛られなくなる。

『もったいないんだよ、そもそも。こんな楽しいことを俺たちだけで独占するなんて愚の骨頂だ。せっかく《決闘《ゲーム》》をするんだから、敵は強ければ強いほどどいい』

皆実《みなみ》と奈切《なきり》の言葉を少しずつ借りる形で会場を煽《あお》る。……半分本気で半分建前、といったところだ。丸っきり嘘《うそ》というわけじゃないが、この条件なら椎名《しいな》や越智《おち》のような立場でも《決闘《ゲーム》》に参加できて、かつ冥星に近い存在《モノ》が生まれてもケアできる。

もちろん運営は大変になるだろうが――今年度から、大規模《決闘《ゲーム》》の運営には《カンパニー》という超強力な援軍が加わることを俺は知っている。

「「「…………」」」

いつの間にか、ホール内はざわついていた。……まあ、それもそのはずだ。だってこれは、学園島《アカデミー》史上最も大きなルール変更に他ならない。戸惑うのも無理はないだろう。

けれどその〝熱〟は、きっとマイナスのものじゃない。

新たな形に生まれ変わりつつある学園島《アカデミー》に対する期待と興奮と――それから、現8ツ星である俺を一刻も早く頂点《ここ》から引き摺《ず》り下ろしてやろうと企《たくら》む強烈な野心。

『ハッ……』

そんなものを見下ろしながら、俺は改めてニヤリと笑みを浮かべる。

視線の先にいるのは姫路白雪《ひめじしらゆき》と彩園寺更紗《さいおんじさらさ》だ。明日からの生活がどんな形になるかはまだ分からないが、大切な仲間に支えられている限り俺の心が折れることはない。

だからこそ俺は、こんな言葉で長いスピーチと今までの激闘を締め括ることにした。

『さぁ――《決闘《ゲーム》》を続けようぜ!!』

あとがき

こんにちは、もしくはこんばんは。久追遥希《くおうはるき》です。

この度は『ライアー・ライアー15　嘘《うそ》つき転校生は最強の嘘を真実に変えます。』をお手に取っていただき、誠にありがとうございます！

普段なら軽く内容に触れるところなのですが、今回ばかりは何を書いてもネタバレになってしまいそうなので、匂わせすらも控えておこうと思います。とにもかくにも、本シリーズはこれにて完結。感慨深いなんて言葉では語れないくらい色々な感情に溢《あふ》れていますが、自分としては「やりたいことは全部やったぞ……！」と胸を張って言えるような作品になったと思っていますので、最後まで楽しんでいただければ幸いです！

早速、謝辞です。

前作『クロス・コネクト』から引き続き物語を彩ってくださったkonomi先生。数えきれないくらいのキャラデザ、一瞬で目を惹《ひ》かれる表紙に口絵、小説内のシーンを具現化するモノクロ挿絵、どれも最強に最高でした！　自分の中で曖昧だったキャラクター像がイラストによって固まっていく感覚は鳥肌モノとしか言いようがありません……！　本当にありがとうございました。

担当編集様、並びにMF文庫J編集部の皆様。あとがきでこの文字列を何度打ったことか分かりませんが、本シリーズでも大変お世話になりました！　いつも根気よく改稿やら調整やらお付き合いくださるので、めちゃくちゃ頼りにしております（土下座）。

最後に、本作をここまで読んでくださった皆様に最大級の感謝を……！

『ライアー・ライアー』は間違いなく読者の皆様に支えていただいた作品です。ＳＮＳでの感想投稿やファンレターなどなど、刊行当初から応援の声がたくさんあったからこそ巻数を重ねることができ、コミカライズやアニメ化といった貴重な経験をさせていただくことができました。こんなに恵まれたシリーズを生み出せたことが誇らしいくらいです。

……そして！

実は現在、新作を準備中です。

本作『ライアー・ライアー』は〝嘘×ゲーム×学園×ラブコメ〟と作者の好みをひたすら詰め込んだ内容でしたが、新作の方は〝秘密結社×異能×完全犯罪×未来視×学園×疑似ループ×ラブコメ……〟と、なんと作者の好みをひたすら詰め込んだ内容です。

もう絶対に面白いモノに仕上げてやるぜ！　という意気込みでめちゃくちゃ頑張っておりますので、ぜひぜひ期待してお待ちいただけると嬉《うれ》しいです。

では、最後にもう一度、ここまで付いてきていただき本当にありがとうございました。

また次の作品でお会いできることを心の底から願っています……！

久追遥希

MF文庫J

ライアー・ライアー 15
嘘つき転校生は最強の嘘を真実に変えます。

2023年11月25日　初版発行

著者　久追遥希

発行者　山下直久

発行　株式会社 KADOKAWA
〒102-8177 東京都千代田区富士見2-13-3
0570-002-301（ナビダイヤル）

印刷　株式会社広済堂ネクスト

製本　株式会社広済堂ネクスト

Printed in Japan　ISBN 978-4-04-683076-0 C0193

【 ファンレター、作品のご感想をお待ちしています 】
〒102-0071 東京都千代田区富士見2-13-12
株式会社KADOKAWA　MF文庫J編集部気付「久追遥希先生」係「konomi（きのこのみ）先生」係

『ライアー・ライアー』の集大成となる画集が登場！
本編イラスト、短編小説イラスト、
特典・アニメ関連イラストを網羅！

ライアー・ライアー Art Works

イラスト：konomi（きのこのみ）

大好評発売中！

1巻～4巻大好評発売中！

TVアニメ
「ライアー・ライアー」
Blu-ray 第1巻

2023年11月29日（水）発売！

月刊コミックアライブで
好評連載中！

漫画：幸奈ふな　原作：久追遥希
キャラクター原案：konomi（きのこのみ）